家精选
读的精品散文
策划

青春澎湃的日子

李 岩◎著

那些青春澎湃的日子哟，悠悠四十载，弹指一挥间。在作者心灵深处，有着一片无瑕的圣地，那就是做不完的青春梦……

知识出版社

图书在版编目(CIP)数据

青春澎湃的日子/李岩著. —北京:知识出版社,
2011. 10
　　ISBN 978 - 7 - 5015 - 6299 - 2

　　Ⅰ.①青…　Ⅱ.①李…　Ⅲ.①散文集—中国—当代
Ⅳ.①I267

中国版本图书馆 CIP 数据核字(2011)第 198093 号

策　　划　刘　嘉
策划编辑　马　强
责任编辑　张　磬
责任印制　李宝丰
封面设计　晴晨工作室

知识出版社出版发行
地　　址　北京市西城区阜成门北大街 17 号
邮政编码　100037
电　　话　010 - 88390732
网　　址　http://www.ecph.com.cn
印 刷 厂　三河市兴达印务有限公司
开　　本　1/16
印　　张　14
字　　数　180 千字
印　　次　2011 年 10 月第 1 版　2024 年 6 月第 3 次印刷

ISBN 978 - 7 - 5015 - 6299 - 2　定价:58.00 元

目 录

第一辑　梦里落雪

梦里崂山已落雪 ……………………………………………… 3

童年向日葵 …………………………………………………… 6

大河东冬韵 …………………………………………………… 10

雪域山城 ……………………………………………………… 13

风从崂山来 …………………………………………………… 16

爬山逸事 ……………………………………………………… 19

游阅江楼 ……………………………………………………… 22

初夏青岛 ……………………………………………………… 24

寒风中的腊梅 ………………………………………………… 27

闪亮的红蜡烛 ………………………………………………… 29

芙蓉树 ………………………………………………………… 34

雨中海棠 ……………………………………………………… 36

静悄悄的山水 ………………………………………………… 38

天上的街市 …………………………………………………… 41

凌波水仙 ……………………………………………………… 45

崂山悟道 ……………………………………………………… 47

风筝 …………………………………………………………… 52

蓝牡丹 ………………………………………………………… 54

踏浪赏月 ……………………………………………………… 57

太平角听潮 ·············· 59

仙境崂山 ·············· 62

镇江金山寺 ·············· 67

梦里秦淮河 ·············· 71

金秋下扬州 ·············· 73

第二辑　心灵剪影

难忘军营绿 ·············· 79

天香园牡丹 ·············· 85

春暖在路上 ·············· 87

清凉的山溪水 ·············· 89

吃在芙蓉街 ·············· 91

桑园品茶香 ·············· 95

在德国喝啤酒 ·············· 98

烟雨槐飘香 ·············· 101

风中的丁香花 ·············· 103

佛罗伦萨旧桥夜色 ·············· 105

赏樱时节 ·············· 108

山里,那桃花正艳 ·············· 110

走访华楼宫 ·············· 112

观瞻南山大佛 ·············· 115

初夏,我悠在崂山 ·············· 118

父亲家的白玉兰 ·············· 120

忆校园的紫藤萝 ·············· 122

苹果熟了 ·············· 125

随李太白游崂山 ·············· 127

青春澎湃的日子 ·············· 132

梦回南山 ·············· 134

参拜南山玉佛 ·································· 136

游平度茶山 ··································· 138

第三辑　行者无疆

陶伯河上的罗腾堡 ·························· 149

黄昏站上凯旋门 ···························· 153

登临艾菲尔铁塔 ···························· 157

见证比萨斜塔 ······························ 160

卢浮宫镇宫三宝 ···························· 162

缺憾美的断臂维纳斯 ······················ 163

蒙娜丽莎永恒的微笑 ······················ 165

胜利女神尼姬 ······························ 168

水城威尼斯见闻 ···························· 169

北京城最后的王府 ·························· 172

坐红包车逛京城四合院 ···················· 175

浮山穿越 ·································· 177

天幕城的欧陆风情 ·························· 182

二十四桥寻源 ······························ 185

晚霞中的红蜻蜓 ···························· 188

秋游花果山 ································ 190

虎丘解读 ·································· 192

感受西塘 ·································· 196

走马趵突泉 ································ 200

重游千佛山 ································ 202

行走在灵秀的北九水 ······················ 205

居酒屋 ···································· 207

漫步在幽静的八大关 ······················ 210

在京都咀嚼年的滋味 ······················ 216

第一辑
梦里落雪

梦里崂山已落雪

去年踏雪悠山，跋涉在湿滑的雪地，飞瀑凝固形成了冰雕，眺望远方一派北国风光，千里冰封，万里雪飘，心情激动万分。

时常爬崂山，已经过了大雪时节，崂山除飘了一点雪花外，还未见一场像样的大雪。睡梦里，崂山已经开始落雪。朦胧中，终于迎来一个银白世界的清晨，我打手机给山友："下雪了，今天爬崂山去！""好来！"山友一拍即合，相约从大河东去北九水，一览崂山雪景。

走进大河东就进入了梦境。一旁的河流水面上已经结了冰，摇曳的风苇在晶莹的冰面上舞蹈，曼妙妩媚，给人一种无法抑制的激动。梦里一片洁白，一片白茫茫，穿过那落雪的红杉林，我仿佛听到生命最初的呼吸，清新、空寂、静谧，满目的纯洁在流淌着，晶莹的雪分明比辽阔的蓝天更透明，透过那纯粹的洁白透明，我在梦里陶醉了，太阳行色匆匆踩疼我的梦，我眼里的雪白甚至比月亮还要明亮明净。池塘里的残荷与冰面上的白雪相伴，大自然给予的天然搭配，给了我一双童话般的翅膀，让我在梦里飞翔。

洁白的雪飘落在我身上，急匆匆走着不觉得寒冷。沸沸扬扬的雪落在山里成了雪峰，雪峰耸入云端，高处不胜寒。雪原一片苍茫，尽情点缀装饰着冬季的崂山。雪花如同无数个轻盈可爱的小精灵，从遥远的天国走来，洋洋洒洒飘飘荡荡，飘落在一座座高高的山岗上，落进一条条冰封的河面上，披上银装的群山梦幻般美妙，雪的世界静极了，静得仿佛整个大山中只有我一个人在与那些旋转飞舞的小雪花对语，敞开心扉，作一次深情的访问，心绪如雨露滋润般舒坦与惬意。

洋洋洒洒的雪落在梦里便成了情，柔得似水柔得如梦，如梦方醒的雪落在心里，冰霜化暖，气寒如虹。穿越长涧，我在风雪中前行，雪花簌簌，飘飘洒洒，洒在寂静的旷野山中。或依水或居湿地而生长的山中芦苇，在飞雪里，带着雪的滋润，雪的洒潇轻柔摇摆，芦苇盈盈飘絮和着银白的雪花曼舞。眼前雪花飞扬中的芦苇，看似细而脆弱，既没有花之艳丽，亦无树之高巍，可芦苇，风雪里迎风而立，丝毫不卖弄矫情，柔弱里含着刚毅，朴实中透着灵性。长涧的芦苇荡冬日里也是蓬蓬勃勃，漫天飞舞的雪花使其更加妖娆妩媚，散漫漫地随风摇曳，远远望上去恰似一个个亭亭玉立的曼妙少女，雪花为她们披上一层素裹的银白纱幔。

茫茫大山里，雪落无声人有意，醉梦梨花情几许。我敬畏地怀着一种诗意边赏雪边行进，一行行雪白的脚印留在身后，歪歪斜斜，仿佛是我心路的痕迹。山中听雪，从簌簌的落雪中，我仿佛听见了溪谷里冰河下涌动的溪水潺潺流淌的清灵悦耳的音韵，听得见雪被里小草咯吧咯吧抽芽拔节的梦语……水塘里的残荷已经冻结在冰面上，上面又落满了白雪，一幅凄美的画面。哦，那就梦里踏雪寻梅吧，俯身抓一把沁甜沁甜的皑皑白雪，我仿佛品出了一缕缕醉人的花香，瑞雪中一株株雪梅如期绽开了，白雪映衬得红梅更显风姿绰约，使得梦中的我不由吟起宋人卢梅坡的诗句："梅雪争春未肯降，骚人阁笔费评章。梅须逊雪三分白，雪却输梅一段香。"

蝴蝶泉边，镜子般的水面洁白平滑，我分明看见，有四个仙女在上面翩翩曼舞。一个身穿宝石蓝的长裙，身材窈窕纤长，长相酷似沉鱼的瘦西施，一个穿着玫瑰红的长裙，体态丰盈饱满，看上去恰似落雁的杨贵妃，一个一袭白色的长裙，神态婀娜多姿，正是闭月出塞的王昭君，还有一个披一身杏黄色的长裙，貌美神扬荡魄，无疑就是羞花的美貂蝉。这古代的四大美人在耀眼的冰面上飞旋，轻盈的裙摆随风飞舞，美轮美奂，妙不可言。

哦，美丽的冬雪应该是诗人的，因为雪是有诗意的。当我走进大山，便进入了瑞雪洗礼的精神世界，雪白的天地里一尘不染，虽说并非完全纯粹，但在冰雪世界里就有了诗的意境、雪的风骨。疏影横斜水清浅，暗香浮动月黄昏。如果寻不到这种意境，我就会拥一壶美酒，与山友轻吟浅唱"绿蚁新醅酒，红泥小火炉。晚来天欲雪，能饮一杯无？"诗人不老，恋歌无尽，谁人与我同醉？我洒一碗白酒，一敬山神，二敬蛇仙，三敬狐狸精，保佑我们踏遍崂山人未老，抖擞精神暴走五顶四瀑。

　　睡梦里，我就这样无边无际地遐想着，轻轻吟诵着古人的诗句，不知不觉中清泪悄无声地流了满面，自知是在梦乡的雪岭里已经陶醉了。

　　梦未醒，心已醉。甚是妙哉。

第一辑　梦里落雪

童年向日葵

惊蛰一到，天气会越来越暖和了。一年四季在于春，不知不觉中又快到春种的最好时机了，不由，我突然想起了童年的向日葵。

离开生活多年的泉城济南，来青岛工作已经整整20个年头了。虽然家家垂柳、处处涌泉的泉城济南记忆犹新，但是，那童年的向日葵更是深深地扎根于我的记忆之中，始终难以忘怀。

也许，上了点年纪，便时常带着一种对美好童年的追忆，常想起那些青春年少天真无邪的日子。谁都有金色的童年，我孩童时期是伴着金色的向日葵一起成长的。在我的心目中，明丽、清新、妖娆、晴朗的向日葵象征着希望和力量。记得小时候，那天正赶上一个下雨天，爸爸、妈妈带着我，在部队大院里一片菜地的田埂上，我亲手在田边垅埂挖坑栽种下葵花种。先浇上水等水渗下去，放入三四颗种子，再轻轻培上土，埋得不浅不深，这样种子容易发芽。而后的日子，我就天天盼着幼芽快钻出地面，每天都要到田埂上观察一番。一天早晨我依旧去浇水，意外发现有几个土坑里真的冒出了嫩嫩的小芽，我当时就高兴地跳起来，赶快跑回家告诉爸爸、妈妈。每天，我都去观察小嫩芽的生长，眼看着幼苗一天天茁壮成长。鱼儿离不开水，万物生长靠太阳。逐渐长高的向日葵，更是须臾离不开太阳的光芒，她的正面总是朝着太阳，太阳转她也转。向日葵开花了，花季的向日葵让我感到无比幸福。和煦的阳光从树叶的细缝露出了笑脸，温暖了人们的梦乡，只有笼里的画眉鸟羡慕着天空，羡慕着一旁的向日葵，却从来没有人懂得其单纯的表情。

一直就喜欢向日葵黄色的花瓣，拥簇在椭圆形花盘的周围，简简单单的线条，却很漂亮。上学的日子，大院里的田埂上每年夏天都会开满灿烂的向日葵，高高的枝干因水源充足显得更加茁壮挺拔，她们几乎每天都在拔高，花开了，结出丰实的葵花籽，向日葵散发着绚丽的光泽、饱满的轮廓更加丰富了这种色彩的辉煌，在我的眼前，黄得浓烈，亮得炽热，仿佛她们的光泽一下子盖过了太阳的光辉，我细细端详，优美的弧线衬托着饱满丰腴的花盘，跳跃着亮丽的花瓣，哦，我童年金色的梦哦。我经常和爸爸、妈妈抢着去收获向日葵。我搬来凳子踩上去才能够到椭圆形花盘，花盘上的葵花子都很饱满，有时候我们全家嗑葵花子要嗑上大半天。新鲜的葵花子营养丰富，味道鲜美，让人一嗑上就拿不下嘴来呢。

　　向日葵也叫太阳花，她的花语就是"爱慕"，向日葵朝着太阳旋转，丽日晴空中，在那一片片辉煌里，她对太阳始终如一。向日葵在希腊神话中有一个传说，说的是水泽仙女克丽泰爱上了太阳神阿波罗，但是高傲的神连看都不看她一眼，伤心欲绝的克丽泰只能每天在她的水塘边仰望天空，凝视着阿波罗驾着他金碧辉煌的日车从天空碾过，众神可怜她，就把她变成了一朵向日葵，因为向日葵永远望着太阳的热度和光芒，至死方休。因此，向日葵的花语也可以看做是沉默的爱。童年时期的那些无忧无虑的时光里，我对向日葵并没有什么更深刻的理解。只是觉得向日葵纯洁、明媚，给人一种向上的力量。小时候和玩伴们儿们一起在院子里玩耍，我还依稀记得那天玩捉迷藏玩得忘记了时间，天麻麻黑了，伙伴们的肚子都饿了，我便把大家喊出来回家。回家的路上，正好穿过通信总站的菜园子，淡淡的月光下我看见田埂上那一排排沐浴着月晕的向日葵花盘沉甸甸低着头，仿佛正在用她的诱人魅力在召唤着我们。因部队菜园子管理得好，肥也上得多，这里的向日葵早早就成熟了。顾不得那么多了，肚子已经呱呱叫的伙伴们实在抵不住花盘上那些招展在风中，明黄的花瓣的诱惑，踮起脚尖用手去扳那直直的秆，想把花盘压低了，去捋一捋那些柔软的花瓣，我使劲儿拽下来一个大大的花盘，贪婪地边走边吃起来。葵花子很成，水分很足，吃到嘴里甜丝丝的。我吃得正来劲儿，"谁呀？偷向日葵啦！"有人在喊。"快跑。是解放军叔叔来了！"我一声招呼，伙伴们顿时作鸟兽状散去。

　　至今想起这件事，我脸上还阵阵发热呢。不过，后来正好幼儿园漂亮的阿姨小萍带我们小伙伴在第二年解放军叔叔种向日葵时，去帮他们一起挖坑、下种、培土和浇水，这也算是对自己"偷向日葵"过失的一个小小安慰吧。后来我也慢慢长大，上学时看到了梵高画的《向日葵》名画，深深被其震撼着。梵高在艰难的岁月中一如长青藤傲立于艺术世界，在这梦幻般的世界不倦地追求无瑕的心灵，那不就是人们心中那朵永不败谢的向日葵吗？梵高一生画了10多幅向日葵，每幅都有独特的韵味。向日葵中渲染着鲜明的红色、黄色、绿色，足见作者的心境永不老，对生活、对未来的憧憬与希望，绿色如春天的青青小草，恰似向日葵拥有不变的信念。向日葵红红的火焰，更象征着作者心中不尽的热情，尤显得青春灿烂，无限美好。

当然，我还是最喜欢自然界里的向日葵，晴空中向日葵在阳光的普照下金光灿灿尤显本色。你看那一片片的向日葵，在灿烂的阳光下，高大的茎杆托着银盘似的大脸，我从它们的底下走过，总是抬起头来用膜拜的眼神看着她们，记得有一天中午，我看四周无人，实在抵不住花盘上那些招展在风中，明黄的花瓣的诱惑，踮起脚尖用手去扳那直直的秆，想把花盘压低了，去捋一捋那些柔软的花瓣同时，我也非常喜欢绘画中很艺术的向日葵。原先一直不知道梵高画了这么多幅"向日葵"，印象里的"向日葵"是收藏在东京的那幅，前不久去那里参加服装展览会，在艺术馆里看得真真切切，令人神往。小时候总觉得，花儿必须是美丽的，而这幅"向日葵"猛地看上去却一点都不觉得美，昏黄的色调，再加上打蔫的花瓣，画家是在显示抑或想说明些什么呢？后来，当我了解了梵高的坎坷人生，回头再看这幅画的时候，感受就截然不一样了。看着那些要凋谢的花，挣扎着向上生长，不安分地呆在阳光下，也许一会儿就要天黑了，也许等待着它的命运，只有死亡……可是当你看到背景是那样温馨的亮黄，柔和的光鲜包围着向日葵，静静地弥漫在纸上的是一团祥和，也许仍在继续挣扎，不甘心静静地死去，死在灿烂如霞的阳光下吧。以后，我在生活和工作中遇到挫折和困难，就会以梵高的不屈不挠的向日葵精神为榜样，积极向上，渡过困境，在自己的人生道路上奋勇登攀。

向日葵的花语也有很多种，其中生日花的向日葵的花语是太阳絮语。因为向日葵具有向光性，所以人们称它为"太阳花"，也就是随太阳回绕的花。在古代的印加帝国，它是太阳神的象征，向日葵的花语简言之就是太阳。听说，受到这种花祝福而诞生的人，会具有一颗如太阳般明朗、快乐的心，将是许多人倾慕、仰赖的对象，也因此使其始终无法安定下来，但最终会认真地接受一份感情，似具有晚婚热恋的一种倾向。生日花野生向日葵的花语叫"投缘"，是一种和人类相当投缘的植物，受到这种花祝福而生的人是理想的情人，更是最佳的终生伴侣。为了让你的他（她）早日出现，光辉和璀璨会伴着你，高傲与忠诚并不矛盾，爱慕会叫你们的相伴一直到永远。向日葵的花语归根结底是勇敢地去追求自己想要的幸福，矢志不渝。巧的是我很喜欢向日葵，我的爱人也非常喜欢向日葵，到现在她的摄影作品中有很多都是向日葵的题材，在一些摄影大赛中还获得过大奖呢。

更无柳絮因风起，唯有葵花向日倾，向日葵正是向往光明之花，给人带来美好的希望。向日葵还有一个非常美的名字叫"望日莲"，当我们把自己的一切交给所爱的人时，那就不只是沉默的爱了，向日葵正有着自己这种独特的曼妙风情。向日葵中，最广泛种植的品种具有"阳光明亮"的特征，她有着金黄色的花朵，褐黄色的芯和硬实的秆，金橙色周围包围着的是略带红的褐黄色花朵，这种带有丰富的秋季颜色的向日葵，自然有着一种成熟的"秋季之美"。

在人世间的滚滚红尘中，快抛弃那莫名的几分惆怅，重拾起童年时的甜蜜心情，在梦幻般的意境里，唤回那一幕幕童年金色的欢乐与幸福花絮。我童年的梦还在生命中延续，向日葵正是我生命图腾的象征，她温暖，阳光，智慧，理性，花灿果硕，灿热普照，向日葵丰姿已镶嵌进我的心底。

大河东冬韵

爬崂山经常光临大河东一带，初冬的大河东静寂辽阔，空气湿润清新，韵致很曼妙，亦很静幽迷人。

我和往常一样，跟着"竹竿帮"从大河东出发，一路登巨峰，另一路经黑风口去北九水。我登巨峰，关键要看大队人马的速度，显然我跟不上年轻人的步伐。去北九水这条路线我走过，但也很吃力，为了休闲自在，大部队刚开始登山不久，我便自动"分流"，在大河东水库一带悠然自得地晃悠起来。

路上正好碰上大河东村的村民，他热情地向我介绍这一带的变化情况。大河东村的两个小队本来位于旧的大河东水库下游，这是上世纪60年代建的，后来又建了新的更大的大河东水库，为了保护水库的水质，便进行了迁移。现在的大河东村位于青岛沿海最佳地域，离市区仅有约10公里，这里因气候温和湿润，自古以来就有崂山"小江南"之美誉。这里的山林森林植被茂密，地貌景观独特，植物种类丰富，为茗茶"崂山茶"的最早发源地之一。如今，已经开发为大河东森林公园。

这里还有一个美丽的传说：早在公元前210年，徐福奉秦始皇之命，率"童男童女三千人"和"百工"，携带"五谷子种"，乘船泛海东渡，成为迄今有史记载的东渡第一人。秦始皇不惜以巨资支持徐福东渡，是为了寻神山仙药，求长生不死药。徐福的船队启航前，就是在这里的登瀛阁设坛祭天、祭海，祈福东渡成功的。我边想着这美妙的传说，边在旧大河东水库和新建的大河东水库之间转悠。许多村民在河谷里凿石筑路，我看见河谷里的水湾在冬日暖阳下熠熠闪着金光，高大的刺槐树树枝光秃倒映在波光粼粼的水面上，有些折断的树枝沉在水底，看上去水潭在暖阳的照耀下变成浅绿色，竟像极了九寨沟的五彩池。

我在河坝上走着，山风吹来，刚才的疲惫顿时缓解了。眼前的芦苇随风摇曳，在阳光的映照中熠熠生辉，只是苇尖上的绒毛已经光秃了许多。远山，山寒料峭，对面不时走来登山的人群，也有和我一样独行的，所不同的是，人家往山里走，我却原路返回。但一边走我仍一边赏冬景。山谷里，小路边上有不少茶舍，映入眼帘更多的是大片大片绿油油的茶田。这便是"南茶北引"以来现存唯一的试点基地——"大河东茶园"的一部分，亦是我国北方自然生态环境下纬度最高的茶叶生产地。此地风景优美依山傍海，四季云遮雾绕泉流淙淙溪音绕谷，是生产品质优异茶叶的绝好地处。

大河东水库蓄凉水河之水，是1997年始建起的，亦是当时全省最大的军民共建供水工程，并由迟浩田将军亲笔题写库名。现正是冬季枯水期，水位比夏天旺季已下降许多，往年深冬来时水库里的水便所剩无几了。水库左下村庄的房子大都闲置，许多村民搬出去住。我想，如果山洪爆发，这些房屋必定是岌岌可危的。水库边上的那一排排松树和其他树木已经叶落枝稀，并被风霜染成了杏黄色或酱红色，却依然挺立在水边构成一道靓丽的风景线。我想，这里正因为有了早建的蓄水也不少的小水库和这个新建的大水库，才像两颗明珠一样把崂山登瀛风景区点缀的更靓更璀璨。

初冬的这天天气晴好，大河东一带也是静云幽深，湛蓝的天空云朵变幻，山峦叠翠，水边的峭壁上荆棘丛生，色彩斑斓，远远看上去更像是扩大的盆景，又恰似缩小的仙境。怪石、奇峰，本来在这里也是别具一格，只是在混乱时期有些别致凸立的山头被人炸掉，破坏的此处美丽的景致。好在这里山海相连，山光海色，也弥补了人为破坏带来的的不足。

下山路上我想，在全国的名山中，唯有崂山是在海边拔地崛起的。绕崂山的海岸线长达87公里，沿海大小岛屿18个，构成了崂山的海上奇观。当天，我往回走漫步在大河东一带的山路上，前面不远处是碧海连天，惊涛拍岸的雄伟景象，身边是青松怪石，肃杀萧木，顿时感到心胸开阔，气舒神爽。乍寒还暖的初冬，给大河东的山山水水涂上一层寂静神秘的色彩。

我按原路穿过大河东村，准备从大河东站乘车在流清河海边吃午餐。

村里的不宽的街道是水泥铺就的，而且干干净净，走在上面很轻松惬意。一路上静悄悄的，两边都是砖瓦房，只是看见几个村民在挖地窖冬藏大白菜，我有意无意地和他们打着招呼，村民说这里的大白菜无污染，一棵十五六斤，就要5元钱，我笑说回去太远不好拿，婉言谢绝了。一个院落的柿子树上，树叶已经落光，只剩下黄灿灿的大柿子挂在枝头沉甸甸的，诱人垂涎不已。

就要离开大河东了，看着大河东村整洁的街道和房门前的各种花草，我突然想起早前有报道说七、八月份在这里发现了"青岛百合"，事实上青岛是这种百合的发现地，也是世界唯一的原生地，"青岛百合"是100多年前德国植物专家在考察小青岛时发现的。之所以将其定名为"青岛百合"，是因为在整个地球上，这种百合花是在小青岛上首次发现的。由于小青岛原名"青岛"，故此种百合花即被定名为"青岛百合"。原本以为已经绝迹了，100多年来，都没有再次发现这种植物。据说这种百合花是黄颜色的，叶子比较独特，一层层呈轮状。国际植物学刊、世界植物名录和植物学大典等重要经典，均将其命名为"青岛百合"。

于是，我决定明年七八月份一定要再来，一定要在大河东河谷潮湿地寻找到这种物以稀为贵色彩鲜艳的"青岛百合"的芳踪，一饱眼福。

雪域山城

奥地利西部蒂罗尔州的首府因斯布鲁克，顾名思义是茵河桥的意思。这座美丽的小城坐落在阿尔卑斯山谷之中，旁边流淌着茵河。我们驱车从德国到意大利，滑雪小城因斯布鲁克是必经的要津。一路上，我们经过这个山清水秀的城镇时终于见到了白雪覆盖的山峦。

因斯布鲁克是一座美丽的雪域山城，四周有阿尔卑斯山围绕，中间有茵河贯穿其中，山上的残雪把森林衬托得更加清新、脱俗。这里气候非常宜人，因为北面被山脉遮挡，带着阿尔卑斯山山上溶雪雪水的茵河从城中流过，带走了热量，带来了清新的空气。汽车沿河岸穿行，奔流而过的山区河流的哗哗声隐约可闻，非常悦耳，反倒给人异常宁静的感觉。在欧洲各地进入炎热夏季之时，这里海拔虽然只有500米，却成了一个最好的避暑胜地，巍峨的雪山把覆盖着如茵绿草的山坡衬托得更鲜艳夺目，形成一种绝美的山城气氛。冬季，这里又成了著名的国际旅游和滑雪胜地。

如今的因斯布鲁克，仍然保持着中世纪城市的容貌，汽车一路飞驰中还能看见500多年前的金屋顶、皇宫教堂等古建筑。在因斯布鲁克境内，阿尔卑斯山的雪峰一个连着一个，坐在车里抬头便能看见近在咫尺的雪峰，近得几乎连山的纹理都看得清，连绵的雪峰烟雾缭绕，白龙般环绕着雪峰，在灿烂阳光的映照下一座座耸立的雪峰泛着耀眼的金光，甚至连雪的光泽也显示出明暗分明。我坐在车里打开车窗，噼里啪啦拍了不少优美的照片。

奥地利位于欧洲中部，整个国家就是坐落在阿尔卑斯山山区上面，因斯布鲁克是在奥地利西部阿尔卑斯山山区之中，它北临德国，南临意大利，西面通往瑞士，东面通往首都维也纳，地处布雷根茨至维也纳东西向谷地及经布伦纳山口南北要道，这是一个位于中欧十字路口的城市。在风

13

景如画的阿尔卑斯山山区之国奥地利，因斯布鲁克与维也纳、萨尔茨堡齐名，是奥地利三大旅游胜地之一。与大多以人文景观为主的西欧城市相比，因斯布鲁克同样有令人骄傲的人文景观，但它的自然景观给人留下更深刻的印象。

因斯布鲁克建立于 1239 年。1363 年，因斯布鲁克由哈布斯堡王朝的一支旁系管辖，从 1420～1665 年，因斯布鲁克一直是皇帝的居住地。在马克西米利安一世皇帝在位期间，即 1490～1519 年，因斯布鲁克成为欧洲艺术和文化的中心。巴伐利亚早对这片土地垂涎三尺，尽管蒂罗尔在 1809 年的解放战争中进行了成功地抵御，但因斯布鲁克仍然落入了巴伐利亚人之手。直至 1814 年维也纳会议期间，因斯布鲁克才重新回到奥地利的怀抱，成为蒂罗尔的首都。因此，这里有丰富的历史文化遗产，是一个自然景观和人文景观都非常吸引人的地方。此外，作为滑雪胜地，因斯布鲁克共有 6 个主要滑雪区域，59 条缆车随时供游客使用，并只收取每人约 280 元的缆车费。滑雪季节从每年 11 月至第二年的 5 月，雪道总长 200 公里，海拔 1200 米。

因为我们此行的目的地是意大利，故白天没有停留，途径直插过去前往意大利米兰。但在回来的路上，虽然天色已晚，我们还是决定在因斯布鲁克停留，开车浏览完吃晚餐。路上山雾笼罩，乌云压顶，即而下起雨来，却始终没有浇灭我们游览一下滑雪小城的兴致。黄昏十分，我们的西班牙产西亚特苹果绿轿车缓缓驶入因斯布鲁克小城。雨还在飘飘洒洒，整个小城笼罩在阴雨朦胧中，给人一种洗尽铅华尽清新的感受，这种感觉恬静、温馨、湿润。现在看来，因斯布鲁克小城仍然保持着中世纪城市的容貌，在狭窄的小街上，歌特风格的楼房鳞次栉比，巴洛克式的大门和文艺复兴式的连拱廊展现出古城的风貌。在老城的东部和北部，是因斯布鲁克的新城区。

我们在山下一家著名的古老酒店吃晚餐，虽然饭菜价格不菲，但制作精美、考究，而且味道非常正宗。身穿民族服装的服务员告诉我们，这座小山城曾经于 1964 年和 1976 年两次成功地举办过冬季奥运会，并载入了体育盛会的史册。如今，因斯布鲁克是一座大学城，也是主教所在地，其工业非常发达，并且经常举办各种展览会。由于自然环境的优越，小城昔日成为王公贵族青睐的宝地，所以直到如今，在因斯布鲁克小城看见的宫廷城堡、宫廷教堂、凯旋门和黄金屋顶都是皇家权势的象征。因斯布鲁克城虽然已是一个具有非常现代化设施的城市，可是它还保留着中世纪时代的城市形象，如带拱顶的走道、半圆拱和凸出式建筑，街心的圣安妮纪念石柱和雕塑、小巧的凯旋门，表现的仍是歌特式晚期和文艺复兴时期的古老风格。阿姆布拉斯宫是欧洲文艺复兴时期最美丽的宫殿之一，也是全欧洲最古老的艺术品及军械收藏库。

我咀嚼着地道的奥地利美味，品着当地的红酒，偶尔抬起头瞅瞅窗外仍淅淅沥沥的夏雨，瞥一眼临座吃得津津有味的奥地利年轻恋人，听着房间里始终流淌着的轻缓音乐，心里却想：奥地利的美丽高山雪峰，就像维也纳的音乐一样，是世界上最唯美和浪漫的代名词，正因为因斯布鲁克城所在的蒂洛尔州是阿尔卑斯山的心脏，所以你无论是站在因斯布鲁克小城的哪一个角落，都能见到白雪皑皑的美丽山峰。

雨还在下，夜已经很深了。阿尔卑斯美丽的雪域山城因斯布鲁克因此显得更幽静、神秘了，更像是一个与世隔绝的世外桃源。

风从崂山来

崂山，冷峻的山峰像铁骨铮铮的硬汉挺立在劲风里。冬天的劲风，决不像夏日那般风儿悠悠，温柔体恤。崂山的风，从春天吹到夏天，又从夏日吹到隆冬，风是崂山看不见的纱幔，有时轻柔而曼妙，妩媚且柔情似水，有时会刺骨而寒冷，凌厉且毫不留情……

临近冬至的一天，我们走在崂山的羊肠小路上，已经变的不和煦的冷风从山中吹来，越过蓝天，越过白云，飞跃树梢，飞跃山峰，一只矫健的雄鹰乘着旋风直上云霄，在冬日的晴空中盘旋翱翔。这是 2009 年最后的冬天，茫茫山野里，料峭的寒风虽然一阵紧似一阵，但天似乎被饱蘸浓墨的大笔巧妙地涂抹成碧蓝，蓝得使人肃然起敬。光秃秃的树枝条迎风摇摆，不甘寂寞地依然挺身于如洗的蓝色晴空之下。

冬日暖阳照耀在看似有些荒芜的原野，风拂蒿草，一片静寂，只有背包一族的登山鞋踏在荒草上发出"窸窸窣窣"的声响。2009 年的余冬的寒气逼得山林在山风中瑟瑟发抖，我仿佛听得见流清河冰下的溪流仍在哗哗流淌，清澈而晶莹，沁冷又甘美，以顽强的生命力奔流不息。我奋力登上一个山峰，望眼远眺，不远处的艏旎大海顶着凛冽的海风卷起层层排浪，涌浪裹着风冲上岸边，泛起一朵朵雪白的浪花，霎那间，一片片白莲般的花朵凋零在沙滩上，洇进黄金般的沙子中，转瞬间又夹杂着沙砾翻腾着蜿蜒悄然退而到大海，一望无际的海面复又暂时的沉寂，孕育着又一次更大的冲天排浪。

收回目光继续登攀，不知走了多久，有时顶风有时顺风，就这样跟着风不停地前行，上坡下坡，穿插跳跃，时间像流清河水一样无声无息地汇入金色的港湾，夕阳霞光里的几只渔帆静静地停泊在那里，在风的摇动下缓慢而沉重地晃悠着，恍惚中将人们带进童年时期那无忧无虑的悠悠岁月中。

山中，落日夕照，风声鹤唳，风将潮动的晚霞吹向天际的一隅，同时发出阵阵刺耳的啸声。登山的队伍正在返途中，迎着山里的风，在崎岖山道上留下一串串歪歪斜斜的脚印，更像是走在人生的道路上，风风雨雨，曲曲折折，就像在一条布满荆棘的荒野小道，只有艰难地不断跋涉，才能到达光辉的顶点和顺利返回到宿营地。

渐渐地，天色暗淡下来，他们纷纷打开了头灯。一个跟紧一个！队员们传达着前面领队的口令。山野，慢慢笼罩在一片寂静的夜色中。由于冬季黑天早，队员们只好走夜路了。哎哟……一个女队员显然是不慎摔倒了，一个男队员快步走过去关切地问：怎么样，不要紧吧？好像是崴脚了，我走走看。女队员咬紧牙说，她脸上沁着冷汗。男队员将她扶起来，她刚吃力地迈出半步，便"啊"的一声又跌坐在地上。不要紧，我来背你！男队员不由分说，一下子将女队员背起，向着前方那一串串蜿蜒的灯火追过去……

趴在男队员的宽厚温暖的背上，这个女队员的心头顿时涌起一阵热流，她掉泪了。她抬起头仰望夜空，满天的星斗遥远地眨着眼睛，异常灿烂。他俩和几个队员迷路了，他们跟不上大部队，也找不到回去的路，只好找了一个避风处"宿营"。山中的夜，昏沉而黑暗，夜风呼呼地吼叫，他们挤成一团和寒冷作斗争。星光下，不远处雾霭袅袅，山涧的浮云也变得灰厚。

崂山的寒风吹透了他们的登山服，浓重的夜幕里山上每寸土地都是那样冰冷阴湿。队员们相互鼓励，轮流讲着蒲松龄的鬼故事和笑话，有人已经困得睡着了。不知什么时候飘起雪花，小精灵们在黑暗中漫天飞舞，一会儿他们的身上就落满一层厚厚的白雪。不知不觉中，东方破晓，晨曦里雪花悄然停歇，原先一片寂静的群山传来一阵阵清脆的鸟鸣，啼啾悦耳。大山苏醒了，几缕晨光从山林的缝隙里洒落进来，四周一片空寂和静谧，几株在寒夜中冷得发抖的小树此时挺直了腰板，沐浴着阳光晨露。

太阳出来了，太阳的光芒将山里的迷雾驱散，崂山的旷野上又响起了登山勇士们铿锵有力的脚步声，有人唱起了粗犷激越的黄土高坡。

风从崂山来，黄昏，我们目送着太阳落山，一片辉煌；清晨，我们迎着太阳下山，万里晴空。

爬山逸事

爬崂山就要爬野山。

愿意爬野山的人喜欢穿越。穿越可不是闲庭信步，悠哉悠哉。爬野山的人全副武装，登山鞋、登山服和登山杖一样不能少。这还不要紧，关键是爬山速度。经常爬野山的人喜欢登山比赛，而且一个比一个爬得快。这可把我这个喜欢爬山又不适应穿越的人搞败了。

这不，前不久又忍不住跟着"竹竿帮"爬山，从流清河出发，经化化浪直奔大流顶。因前一天晚上喝大了，刚随着大部队爬了一阵子，上了一个大山坡，爬了不到一个小时，我就上气不接下气了，心跳加速，而且是头发昏，眼冒金星，显然是大脑供血不足缺氧了。我甩掉头上的帽子，顺势躺倒在一块大石头上气喘吁吁，连喝口水的劲儿都没有了。

"实在不行你就往回走吧，反正也不远！"山友骑马看海劝道，并反复叮嘱："回去路认识吧，路上小心，保持联系。""嗯，只好这样了。路我认识，放心！"我无奈答应了。上午的阳光透过茂密的枝叶毫不吝啬地洒落下来，天空一片湛蓝，凉风徐徐吹来，我的头顿时清爽多了。我喝了水，心想难得一个人爬山，不是经常听说有人连旅游都做"独行侠"嘛，我也体验一下这种感觉。觉得歇得差不多了，我背上背包，拣起登山杖开始往回走。

刚走了不多会儿，听到了潺潺流水的声音，顿时情绪来了，劳顿全消。有山必有水，有水山才有灵气。我不自觉地顺着水声寻去，看见在一个树荫掩映的空隙处，有一潭清清的山溪水，旁边还有一块特大且光滑的大石头，稍有些倾斜地躺在那里，就像一张天然的大石床。见此，我便情不自禁地走过去，放下背包，扔掉登山杖，舒舒服服地仰面朝天躺了上去的。这下子可真是地当床天作被了，荒天野地，无遮无挡，天马行空，妙不可言。看天，一会儿蓝天无云，碧空如洗，一会儿，云絮丝丝，晴空飘荡。躺累了，我起身看小溪，阳光透过密密的枝叶洒下斑驳的光，像碎金子一样散落在水面上，闪闪放光。一只漂亮的红蜻蜓轻盈地飞过来，它扇动着透明的翅膀飞翔，不时点击着清盈盈的水面；像是要和单飞的红蜻蜓做伴，不知什么时候又翩翩飞来一只花蝴蝶，蜓飞蝶追，上下翻飞，演绎了一出蝶恋蜻蜓的爱情片段。

我看累了，便就着习习的山风轻轻浅睡，"梦"里浮现出骑马看海和山友们奋勇攀登的情景：他们马不停蹄地穿越，疾走如飞，仿佛就穿行在黄里寓红的画中，青春在召唤着他们，勇敢在鼓舞着他们，不到崂顶非好汉，他们的身影渐行渐远，随着那长龙一般的五颜六色的队伍，蜿蜒着前进，浩瀚的大海就在他们的脚下，很快便掩映在崇山峻岭中，变得朦胧难辨踪影了。

不知多长时间，恍惚中我"清醒"过来，经过养精蓄锐，我浑身有劲儿了，便一骨碌爬起身，继续往回返。生活在崂山脚下，喝着崂山矿泉水，我对崂山还是很有感情的。崂山有大海点缀，更显得有灵动。在回返的路上，我耳畔仿佛依旧响着大海不绝的涛声。岁月悠悠，生命鲜活，海上崂山为我们的生活增添了色彩。我翻过一个山坡，放眼眺望，前方浩瀚的大海茫茫一片，阳光如碎金闪烁在辽阔的海面，我心潮起伏，思绪万千，多么壮美的景象呀。我兴奋了，也不觉得孤独，一路走还一路哼着歌。

很快，我走出了大山，来到了奔涌的大海边。

正赶上涨大潮，海面上一排排白浪呼啸着滚滚而来，以排山倒海之势，如万马奔腾之阵，在海面上掀起一道道波澜壮阔的滔天巨浪。我正在感到震撼之余，"救命呀！救命呀！……"突然不远的海面上有人喊救命，一眼望去原来是有外地的女游客在海里游泳，被凶猛的大浪卷进漩涡游不出来了，只能看见她的长发飘在海面上。这时，只见流清河浴场的救生员穿着橘黄色救生衣，驾起快艇乘风破浪冲过去，快艇顺着涨潮的排浪迂回前进，在海面上划出一道雪白的浪花。终于靠近了求救者，经过一番周折，最终将这位女游客施救上来，有人上前帮她将灌进肚子里的海水吐出来，又做了人工呼吸。女游客慢慢苏醒过来，她微笑了，她美丽的秀发迎面海风在空中跳舞。

稍倾，一切归于平静。

我的肚子饿了，便将本来准备在山上吃的红肠和面包拿出来，又买了两瓶崂山啤酒和烤蛤蜊在海边吃喝起来。

很多游人或情侣在海边漫步，有几个学生模样的人在吃烧烤。不远处有一家新婚摄影棚，有几对新人在拍婚纱照，很温馨，很浪漫。我正看得着迷，忽然发现海边上一个骑马人"嗒、嗒"地跑过来，刹那间我想到一个山友的"网名"不就叫"骑马看海"嘛，啊，骑马看海，多么绅士，多么罗曼蒂克。

填饱肚子我闲步海岸，随手弯腰拣一块光滑的鹅卵石，欣赏于股掌，这块白色的石头一面竟然有一个红褐色线条刻画出来的古代侍女，其造型粗旷简洁，看上去像一幅绘画艺术作品，形神意兼备，真是妙趣横生，顿生灵性，我有些爱不释手。这时，大海已经满潮了，刚才还看似旷野的大海，此时看上去平静了许多，只有一阵阵小小的波涌荡起一排排小小的浪花。

太阳快要落山了。夕阳中，巍峨的崂山披上一层金色的霞光，原本气势磅礴的崂山山脉顿时变得娇柔妩媚了。蜿蜒曲折的海岸线在晚霞中装点着崂山山麓，夕阳的余辉使坐落在海上的崂山山峰更加妖娆了。

游阅江楼

　　南京阅江楼是金秋十月游的最后一站。早就耳闻阅江楼是江南四大名楼之一，当黄鹤楼、岳阳楼、滕王阁因名人题诗而名扬四海时，阅江楼却因有记无楼而沉寂了 600 余年。

　　阅江楼位于南京城西北，濒临长江的狮子山，景区内有阅江楼、玩咸亭、古炮台、孙中山阅江处、五军地道、古城墙等 30 余处历史遗迹。狮子山原名卢龙山，高 78 米，周长 2 公里，有"狮岭雄观"之美誉，为金陵48 景之一。当年，明太祖朱元璋在卢龙山大败陈友谅，为明王朝建都南京奠定了基础。朱元璋称帝后，赐改卢龙山名为狮子山，下诏在山顶建造阅江楼，并亲自撰写了《阅江楼记》，又命众文臣每人写一篇《阅江楼记》，大学士宋濂所写一文最佳，后入选《古文观止》。朱元璋在《阅江楼记》中这样写道："洪武七年甲寅春名公以山为台，构楼覆首，名曰：阅江楼。"然而，不知为什么，600 年来虽有两篇《阅江楼记》流传于世，但楼阁终因种种原因未建成。

　　阅江楼于 2001 年才终于建成并对外开放，从此结束了"有记无楼"的历史，同时也了却了朱元璋未尽的心愿。阅江楼整体成"L"形，主翼面北，次翼面西，两侧均可观赏长江的旖旎风光。走进阅江楼，发现一把昔日皇帝坐的龙椅摆放在大厅的右首，金灿灿的背景是明代开元皇帝朱元璋的《阅江楼记》，显然，这把红木的大龙椅就应该是当年朱元璋的坐椅。一旁，还摆挂着明黄色的龙袍，看到这明晃晃的大龙袍，想到我刚刚看完当年明月撰写的《明朝那些事儿》，便跃跃欲试，更想穿上眼前这身大龙袍了。朋友劝我，机不可失。于是，我便兴致盎然地披挂上当年朱元璋穿的这大龙袍，也过把皇帝瘾。

　　我站得笔直，摄影师亲自为我换上龙袍。哈哈，这龙袍一上身，顿时感觉就不一样了。霎时间，我觉得我可真是一个"皇帝"了，神采飞扬，一言九鼎，仿佛我就能呼风唤雨，指点江山了呢。摄影师为我拍照，我尽可能气宇轩昂地摆出各种姿势应对，生怕将明朝大皇帝的神圣威严给"演砸"了。不过，好在只是在扮演，只要形似用不着神似便应付过去了。

阅江楼内富丽堂皇，屋面覆盖黄色琉璃瓦，并镶有绿色琉璃瓦缘边，色彩艳丽，古色古香，我想这一切都会符合朱元璋笔下的"碧瓦朱楹，檐牙摩空，朱廉风飞，彤飞彩盈"的具体描绘吧。

换下皇帝服，一溜烟登上阅江楼，放眼远眺，虽然烟雾笼罩着远处的南京长江大桥，刚才的感受还有余意，但见浩瀚的长江滚滚东去，一览无余，仿佛郑和下西洋以来600年烟雨尽收眼底。背江而望，辽阔的金陵全景映入眼帘，令人心旷神怡。

走下阅江楼，回味着阅江楼的华美和皇家气派，同时更在咀嚼着阅江楼传递着的许多历史文化积淀的丰富内涵。

山依在，楼犹新，居高临下，指点江山，当年朱元璋没有实现的心愿终于在今朝了却。

初夏青岛

　　初夏的青岛晴空辽阔，绵长的海岸线上洒满灿烂的阳光，蔚蓝的天空衬映着娇媚的双樱花枝摇曳，风来了，落英缤纷，似花雨丝丝飘零。浪漫的法国梧桐枝条上一片青翠，八大关童话般的洋楼优雅神秘，青岛啤酒街的夜晚在霓虹中闪烁，漫步在初夏这样的夜晚，曼妙构成了青岛夏日的妩媚与窈窕。

　　夏日的风是清爽的，走进那些古老的街巷，漫步在那些弯弯曲曲起起伏伏的小街小巷，观赏着那一丛丛探出墙头的小花，令你不由得把脚步放轻放慢，悠然自得地享受这初夏的岛城风情与旖旎，即使是随着性子任意闲逛都是很写意美好的。植物园里，草木清新，花卉吐艳，秋千上的小女孩绽放笑脸，白发苍苍的伴侣携手而行，青年男女在"喀嚓、喀嚓"的秋千荡漾声中欢笑……

　　木栈道旁，大海边，浩瀚无亘的大海是那样宁静幽蓝，不由使我想到了自古以来许多文人志士都崇奉"宁静以致远"这句名言，这句出自诸葛亮的《戒子篇》的"非宁静无以致远"，阐明了诸葛亮对于宁静所作的如此意味深长的诠释。李白有诗云："花间一壶酒……对影成三人。"亦含有宁静以致远的悠悠意境。贾岛诗曰："鸟宿池边树，僧敲月下门。"那宁静中静静的敲门声久久回荡，更是平添了不尽的韵味。"明月松间照，清泉石上流。"这是一种饱含永恒的宁静，令人神往。然而太多的时候，我们大都无法驱逐内心的烦躁和浮躁，烦心的琐事无时无刻不在困扰着我们，令人苦闷无法自拔。然而宁静就好似催眠的歌谣，无论多么昏暗的夜色，带给你的是心底的安然。所以，宁静其实就是一种这样豁达大度的心情，是以情绪安宁来涵养心性的。

　　初夏正是钓鱼最好的季节，除了天气特别舒适外，鱼也是特别容易上钩。怀着一个快乐的心境，望着波光粼粼的水面，听着翠柳上鸟儿的鸣叫，心中自然会平静而满足。望着平静的海面，我会禁不住吟出曹操在《步出厦门行．观沧海》中的诗行：东临碣石，以观沧海。水何澹澹，山岛竦峙。树木丛生，百草丰茂……

站在观海山上，眺望初夏和熙阳光下的栈桥、小青岛及进出港口的大小船只，风景如画，历历在目。俯瞰合而为一的海天，蓝天倒映在海里，碧海融入蓝天，山分明成为海的礁岩，人又变成天的飞鸟，海天一色恣肆着汪洋……

哦，苍海茫茫，潮落还会潮起，夏日里我们引吭高歌。看云卷云舒，为岁月畅想壮行，抓住人生最美好的时光，在海浪尖上弹奏命运的交响。初夏的青岛是美妙的，海风拂面，海浪声声，给放飞的梦想插上翅膀，阴霾哀怨会被夏天的风儿全部吹散变淡，天地相吻的海平线上，将腾起一轮蓬勃炫目的太阳，把湛蓝的海水煮沸，溅起滚烫的雪白浪花，将命运投入燃烧的炉膛，把浪漫锤打煅造淬火，重塑生命的坚强，百炼成钢。

家前面就是一片海，时值初夏，近看大海平静无澜恰似明镜，远望镜面辽阔无际海天相连，每每看海都有一种心旷神怡的感觉，每每看海都能感受到内心波涛的波澜起伏。夏日观海，清澈一片，更能体会海的博大，感受海的波澜，伴随着海的缠绵，领略着海的澎湃，这种感觉只有在初夏观海的时候才会有，这种切身的体会语言永远无法形容她的美妙，这种情怀只有亲身融入才能真正领略她的魅力无穷。

夏日观海，时而波涛汹涌，时而碧波荡漾，动中如千军万马，静中如少女含羞。习习的海风，清凉湿润，吹在脸上一丝潮湿，吹动发丝随风飞舞，心潮随着波涛缠绵动荡，心绪随着波澜澎湃激昂。啊，我喜欢在夏日观海，喜欢体验海风的浪漫与清爽、喜欢海浪翻滚给我带来海的思绪与情思。

夏日听涛，伴着阵阵清凉的海风，看层层浪花飞溅，我切身感受着起伏心潮，倾听着波涛的音符，伴着海浪的节拍，感受着海的宽广胸怀。于是。我体会到了海的气度，不尽的情怀随着海风一起飞扬，喷涌的思绪伴着涛声在海中回荡。啊，放飞心灵，伴随着波涛和海浪，与展翅高飞的海鸥在浩瀚无边的海面翱翔驰骋……

观海听涛，初夏的青岛海岸魅力无限，欢快的浪花、沁人心脾的海风、一阵阵的波涛，一起在我的心潮中荡漾，在热血沸腾中燃烧，在赏心悦目中得到升华。哦，这心潮的澎湃，海浪的汹涌，波涛的起伏，汇聚成夏日一个壮丽的乐章，一个浑厚而朴实的绿色交响曲。

在初夏的青岛，我在用心地观海听涛，敞开胸襟体验海的广阔，打开心扉感受海的力量，放飞心灵融入大海的交响乐章，纵观海浪奔腾心潮起伏，静听涛声依旧飞扬海面，我的心声与夏日的大海共鸣、同跳。

寒风中的腊梅

腊梅傲雪霜，不留脂粉香。花绽俏枝头，清淡满庭芳。

——题记

古人都喜欢踏雪探梅，究其原因，我想其中必有其幽趣和意境，寒冬腊月，披一身雪白的风衣，在漫天飞雪的旷野里，观赏那腊梅冲寒开放，果真是惟妙惟肖，浪漫异常。

新春伊始，岛城也算是风冷天寒，但总不见飘雪，使人不得不觉得有些遗憾。那天，回家给老爷子拜年，看到庭院里的那盆腊梅正绽开怒放，其花虽疏疏落落，只有几朵黄亮的杯状小花，俏丽地点缀在那无叶的枝上，但在凌厉的寒风中，我不禁对她肃然起敬。我凑近闻闻，有一丝淡淡的清香。寒风中的腊梅花黄如蜡，香花满树，清香四溢，为寒冷的季节增添了一股生气。

一大家子喜气洋洋地吃完饭，肚子撑胀，便携夫人邀从北京回家探亲的弟弟一起到附近的海大老校园溜达溜达。没想到意外的收获是，在空旷的校园里看到了凌寒怒放的腊梅，不过，这可是棵高大的树木，有三四米高，我好像是第一次看到这么高大的腊梅。数九腊月，朔风凛冽，校园里几乎空无一人，唯有那株腊梅傲寒绽放。"挺秀色于冰涂，厉贞心于寒道"，我久久凝视着那枝头的腊梅枝，她倔强地探向蓝天，极力伸展着，似乎无忧无愁，无怨无悔，努力向人们展示着她那朴实的心灵。不得不佩服，腊梅生长在寒冬腊月，尽管她开得是那样的艰难，但看得出她有坚韧不拔的意志，生长的却是这般潇洒、乐观。正可谓：凌寒不衰，守正不苟，冰清玉洁，品格高贵。

可以说，腊梅是春天的最早使者。春天到了，腊梅率先给人间报来春

第一辑 梦里落雪

消息。有了腊梅，早春不会像冬天一样水瘦山寒，看见了盛开着的腊梅，人们的心里不免也会心花怒放，觉得非常实落，因为，没有花的世界会让人的心灵感到空虚，显得毫无生气。忽然，我的脑海里闪过一个念头：风霜傲骨的腊梅花，不是和我们生活中的许多英雄人物有些相像吗？他们的伟大精神、品格是那么令人崇敬和向往，而当他出现在你面前的时候，竟又是那般的普通和质朴。

其实，腊梅和过年一直是联系在一起的，正像儿歌唱的："正月梅花对雪开，二月杏花赶进来，三月桃花红胜火，四月牡丹似花海。"看来，当大雪压冬云的时候，万花纷纷谢了，唯有寒科腊月梅花欢喜漫天雪，越是冰天雪地，她越开得鲜亮争艳，越显得俏丽挺拔。她正是伴随着洋洋洒洒的飞雪绽开花蕾的。从歌词中知晓，腊梅花一开就要过新年了。

此情此景，我想到，海大的学子算是幸运的，虽然在苦读寒书，但有腊梅做伴，有腊梅的精神和品格鞭策，自然也是"归来笑牛梅花嗅，春在枝头已十分。读书之乐何处寻？数点梅花天地心"了呀！因为，腊梅所具备的高尚情操：凌霜傲雪的坚忍和顽强，默默奉献的寂寞和牺牲，大义凛然的风骨和气节，而这些，恰恰是在春天里开得姹紫嫣红、争奇斗艳的花儿所缺乏的。所以，假如我们崇尚或想做一株腊梅，就意味着必须付出和奉献，而并非索取和回报。

哦，我喜欢朴实无华的腊梅，正是因为她的刚正不阿，她的不畏严寒，她的冰清玉洁。在千山鸟飞绝的日子里，我们的灵魂虽然渴盼一场大雪的覆盖，但寒冷的季节有腊梅与月色依依，恰似听到滴滴箫声，自幽香里飘浮出来，洒满庭院，典雅成一段含蕴的幸福时光，让我们都深深地陶醉在腊梅的风韵和幽香之中了。

久久地，我凝视着凌厉寒风中那株俏丽傲骨的腊梅。

闪亮的红蜡烛

有关蜡烛，我从小最早听到的诗句，就是名句"春蚕到死丝方尽，蜡烛成灰泪始干"了。在生命的旅途中，开始，有学校的老师，他们默默无闻、献身自我的蜡烛精神，一直潜移默化地感染和影响着我的成长。后来，我也曾作为部队的一名教员，努力学习和实践着这种无私奉献、勇于付出的蜡烛精神，从中，我切身感受到蜡烛在燃烧的过程中，燃烧自己，点亮别人的高贵品质。

我常常在夜晚熄灯以后，躺在被窝脑海里会出现这样的景象：在漆黑的夜里，一支红色的蜡烛，任凭寒风吹动着火苗，它仍呈现出一滴滴淌泪的凄凉，火苗窜动，蜡身渐短，直至最后烛燃尽了，只剩下凝固的烛泪，孤零零立在那里，塑成一幅历尽尘世的美丽图画。我自始自终，对这种哭泣般的雕塑深感震撼，每每想起，都会为之动情并感慨不已。

直到开始上学的时候，老师的那种孜孜不倦、教书育人的光辉形象，便深深地印在了我的脑海里。正是他们，将自己变成了一支令人尊敬的红烛，一点一滴地传授着科学文化知识，送走了一批批的桃李，自己却熬白了头，用毕生的光和亮，照亮了多少莘莘学子头顶上的那一片灿烂的天空。

李疆老师是我大学的班主任老师。我在大连外国语学院上学时，受到了她无微不至的关怀。她注重教书育人，在教学上亦很严谨，平时在生活等各方面，也无微不至地关心着她的学生。大学二年级时，我因生病落下不少课，待我出院后，她看在眼里，急在心里，她不顾辛劳，不管孩子还小，马上连夜给我补课，使我很快赶上了学习进度。至今想起来，仍感激不尽，终生难忘！

我从部队入校时刚 19 岁，和其他同学一样，对美好的未来充满了希望与憧憬。李老师给我的印象是：适中的个子，不胖不瘦，秀气的脸庞，上课时精巧的鼻梁上架着一副灵巧的眼镜，一看就是一副文质彬彬、活泼可爱的书生样子。她是大连市委一位领导的千金，在大连外院上学时就是日语系的尖子生，人称"阿黑鲁"（音译），即响鸭子的意思。说李老师平时说话响亮干脆，就像"嘎、嘎、嘎"叫的响鸭子一样。日语非常出色的李老师毕业时，没有选择去外交部当高级口译，而是心甘情愿地留校当了老师。她的丈夫是一名海军军官，经常看见他回来帮助李老师洗衣服，因为李老师每天上课太忙，还要带孩子。李老师上日语课时，流利的日语就像清溪里潺潺的流水一样动人好听，连学校里的日籍老师都称赞她的日语说得简直和日本人没有二致呢。

大学二年级时，我严重的痔疮病犯了，钻心的疼痛折腾得我满床打滚，一连一个星期没有消肿。无奈，等稍好一点儿时，只好去医院动了手术，一直在医院住了整整两个星期。出院后，眼看落下的课越来越多。每天晚上，李老师就让我去她家补课，一连许多天，一字一句，点点滴滴，不嫌烦，不怕闹，才几岁的小孩，就让小保姆看着。经过她的精心补课，我落的课很快就补上了。

我刚出院身体比较虚弱，因大连当时生活水平很差，我入校后一直没有吃过鸡蛋。李老师就特意想方设法弄到半斤当地很稀罕的鸡蛋，非让我吃，给我补养身体，使我很快健壮起来。很快，就又能和往常一样，代表学院队去打篮球比赛了。李老师既教好学又教心教人。我们入学后不久，正赶上社会上刮起"反击右倾翻案风"的潮流，李老师坚持上好主课，不荒废我们的学业，冒着可能被戴上走资本主义"白专道路"的帽子的风险，力主学好外语，使我们将来有报效祖国的本领和技能。在她的带动下，我们七三级一班的外语水平在学院一直名列前茅，班里的几名尖子生现今仍在学院任教，一直是学院的教学骨干。

我还记得，大二下学期，我在七三级部的同学中第一个加入了中国共产党。入党宣誓那天，李老师语重心长地鼓励我走又红又专的道路，学有所长，服务社会。在大三时的学习实践中，我和李老师一组接待日本友好之船，李老师却借故避开，有意让我独当一面，多参与难逢的日语锻炼机会。如今，我能在对日贸易的领域中较自如地运作，且游刃有余，仔细想想，这与当年在大学时李老师的循循善诱、热心执教是分不开的。

哦，大学的岁月虽然已经远去，但我依然清晰地记得李老师那张阳光般灿烂的笑脸。呵，李老师！如今您的学生早已桃李满天下，这些年您是否又有新的学生和新的体验，是否还记得七三级那帮年轻有生气的学生。现在我们这帮人已展翅高飞，活跃在各自的工作岗位上。正可谓：细雨润心田，烛影摇红天；寓教如做人，往事在眼前。

后来，我大学毕业又回到原部队，成了一名部队的日语教员。从那时起，我就暗暗下定决心，也要学习蜡烛的精神，照亮别人，化作一缕烛光，情倾桃李红，教书又育人。部队的训练队就位于李村陆军一四一医院的后面，倚山而建，营区整洁有致，教室也宽敞明亮。清晨，早起在清新的院内晨读，柳绿鸟鸣，满目青山，我仿佛又回到了幸福的学生时代。

当时训练队的学员都是从野战部队挑选来的优秀战士，朝气蓬勃。我们日语专业有20多个学员，早晨就餐前，学员们高唱铿锵有力的歌曲，晚饭后，一个个龙腾虎跃地活跃在篮球场上。有空，我也和战士们一起抢球、运球、投篮，和学员们打成一片，融为一体。

课堂上，我手捧着课本，讲起课来一板一眼，上课尽可能用日语讲解，板书认真工整，让学员看了赏心悦目。学员中有一个是来自沂蒙山区的，叫王学军，他学习很刻苦，成绩在班里一直名列前茅。可是天有不测风云，一次打球时他突然觉得右腿剧疼不止，经到医院检查，万没想到竟是骨癌。这一下子对王学军来说如青天霹雳，对他的打击太大了。他每天愁眉不展，学习成绩明显下降。

"不行，绝不能让他掉队！"我暗自下定决心。尔后，我经常和他促膝谈心，一边鼓励他积极配合医生治病，一边牺牲休息时间，每天晚上帮他补课，使他很快迎头赶了上去。遗憾的是，虽然学习成绩提高了，可因他的腿部病情一直很严重，没有好转的迹象，迫使他没能再坚持完成学业。后来，王学军复员到地方后，好长时间没有他的音讯。再后来，我也转业从事外贸工作。

前些日子，突然一纸飞鸿，我收到一份来自东瀛日本的传真件，展平一看，真没想到竟然是王学军发来的。传真里的大意是：李教员，您好！没想到我会给你发传真吧。长话短说，我因病从部队复员后，开始几天在家里寻死的念头都有了。苦闷了一段时间，想想部队对我的培养，看看把自己养大成人的父母，我决心活下来。从此，我吃中药慢慢调理病腿，并坚持不间断地学习日语，终于考上了地方大学的日语系，而腿也奇迹般地好了起来。现在我们正在京都的一家公司任职，从朋友那知道您在外贸工作，就忍不住冒昧地来打搅您了。说不定，今后还能和您做生意呢。

含着热泪读完了王学军的传真，我激动不已。多好的有志青年呀！多么顽强的毅力呀！此时此刻，我更加感到了教育工作的重要，更加感到作为一个教育工作者的自豪和骄傲。

岁月如梭。转眼间我离开学校已经 20 余年了，离开部队也有 10 余年了。在外贸工作之余，时时想起难以忘怀的李疆老师。我们经常电波传言，畅叙师生之情谊。事业成功中，有李老师当年的精心培育和言传身教；遭遇失败时，有李老师遥远的殷殷教诲和鼓舞呐喊。令人高兴的是，前不久，李老师随大连市的优秀教师旅游观光团来青岛旅游，我终于事隔 20 多年，又见到了如今德高望重、干劲不减当年的李老师。她年过五旬，鬓角依稀可见丝丝银发，但仍精神矍铄，声音洪亮，笑声不断。

那天，我们师生坐在汇泉湾畔的一家餐厅里，喝着青岛啤酒，品着小海鲜，眺望着窗外的汇泉湾畔，落日的余辉撒满大海，给错落有致的山岚和建筑披上一层金色的光环，静静的海面上渔帆点点，海风推着海浪在柔细的沙滩边溅起朵朵雪白的浪花，圣地亚哥酒店的霓虹灯闪烁，装点得汇泉湾畔更是落日生辉、金碧辉煌。哦，李疆老师，不正是暮色落日里的绚丽多彩的灿烂余辉吗？她沐浴着霞光向我们走来，神采熠熠，精神抖擞！

哦，寂静的酒店里，灯影摇曳，烛光正红。我知道，已是教授的李疆老师，现在仍在学院的出国留学部任教并带研究生，以她的耿耿忠心，为我国输送着合格的外语人才。在这春暖花开的时节，我和李疆老师举起酒杯，我衷心地祝她：夕阳更美好，不言黄昏到；落日见辉煌，余辉尤妖娆。

现在，家里偶尔停电时，我仍会欣喜地点燃一支红色的蜡烛，看着那红艳艳的身躯，火苗闪亮，我不禁思绪万千，蜡烛是平凡的，它燃烧了自己，照亮了周围。蜡烛又是不平凡的，它那闪动的小火花，给人们带来多少光和热。在我们的学校里，有多少老师，不也是像蜡烛一样，不顾自己，把毕生精力都献给了教育事业吗？

红烛精神是可贵的，我们千千万万个教育工作者，都具有这种崇高的献身精神。我爱蜡烛，但我更爱具有蜡烛精神的那些默默奉献的人。烛光闪闪，照亮了千千万万个莘莘学子的光明大道。

芙蓉树

我从很早就喜欢美丽的芙蓉树。

芙蓉花开，绿蓬上飘拂着一层粉色的轻盈，淡雅、清爽、妩媚，也不失少女般的俏丽与妖娆……

小时候在泉城济南时，我看见过芙蓉树，觉得很美，但印象不深了。到大连上大学，在南山的校园里有许多芙蓉树，炎炎夏日，同学们躲在荫凉的树下读书学习，印象颇深。来到海滨城市青岛，很多地方都能看见芙蓉树。

今天中午，我在香港花园附近的上杭路上，看见了一排芙蓉树上的芙蓉花开得正旺。随风摇曳的绿叶间隙上方，有的是一片艳艳的火红，恰似晚霞中一朵朵火烧云在燃烧，也有的是一片淡淡的浅粉，更像是清晨那一缕缕彩云在飘逸，真是太美了。

芙蓉树又称木芙蓉，开的花就叫芙蓉花的。我注意观察过，这种芙蓉花清晨开花时呈乳白色或粉红色，傍晚便变为深红色。芙蓉花喜欢温暖湿润的气候，喜阳光，适应性较强。

芙蓉树也叫合欢树，芙蓉花朵毛茸茸的极美，在岛城一般花开在 6 月下旬。记得在大连上学时，芙蓉树的花开时间和青岛差不多。当时班里有个女生叫司芙蓉，家住在湖南长沙，我一看见她就想起了"芙蓉国里尽朝晖"那句诗来。芙蓉花开的日子，有几次课外活动背外语，我走着走着就走到芙蓉树下，偶尔抬起头都看见司芙蓉也在芙蓉树下。

司芙蓉长得很高挑，白净净的脸蛋细腻得仿佛一把能捏出水。她喜欢穿一身天蓝色的连衣裙，生性天真活泼，见人总带着微笑。班里女同学都直接叫她"芙蓉"。芙蓉舞跳得很好，全校文艺大汇演时，舞蹈《洗衣舞》里的领舞就是她。

一次实习接待外宾，我正好和司芙蓉一组。她说喜欢自己的名字，出水芙蓉，清清爽爽，妩媚不失明媚，娇娆更有靓丽。她说自己老家也有许多芙蓉树，上大学前，在炎热的夏季她就经常在院里一棵硕大的芙蓉树下复习功课，和芙蓉树有着很深的感情。她说，自己能来上大学，其实这里面也包含着芙蓉树的功劳呢。

当然，我和芙蓉树好像没有什么值得炫耀的故事，但是我喜欢也叫合欢树的芙蓉树，芙蓉花开，开在我心头，一片阳光明媚！

雨中海棠

　　淅淅沥沥下了一夜的春雨，清晨爬起来冒着仍飘飘不停的霏霏细雨，扛着"大炮"去八大关拍雨中的花。韶关路上的碧桃含苞或怒放，花开时节虽然拍桃花较多，但我仍不厌其烦地又拍了一阵子。

　　小雨一个劲儿地下着，闷头走着走着，不想来到了武宁关路上。猛一抬头，发现沿街的路边，怒放的海棠花早早地就开始向人们展示她美丽的容颜。烟雨朦胧的清晨，一排排一棵棵海棠树枝上的粉红色的花朵随风摇曳，花朵中间衬映着透着晶莹的绿叶儿，显得清新、婉约、俏皮……春风吹拂，柔蔓迎风，细雨绵绵，垂英袅袅，似乎又听到海棠花的曼妙花语。

　　仔细观察，这一簇簇海棠花在绿叶的映衬下。有的舒展怒放仿佛在畅怀微笑，有的花苞初绽像在含情不语。海棠花的花瓣在雨中缀满小水珠，春似酒杯浓，醉的海棠妖媚动人。雨中的海棠花更像是一个面容楚楚的少女，轻盈飘逸。花虽无香，意蕴悠然，令多少文人雅士为其倾倒。这使我想起苏东坡的《海棠》诗：东风袅袅泛崇光，香雾空蒙月转廊，只恐夜深花睡去，故烧高烛照红妆。诗人酷爱海棠竟深夜不寐，秉烛观赏月光下的海棠花，我在一个飘雨的清晨，悠闲漫步在海棠长廊，较之观赏樱花、碧桃、玉兰、丁香、紫荆和连翘等，不是更显得幽静、洒脱和浪漫么？

　　徜徉在如火如荼的海棠大道上，看成片的艳丽幻化为梦境，那长长的枝条伸向路中央，形成一条海棠花的长廊，格外明媚。清晨路上的游人很少，只是看见有几辆车特意停在海棠花盛开的树下，放着悠扬的音乐恣意地打开车窗探出头观赏一番，停留片刻便口里哼着小曲一踩油门跑走了。

　　人生苦短，海棠花的花期更短。现在是海棠花绽放的最佳观赏时节，我分明看见一对恋人悄然走进我的视野。两人手拉手相拥漫步呢喃，姑娘爽朗的笑声仿佛将春天的海棠花惊醒，风吹来，纷呈的花雨飘落在他们的肩头……置身在八大关，时光的片刻流逝都会使你觉得闪神瞬间已错失良多。

雨还在下着，海棠长廊清静而不苍凉，海棠花美丽却不骄矜。路上人渐渐多起来，人们的谈笑声音很低，过往的车也多了一些，车的行驶速度一般极慢……难道人们都被眼前这景色吸引了，震撼了？

回返路上，我低吟着才子唐寅的倾诉"只苦意思和谁说，一片春心付海棠"，轻诵着才女李清照的"昨夜雨疏风骤，浓睡不消残酒。试问卷帘人，却道海棠依旧。知否？知否？应是绿肥红瘦！"踩在纷落的花瓣上，神清意爽，我知道我已经是醉了。

花落花会再开，善意美丽的海棠花来年又会将芬芳花香，洒向爱的人间。

静悄悄的山水

每次进山，都感到了山林的静寂和流水的静悄悄。

初夏时节，崂山中的各色各样的山花都已败落，但黄灿灿的大丽菊却一片片开得如火如荼，我想这些入侵物种可能是随风飘来的吧。原打算去崂山顶转一圈，却跟着山友走迷了路，错过了与山腰溪边的那棵酷似迎客松的约会，心中不免有些遗憾，但条条大路通罗马，在深山里人走过了就是路，我们在原始森林中转来转去，终于来到了一个树木茂密的山溪边。

"啊，休息一下吧！"我累得够呛便提议。"好来，就地休息。"山友表示同意。山林里的寂静令人陶醉，此时此刻四周没有人语，只有潺潺的流水"哗哗"淌着，凉风习习，听得见窸窸窣窣的树叶颤动声，偶尔，不远处传来几声鸟鸣，冷不丁打破这一片沉静。我们就着鸟鸣和水声会餐，用青岛啤酒的碰杯声打破崂山山林里的宁静。

清流的水势不太大，从山上缓缓地流下来，清澈晶莹。感觉有一段时间没有下雨了，山上又没有蓄水池，为什么山溪却常流不断呢？我时常这样想。也许，是山泉水长渗不枯，抑或是山林树根存下的水分渗出？总之不得其解。

我仰面朝天躺在一块巨石上，反复琢磨着刚才的问题。迅猛地爬了一阵山，四肢放松地随意躺在滑滑的石头上很惬意。天空是那样的瓦蓝瓦蓝，只有几丝淡淡的云朵，山崖上伸展出来的松枝青翠耀眼，在阳光的照耀下随风摇曳妩媚。很久没有这样仰面看天了，有些头昏，天空像是在旋转，下意识中，忽然觉得天空仿佛变了模样。

闭上眼睛，眼前一片暗红，朦胧中我想起了小时候的夏夜，我经常躺在凉席上乘凉，然后在夜空中寻找着北斗七星和牛郎织女的身影，夜凉如水，天上有一轮圆圆的蓝月亮，洒下淡淡的蓝色光华。好久没有看见这么清淡的蓝月光了，心里不禁有些感动。蓝月亮和灿烂的星光，在我幼小的心灵上留下一片辉煌影像。回过神来，睁开眼双手搭凉棚仰望蓝天，蓝天显得格外高远通透，变幻的几许流云轻盈地飘着，飘得人心也轻飘飘起来，心里变得一尘不染，似乎要飞着融入到棉絮般的流云之中。

在这种寂静的大自然旷野中，人娄时间变得十分渺小。融入原始山林这个大氧吧，心绪完全放松。这里空气清新，都市里的尘世凡俗都远离我而去。宁静而致远，我突然心境也变得异常宁静起来，情舒意爽。

"开拔吧，就从这个方向往上爬。"山友的话，打断了我的思绪。我起身喝了口山泉水又和山友们风尘仆仆地上路了。走了一段，我发现耳畔只闻"哗哗"的流水声，山溪却隐没不见了，再往前走了一段路，看见一股暗流从一块大石下面涌流出来，并在前面汇成一个浅水湾，看上去清澈见底，水底的石头和树枝清晰可见，阳光洒在水面上，恰似万点金星，波光闪闪。"哦，这里再稍深点，过些日子就可以游野泳啦!"我有些兴奋地说。

山风穿过茂密的山林偶尔袭来，不时带来一丝丝清爽。头顶上树叶婆娑作响，在我听来是树的歌唱，尽情地表达自己的欢悦。世上万物都是有心的啊，甚至连水边的石头是否也有自己绮丽的梦? 我想应该是有的。

寂静的山林使我渐渐寻找到自己的一片净土。爬山过程中我的心慢慢地沉静下来，一阵清风吹过，心情舒畅了。于是，我发现，静其实不仅仅是一种环境特点，而是一颗心的感受。当你超脱于尘俗的纷扰，宁静便无处不在了。

我一边爬，一边想，还不时地抬起头看看天上的流云。看够了天上的流云，我想，天下山水多有类似之处，谁又能说峨眉的云就不会飘来崂山，黄山的云海就不能笼罩崂山? 于是，在这样一个阳光灿烂的午后，在清风流水中，将自己一颗浮躁的心在山林的寂静中洗净……

这时，山中不知从哪里飞来一群白鸽子，它们在松树上方盘旋，闪过一道道雪白的影子。白鸽子飞翔的姿态很矫健，越过了高山，越过了山林，不一会儿，随着悠扬的鸽哨飞远了。大山里又恢复了一片静寂。

顺流清河谷蹦河床的石头直上，就能到达巨峰。蹦河谷是一种很艰巨的运动，好在河水流淌着，过一段就有一湾水潭，水潭清澈，正好补水喝。马鞍子水库的上段河谷有一个"双石潭"，潭面平静如镜。人常说静水流深，说的是表面波澜不兴，实则暗涌遁藏。但这个水潭不算深，静水是真流深是假，也只能算是静水流浅的山溪水，但要是到了雨水旺季就另当别论了。

我将赤脚伸进冰凉的潭水里，深感静水之清清兮，群山环绕。掬一捧清水入口，清冽甘甜。这一潭清水，静静地躺在崂山苍老的皱褶里，欢唱着哗啦啦的歌。在附近灌木丛中，在青苔满布的砾石边，阳光透过树叶细细碎碎地照到水面，泛些晶莹的光。

山溪水从山上流下来，形成了不少不大的瀑布。众多的溪水细如毛发，它们有的从岩石缝隙中滴渗出来，有的从竹林深处如游蛇一般伸出来，有的从树枝上面的峭壁上纵身跃下。在繁茂丛林里，在你可以想象和不可想象的地方，都能发现晶莹透亮的水的踪迹，它们汇聚而成一潭潭浅流静水，常流不涸。

玩够了，很尽兴，但大家都不愿再往前走了。便打道回府，留个缺憾吧。静山静水，自有静山静水的自在和安详。于是，我享受着安静，在这寂静的山林中，同样享受着静悄悄的山山水水……

天上的街市

　　崂山仰口去过多次，但那时候我主要是游览那里的自然风光，也没有太在意那里的人文景观。然而前几天，当我再次和朋友游览仰口时，她却以其那深邃且丰厚的文化内涵深深地感染了我，给我一次刻骨铭心并记忆犹新的感受。

　　仰口游览区位于崂山风景区的东北部，背依连绵的奇峰仙山，面朝碧波荡漾的黄海，景区岚光霭气中群峰峭拔，争奇斗妍，风光特色以仙山寺院、海湾沙滩为主。嵯峨壮观的山峰自海边拔地而起，其中象形山、象形石丰富多彩，自然景观奇特，人文景观荟萃，历史文化悠久，自古就有"洞天福地"之美誉。

　　6月中旬，我们一行5人乘仰口索道上行，似腾云驾雾，两边的山峰丛林和脚下的山涧一掠而过，右边清晰地看到石峰上刻的大大的红寿字和众多大小不一的红寿字，最大的一个有几米高，那个形状神似的大仙桃更是历历在目。下了索道我们先打着手电穿过狭窄的"觅天洞"，很快就到了"上苑"山上，在那里我豁然看见郭沫若先生早年在日本留学时写的《天上的街市》一诗："远远的街灯明了，好像闪着无数的明星。天上的明星现了，好像点着无数的街灯。我想那缥缈的空中，定然有美丽的街市。街市上陈列的一些物品，定然是世上没有的珍奇。你看，那浅浅的天河，定然是不甚宽广。那隔着河的牛郎织女，定能够骑着牛儿来往。我想他们此刻，定然在天街闲游。不信，请看那朵流星，是他们提着灯笼在走。"

　　这首诗的背景是在1921～1922年期间，当时中国处于北洋军阀混乱时期，面对半殖民地半封建社会的黑暗现实，作者感到极大的愤怒。他从地上的街灯联想到天上的明星，又联想到街灯，描写天上的街市，使人展开了想象的翅膀，不满地上的现实。从而，作者又想象到牛郎和织女团聚生活，这里的牛郎和织女已经得到了解放，他们生活得和美幸福。明星和街灯这回还往复的互喻，创造了一个充满幻想、诗情画意的隽永意境，表达了作者对美好生活的向往。郭沫若的诗一向以强烈情感宣泄著称，大都热情而雄浑，但这首诗却恬淡平和，意境优美，清新素朴。

站在"上苑"山上，举目眺望着海天一色的寥廓远方，我的脑海里想象着诗人虽然身在东洋，心中却对祖国的无比怀念，夜晚他在海边彷徨，一个人走在茫茫的海边，仰望美丽的天空、闪闪的星光，心情变得豁然开朗起来。诗人似乎找到了自己的理想，于是他在诗中将这种理想写了出来，那似乎是天国乐园的景象。诗人将明星比做街灯，点点明星散缀在天幕上，那遥远的世界引起人们无限的遐想。街灯则是平常的景象，离我们很近，几乎随处可见。诗人将远远的街灯比喻为天上的明星，又将天上的明星说成是人间的街灯。是诗人的幻觉，还是诗人想把我们引入"那缥缈的空中"？我想，在诗人的心中，人间天上是一体的。那缥缈的空中有一个街市，繁华美丽的街市。我们站在高高的山顶，山虽高人为峰，远眺大海，我们可以看见那人间飘渺的"海市蜃楼"，那儿陈列着很多的物品，这些物品都是人间的珍宝，是会带给我们心灵宁静、舒适的东西。那意境虽然有些虚无缥缈，但却是浪漫而美妙的。顿时，我的心灵便随着诗歌的节奏和韵律在遥远的天空中漫游，尽情驰骋美好的梦想。

尔后坐索道下行，我们去参拜位于仰口湾畔上苑山麓的道教圣地"太平宫"。被誉为"海上宫殿"的太平宫掩映在翠竹青松之中，始建于宋初，原名太平兴国院，后改名太平宫。漫步在宫前山道上，看见有两块巨石与古松夹峙，名曰"双石长松"，石上镌有"疑是幻境"四字。院门的照壁上单线钩刻"海上宫殿"四个大字，结构严谨，端正饱满。正殿旧祀三清和玉皇，配殿东祀三官，西奉真武，近年修整时，又重塑了一些神像。西院有井名"龙涎"，井侧石上刻明代山东提学邹善的诗一首。东院有钟亭，内悬新铸仿古铁钟一口，我禁不住上前敲响了钟，"咚咚"的钟声在山谷里久久回荡。

太平宫东北有一岩石，状如绵羊，面对大海，名"绵羊石"。在往绵

青春澎湃的日子

羊石景观走的路上，发现一块石头上有臧克家的诗刻，诗为："黄金足赤从来少，白璧无瑕自古稀。魔道分明浓划线，是非不许半毫移。臧克家一九八一年夏"。原来这是 1981 年，著名诗人臧克家应邀为崂山题诗，他遂以粉碎"四人帮"时所写一诗相赠，该诗刻在太平宫东门外，石面高 2 米。石北突起一峰，形若巨狮，昂首怒啸，即"狮子峰"。峰顶有一形如狮吻的洞厦，内可容十余人。洞壁上石刻重叠，字迹依稀可辨。立于峰顶，我们放眼瞭望着旖旎秀美的仰口湾畔，聆听着由远而近"轰轰"作响的海涛声。眼前的仰口海滩宽阔平展，沙优水碧，是理想的海滩浴场。远处的大海边可以看见很多红顶的小别墅，一座座像红色的蘑菇点缀在景致优美的海边。

仰口的悬崖峭壁下隐藏着奇洞怪石，在历代道士练功之地犹龙洞的左上壁，我十分欣喜地发现了摩崖"道德经"的经文："道可道，非常道，名可名，非常名。无名，万物之始，有名，万物之母。故常无欲以观其妙，常有欲以观其微，此两者同出而异名，同谓之玄，玄之又玄，众妙之门。大德十一年赵孟頫书。"经文据元代赵孟頫书帖投影放大而刻，字径 40 厘米，刻 12 行，每行字数不等。"道可道，非常道，名可名，非常名"是老子《道德经》中开篇的两句话，老子著道德篇，旨在向世人指明可以免祸于身、免祸于社会的圣人之道。这里所说的"道"就是规律，是自然界的规律，人生的规律。"道可道，非常道"就是说，人生的规律是可以认识的，是可掌握的，但并不是我们平常所认识的那样。在《道德经》中，对"道"进行了详细的解说，其中最重要的观点是"存在"与"无为"，是对立统一的两方面。"名"在这两句话中有两个含义，一是名利，二是指人或事物的表象。"道"是内在的、实际存在的东西，而"名"是外在的，是虚的东西，即平常所说的"虚名"。"名可名，非常名"是说，真正的名与利是可以求到的，但不是平常所认为的那种"虚名"。这两句话是告诉我们一个道理，我们要正确认识人生的规律，只有从人生的规律中才能求得实实在在的名与利，即老子所说的"非常名"。当然，这里所说的"名"并不是只指名字，否则老子也太肤浅了，但也说明了名的重要性，好名可以让人名上加名。

后来，我们一行又游览了"混元石"等处，但那些自然风光显然已经满足不了我。崂山仰口，以文化的方式袭击了我。下山了，天上的街市，道可道非常道，名可名非常名，这些词汇在我的脑海里久久萦回，挥之不去！

凌波水仙

仙子姿自殊，清香有谁如？春到花争艳，芳韵独不孤。

——题记

新年回老爷子家拜年，在会客厅看见一盆水灵灵的水仙，长得极为葳蕤，郁郁葱葱，风华正茂，我立刻被她们的神采迷住了。眼前这盆凌波仙子没有经过精雕细琢，心想冰清洁白的水仙花天然去雕饰，不用雕琢也会长得像这样生气盎然和美丽动人的。

仔细观察，只见长长的绿叶柔软纷披，修长的花茎笔直挺拔，大部分花蕾已竞相绽放，还有一些花蕾含苞欲放。看那绽开的一朵朵小花开在长长的茎杆顶端，外面是张开的白色花瓣，里面还有一圈金黄色的花瓣，中间是密密簇拥着的金黄色花蕊。无论是白色还是金黄色的花瓣，都显得小巧玲珑，迷人精致，我凑上前，嗅到一股极悠远的幽幽清香。

我端起相机，久久地端详着眼前的这些清新的小花，寻找着最佳的拍摄角度。阵阵清香丝丝飘来，香魂萦绕，清幽芬芳，仿佛在梦境，亦梦亦幻，就像到了一个遥远的童话世界，脑海里浮现出西方的一个美丽传说：有一个美少年叫纳西沙斯，极度迷恋自己美丽的面容，每天跑到河边临水自照，不幸坠水而亡，魂魄化为水仙。我眼前的这蓬水仙，亭亭玉立，香溢悠远，正像一个临水而立的冰清美人，她落落大方地向人们展示着自己美丽的容颜，冰清玉洁，不作春风嫁。

不由，我想起周敦颐喻莲"出污泥而不染，濯清涟而不妖"的诗句，而凌波仙子水仙，更是具备远污泥、临清涟、一尘不染的气质和风格，和莲花相比，她更多了一份高贵和素雅。新年伊始，水仙花开，翠绿丝绦，黄白小花，高处不胜寒，甘作恬然画，静悄悄的月夜轻解俊容，暗香袅袅

第一辑 梦里落雪

袭来浮动窗纱，惹得枕人一帘相思幽梦，却见彩蝶含羞萦飞到海角天涯。

　　每年春节前夕，老爷子都给我们精心准备几个水仙花头，说是让我们也学着养养，沾一点儿灵气和喜气。于是，我们便精心保存好，储放在温度不太高的地方，等临近春节再将其栽盆放进水中，到过年时正好花开旺盛。今年春节因故我没有拿回，这盆水仙就摆在了老爷子家里。看那盆放满鹅卵石水中盛开的朵朵洁白，浓浓的亲情暖流涌遍我的全身，一种天伦的幸福感在心头久久萦绕。哦，水仙花开，阵阵清香洋溢在我的脑海，她那洁白无瑕的悠长清新散发在世间，当水仙花开的时候，也就是春天要来的时候了。看呀，这美丽的花中仙子，在人们最需要她的时候，便不失时机地向人们展示着她那迷人的风韵。

　　就到春暖花开的时节了，现在虽还是寒冷的季节，但凭借着这花中仙子为我们带来的浓浓春意，明媚的春天已经离我们不远了。水仙花一开便有了春天的绿意盎然，是凌波的仙子携来的缕缕清香，给岛城的春寒增添了一分暖意。水仙花开了，在洁白与嫩绿之间，飘溢出新一年的希冀。

　　看着看着，这绿意盎然的水仙花叶好像灵动起来，仿佛我的眼前已是暗香浮动，花影婆娑……

崂山悟道

海上崂山因蒲松龄《聊斋志异》中的一则小故事"崂山道士"而闻名天下，其道教文化源远流长诡秘莫测很值得人们探索，但至今为止真正能掌握其道教文化的脉络仍须不断地探求和追溯……

"崂山论道"应该是向世界推介的突破口。如果把道教文化和名山旅游结合起来，人们不由会想起四川的青城山或南阳武当山，但我们更愿意想起的是山东的崂山。崂山自古以来就是以道教文化著称，小时候我就听说过崂山道士"穿墙术"的故事，后来在青岛居住就有机会多次去"太清宫"，并亲眼见到"传说"中的墙，眼见为"实"嘛。被誉为"全真道教天下第二丛林"的太清宫，香火一直挺旺，路又不是很远，再加上沿途山海相连的风光实是让人心醉。

夏日的海风送爽，乘车行驶在环海的蜿蜒且旖旎的山路上，心情很是开朗并惬意。我的脑海里却在想，"道"是宇宙的本源，也是统治宇宙中一切运动的法则。"道"对于世间，运用于维空、事物、心境和万物，而从人的慧识而言，达到理性认识，再超越理性而感知，才是"道境"，"道境"是可以以感而知。这些，我也有些似懂非懂。崂山是道教发祥地之一，现有道观太清宫、上清宫、明霞洞、太平宫、通真宫、华楼宫、蔚竹庵、白云洞、明道观、关帝庙、百福庵、大崂观和太和观。

崂山古称"神仙窟宅"、"灵异之府"，崂山道士更是名扬天下。纵观崂山道教 2000 多年的发展历程，大体可分为四个阶段：一是萌芽阶段。崂山气势雄伟，峰峦叠嶂，深涧幽谷，山海相连，秀雅飘逸，整个山区绵延370 多平方公里。自春秋战国至秦代，一些具有道家思想的人士，进山敬仙，炼丹采药，这就是崂山道教的萌芽时期。二是初创阶段。据《太清宫志》记载：早在汉武帝建元元年（前 140 年），曾做过上大夫的张廉夫就弃职在这里建了一座生官庙，供奉三官（即天官、地官、水官）神位。两年后又增建了三清殿，供奉三清（即太清、上清、玉清）神像，至此整个道观正式称为太清宫。三是发展阶段。东汉以后，经魏、晋、南北朝、隋、唐、宋，崂山道教总的趋势是发展的。特别是唐王朝的建立，曾一度把道教定为国教，各地道人、方士来崂山出家为道，避世隐居的人越来越多，宫观庙庵也有了很大的发展，道教文化广为传播，初步确立了崂山道教在中国北方道教中的领先地位。四是鼎盛阶段。金、元时代是中国的北方全真道大兴时期，这个时期以至后来的明、清，崂山道教达到了鼎盛阶段。南宋末至元初，以邱处机为首的王重阳的七弟子亦称"北七真"，在崂山传教，建立了七派使崂山成为中国北方的全真派中心。邱处机一生7到崂山，留下40多篇诗作和多处摩崖石刻。太清宫有他四句脍炙人口的诗句："海雪茫茫不见涯，潮头只见浪翻花，高峰万叠连云秀，一簇围屏是道家"，他为崂山道教文化的兴盛做出了重大贡献。总之，这一时期，由于七真道派的兴起，崂山道教无论教派和庙庵道徒之众多，还是说法阐教和经文韵牌内容之丰富，在全国都处于领先地位，成为中国道教的北方活动中心。蒲松龄的小说《崂山道士》被世人传诵，为崂山道教文化增色。这个时期道观在崂山星罗棋布，初步形成了"九宫八观七十二庵"的格局，崂山道教的发展达到了历史上的高峰。

滔滔的海洋舒展胸怀，巍巍的青山拥抱真情。海上崂山山海人景融为一体，是人与自然的亲情结合。我们一行游走在探索崂山道教文化脉络的道路上，领悟到登山游览也是一种文化，更是获得知识、欣赏艺术和品思哲理的一种特殊的空间活动。因此，道教文化就成为旅游资源的重要组成部分，并对自然景观起到渲染的作用，对旅游者更是有着特殊的吸引力。如太清宫诸多楹联中，有一副特别引人注目的是写有老子《道德经》中的两句名言："天下有道，行马走以粪；天下无道，戎马生以郊"，充分显示老子朴素的辩证思想，令人深思，这是崂山道教文化的精品。

坐上太清空中缆车扶摇直上到上站，然后几个人徒步沿山林间的小路朝西北走，转过药圃不多远，抬头就可见昆仑山主峰枣玄武峰的半坡上绿荫如盖，绿丛中透出耀眼的黄色琉璃瓦殿檐，这里就是道教全真金山派的开山祖庭棗明霞洞了。登上青石铺成的石级路，就到了朝东的明霞洞山门外，四周围茂密的竹林在山风中摇曳，凉风吹拂在脸颊颇感惬意。山门内有两株树龄在百年以上的玉兰，花开时节花大如盘香味扑鼻。玉兰树后有两株高大的雌性银杏，与山门外的一株粗壮的雄性银杏相呼应，这3株古银杏的树龄都在700年以上，据推算，当属于宋末元初建洞时所植。该洞开凿于金大定年间，洞额"明霞洞"三字为清代书法家王序所题。据说原洞高大宽敞，明代道人孙紫阳曾静修于此。清康熙年间遭雷击，大半陷入地下。洞东巨石尚存，题刻有"天半朱霞"。洞前平崖如台，由此遥望大海空濛浩渺，俯视崖下沟壑纵横。明霞洞虽地处陡峭的半山腰中，但我们发现，这里吃水却不困难。这里共有3个泉，俗称上泉、中泉、下泉，3泉中以位于神龛下面的上泉为最著名，庙内道士称为"神泉"。泉水终年充盈不涸，水质清冽甘醇，是道士敬茶待客时所用的上品水。

走出明霞洞，看见一队登山人马向山上爬去，一问方知这批"驴友"是去东北方海拔763米处的山峰，因峰顶的形状像一只船，被称为"万年船"。因为天气热，我们决定下山向西，也不坐索道，而是直奔道教的另一重要场所"上清宫"。从翠竹林中穿行，周围的群山峰峦叠嶂郁郁葱葱，我在绿荫静幽中小憩午餐，举杯畅饮。高兴时时间过得很快，朦胧中已经有些酒醉了，尔后起身又上路了，稍行不远便到了上清宫。上清宫外有一银杏树参天而立，树龄已逾千年，为建上清宫时"华盖真人"刘若拙手植。母树屹立宫前道旁，在它的周围生长一圈子孙树，即从银杏发达的根系里复生出来的"树"。子孙树生成期也逾百年，银杏树干铭牌为"古树名木001号"，又称"凤凰涅槃"。树旁遗一石磴，上有花瓣图案，中间有洞，但洞没有完全穿透，应为石础。离树很近的山崖上，有"太极图"。我问了上清宫的道士，据说上清宫的出现竟与赵匡胤有关呢。公元960年，赵匡胤陈桥兵变，黄袍加身建立了宋朝。由于他在登基前后多次得到道教高人点拨，对道教心怀感激，对道教人物高看一眼。当他闻听刘若拙修道高深，便诏请他晋京。经与刘若拙谈玄论道，证实刘若拙名不虚传。留贤心切的赵匡胤，最终也难拂刘若拙回归崂山之意，除了敕封他为"华盖真人"以外，还拨款"敕建"上清宫与太平宫，做刘若拙道场。走到上清宫外的西北角，有一块形圆如丘的鳌山石，石上横镌"鳌山上清宫"，直刻丘处机"长春真人作诗十首"及十首诗全文。从诗中可以看丘处机对崂山的赞美："陕右名山华岳稀，江南尤物九华奇。鳌山下枕东洋海，秀出山东尽不知。"石下有一崂山名泉"圣水泉"，此水南下汇入龙潭瀑，这就是圣水河。丘处机的衣冠冢就建于上清宫的南侧。

离开上清宫不远，看见一老汉在兜卖石花菜做的凉粉，袭明老师请客，几个人不客气地坐下让肚子痛快了一番。在去"龙潭瀑"的路上，我很有兴致地让一个篆刻艺人给我刻了一枚椭圆形的玉章，是繁体篆字，我还比较喜欢。夏日的崂山正是山清水绿的时候，满山翠绿如染如织，银杏、耐冬、柏树和榆树枝繁叶茂一片葱绿，连登山台阶边的小草也是那么鲜嫩，油亮，招人爱恋。登山就是为了锻炼出汗，我们一个个走得汗水津津。一路前行，我们终于来到了壮观的龙潭瀑布，看着天上的一帘瀑布，地上的一潭清水和奇异怪石，顿时感到心旷神怡情舒意爽。龙潭瀑就在八水河，八水河发源于海拔500米左右的天岔顶、北天门、东西岐诸山，因八嶂之水汇流而得名。涧水摆脱了山峦的羁绊，跌宕起伏，一路呼啸，蜿蜒南下到林木葱茏的"百木林"附近，飞瀑从高20多米、宽10多米峭拔如削的石壁上陡然跌落，水分两股，凌空飞泻呈八字形，形成飞流直下的瀑布，溅入8条涧水汇合的清澈深潭之中，碧水凝寒，清澈见底。这里春秋少雨，瀑布细流如纱，不飞不溅，文静洁秀，似绢下垂。但夏日大雨过后，山洪暴涨，飞腾叫啸，瀑布从云雾缭绕的山崖上奔突而出，飞腾咆哮，仿佛两条白龙腾空而起，搅起漫天水雾，迸珠溅玉，溅开万朵银花，撒落漫天玉屑，阳光下更见"鳞甲"闪光，蔚为奇观，因名玉龙瀑、龙潭瀑，又有"龙潭喷雨"之称。清人蓝桢之有《八水河玉龙瀑》诗赞曰："百尺峭崖高无已，左右青山近相比。一练高挂悬崖巅，玉龙侧喷西江水。余波流沫随风飘，如抛珍珠坠环记。只应泉源直上通，仰视春天不违咫"。龙潭瀑顶端，刻有当代著名书法家黄苗子1981年游崂山时所书"龙吟"两个直径1米的隶书大字。字迹苍劲有力，深得游人的赞赏。龙潭瀑下有一块长形巨石，巨石下尖上平，我们站在新修建的石桥上，远眺四周雄峻的群峰，心潮起伏热血沸腾，近仰"龙潭喷雨"的壮丽美景，心静如止宁静致远。那千姿百态的独特山光水色，令我们真有些惊叹不已，留连忘返了。

　　在领略了崂山道教的博大精深以后，龙潭瀑的天然景观让我对道教的追寻稍作休憩。我仰脖痛快地喝了一阵清凉的崂山矿泉水，浑身舒畅至极，突感茅塞顿开：崂山论道，即可谓在幽奥寻真之境中，吸取海上仙山之灵气，体味悠久道教之精髓，以达到修炼成"天人合一"之崇高境界呀。

风　筝

　　春天的上班路上风光无限，清风从车窗吹进来很惬意，我舒坦地坐在公交车里向外看光景，看见在阳光艳丽的蓝天下有几个儿童在一块空地上放风筝，风动弦鸣一根丝线轻轻将风筝送上天空，我的心儿便追着风筝飞上天，与漫天飞舞的风筝结伴而行，信马由缰地在这一方美丽的天际飘荡，让我豁然返回到清纯的童真世界。

　　我的童年是在泉城济南度过的。春暖花开的时节，风和日丽，景色宜人，正是人们走出户外放飞风筝的日子。那时候我放的风筝都是自己做的，种类五花八门，最常见的是"八卦"。我和伙伴们找来竹子扎制，再涂上画上图案的纸，拴上牵绳找准平衡，就可以带着伙伴们欢欢喜喜地到大院的空地放飞风筝了。风助风筝飞上天，我拿着自制的线拐子慢慢放线，眼看着"八卦"越飞越高，越来越远，我们的童心也随着风筝飞上天空，心花怒放，拍手叫好。

　　如今，岛城的放风筝成了人们最惬意的娱乐休闲活动之一，在"五月的风"的广场上，在郊外的旷野和一些空地上，一只只各式各样、五颜六色的风筝，翩翩起舞于蓝天白云之间，不经意间便把春天的气息渲染得浓浓的，让每个怀有童心的人都感到心里暖暖的。这让我想起了清朝郑板桥当潍县知县时写下"纸花如雪满天飞，娇女秋千打四围。五彩罗裙风摆动，好将蝴蝶斗春归"的诗句，描写了当时潍县清明时节放飞风筝的热闹场景，展现出"三条碧水绕城郭，依河景观绿鸢都"的优美景象。清代郑板桥还曾以"隔岸桃花三十里"、"潍水春光处处迟"的优美诗句描述过潍水岸边人水和睦相处、孥妇将雏放飞风筝的美丽画卷。

　　前不久陪客商去鸢都潍坊，随便参观了那里世界级的一年一度的"风筝节"，那些种类繁多、形状各异的风筝流光溢彩令人咋舌，在空旷的原野里千百只风筝竞相飞上蓝天媲美，春风吹拂的天空成了风筝的竞技海洋，晴空万里天高云淡，比赛选手个个英姿飒爽，放飞时敏捷灵活的动作和身影令人叹服。其中，一只立体风筝面积达76平米，我看见十几个人折腾了半天才将它成功放飞到蓝天上，造型别致的立体风筝顿时为天空增添了亮丽的色彩，这个赛场上的"巨无霸"在晴空中耀武扬威颇有大将风度。

其实，放风筝不仅是孩子们和年轻人的专利，现在许多老人和中年人也趋之若鹜乐此不疲。应该说，是喜欢追逐风筝的人和众多的风筝爱好者共同创造了风筝的天堂。有一部小说《追风筝的人》，故事的起源是一个阿富汗男孩无法面对由于怯懦所犯的过错，而选择了谎言和卑劣，终为自己织就了一生的罗网，人到中年才选择了再次成为好人的路。小说里最重要的意象就是"风筝"，既象征了兄弟的情谊，也暗示着勇气。在风筝放飞的过程中，可能血迹淋漓充满荆棘，但只有最终追到风筝的人，才能获得真正的平静和安宁。阅读《追风筝的人》，如同于一个春日煦煦的午后，做了一场恬淡而怡人的梦，又仿佛在春意融融的水边和翠枝摇曳的垂柳下，悠然地眺望远山及欲望的天空，心旷神怡之余不免有一缕黛青色的羞涩与淡淡的忧伤。这种感觉很动人很美妙，让你在追逐风筝的过程中获得对人性的新感知和畅酣淋漓的震撼与欢乐。

又是一年三月三，风筝飞满天。这个周日，我决定要和从国外回来的女儿一起到五四广场上放风筝，放飞一只我从潍坊带回来的"漂亮蝴蝶"，让美好的梦想追着这只美丽风筝飞上青岛的蓝天，越过高山和大海到达幸福的理想彼岸。

蓝牡丹

我家的墙上挂着一幅镶在镜框里的"蓝牡丹"国画，是那年一位认识老爷子来自洛阳的知名画家送给我和夫人的。那位画家说这种蓝牡丹很稀少，所以非常珍贵，我也始终很看重它，感觉它很神秘且令人羡慕，所以没事就站在"蓝牡丹"的前面细细观赏一番。

九朝古都的洛阳地处中原，洛阳牡丹甲天下。眼下正是牡丹花开的季节，夫人喜欢拍照，她不可能马上就飞往洛阳去一品洛阳牡丹的花容，但已经去城阳的牡丹园拍过牡丹了。"拍好牡丹花太难了。"夫人回来说。"牡丹园里有蓝牡丹吗？"我不由有点儿好奇地问，因为我一直还没有去过那里。"噢，好像没看到过。"夫人不太肯定地，接着说，"啊，应该没有吧，听说牡丹的故乡洛阳才有呢。"正因为听说蓝牡丹很稀少很珍贵，所以我也就更珍惜家里的这幅国色天香且弥足珍贵的蓝牡丹国画。

其实，多年前我曾利用一次教学观摩的机会，在牡丹花盛开的谷雨时节去过"牡丹甲天下"的洛阳城，和战友一起浏览了隋唐城遗址植物园里千姿百态的牡丹，也亲眼见到过珍稀的蓝牡丹。漫游在植物园里，在洛阳军校当教员的战友告诉过我，该植物园的牡丹有9大色系，成片的红牡丹、黑牡丹、蓝牡丹、白牡丹、粉牡丹、黄牡丹、紫牡丹、复色牡丹二乔将园内装点得姹紫嫣红，共有1200个品种。举目四望这片花海，五颜六色的牡丹花犹如彩浪奔涌，但见红牡丹艳若蒸霞，粉牡丹色香兼备，白牡丹清纯高雅，黄牡丹姿色绝伦，绿牡丹色奇出众，紫牡丹雍容华贵，黑牡丹墨中透红，但我最为喜爱的还是蓝牡丹的姿容清香。徜徉在这华丽高贵的万花丛中，在我的印象中最常见的牡丹就是红色、粉色、白色、紫色或黄色，我心中的牡丹不是热情的红牡丹，也不是粉嫩的白牡丹，不太爱过于大众的黄牡丹，也不爱看似皇家气派的紫牡丹，却是我最偏爱这珍稀清幽的蓝牡丹，它是我心中永远崇拜的牡丹之王。

俗话说，斜插牡丹醉洛阳。唐李正封写道："国色朝酣酒，天香夜染衣"，实际上，牡丹花前何须酒，入眼之时人已痴。漫步在园内观赏国色天香的牡丹，人亦喜亦狂，恍然不觉身在何方，只想长相伴。恍惚间，突然莫名想起所谓"但得牡丹花下死，哪管做鬼足风流？"的俗语，不觉莞尔偷笑，脸颊绯红了。

牡丹花下"最浪漫的事"，莫过于李白受命唐玄宗赋诗一事了。那天玄宗醉酒，面对宋单父用他那"幻世之绝艺"培育而出的牡丹，遂命招来诗仙李白在此良辰美景为眼前的富贵牡丹即兴作诗。李白欣然从命前往并在朱丝栏前取笔抒思，顷刻《清平调》三首如斯蓬勃而出：

> 云想衣裳花想容，春风拂槛露华浓。
> 若非群玉山头见，会向瑶台月下逢。
>
> 一枝红艳露凝香，云雨巫山枉断肠。
> 借问汉宫谁得似，可怜飞燕倚新妆。
>
> 名花倾国两相欢，长得君王带笑看。
> 解释春风无限恨，沉香亭北倚阑杆。

在沉香亭畔醺醺然中的李白，超越了几乎是不可超越的市井与朝廷、布衣与天子的社会鸿沟，也超越了真实与梦幻进入物我两忘妙境，豪放并富有曼妙遐想地赞颂天香国色的牡丹，这简直是人类社会生活和精神生活史的奇迹。唐的胸怀装得下"变易千种、红白斗色"的国花牡丹，而且牡丹花下"最浪漫的事"逼近盛唐时代精神文化自由雄放的本质真实。

恍如隔世，穿越过千年的历史隧道，我的思绪又回到当代，回到洛阳，信步在人山人海的园里，游人摩肩接踵络绎不绝，幸好在品种繁多的牡丹群中看到了传统牡丹的四大名品：姚黄、魏紫、欧碧、赵粉，但独缺蓝牡丹中的名品，看看天色已晚只好作罢，留下丝丝遗憾，待别求机缘。

回返时天色已晚，战友约我去他家做客。战友家就在院校内的家属院里，走进他家的独门独院，夕阳下却发现战友家的院子里居然也有一株蓝色的牡丹。战友说他夫人只爱牡丹花，而且牡丹花之中她最爱蓝牡丹，所以特意栽种了这株蓝牡丹，傲然屹立晚风中的蓝牡丹身姿绰约地摇曳着，显得华美神秘，却不让人感到它孤独，也许是它的只身孤影才使其犹显清丽秀美，在透明如缎的千重瓣层层叠叠下亭亭玉立，一株独秀。

战友的夫人早就给我们准备了可口的酒肴，我和战友推杯换盏，但脑子里却还是频频闪现着蓝牡丹的幻影。蓝色的月光下，院子里的那株蓝牡丹熠熠生辉，绽放出海底宝石的璀璨光华，我爱蓝牡丹山一般的神秘深沉，爱蓝牡丹海一般的浩瀚宽广，爱蓝牡丹蓝天一般的高阔清澈。

踏浪赏月

随着中秋一天一天临近，青岛的过节气氛也渐渐浓了起来。能在海边踏浪赏月，度过一个浪漫的中秋之夜，这是一个多么美妙的事呀。

刚参加了青岛竹竿登山队成立两周年的聚会，岛城的众驴头纷纷前来捧场，会场隆重热烈。竹竿登山队总领队竹竿大哥宣称，国庆期间要连爬8天崂山，这样一来他们在3号的中秋节要在山上过，不知他们安排没安排"踏浪赏月"的浪漫的事。我想，不管登山队有没有这项内容，反正我是要走近黄昏看晚霞，漫步沙滩赏月色的。海滩踏浪赏月，月光如水，微波粼粼。清新的海风、细软的沙滩，赤足漫步海滩感受"月亮走我也走"的美妙感受，逍遥自在，其乐融融。就这样，倾听阵阵涛声、观望灯火连天。这样的海滩夜色能不令人心动？

记得那年战友秋亮从济南来青岛，正好赶上中秋节。当夜，夜色笼罩的大海美得出奇。我们来到第一海水浴场的汇泉湾畔，挽起裤脚浅水处踏浪而行，一轮皎洁的明月悬挂在夜空，照耀得沙滩明亮如昼，柔柔的月光下我俩吸允着略带海潮气息的空气，沉浸在中秋夜色的光华中。当时，我心静止水，好像第一次感觉到在海边赏月的心境是那般的抒情、浪漫……

仰望夜空，当时的月亮高高地悬挂在天上，显得那么纯净无瑕，淡淡的月晕环抱着圆月，中秋的月色是最真美的。的确，美得有些让我无法用语言表述。细看那雪白的月亮，究竟是悬挂在高空，还是镶嵌在天空，我竟有些迷惑了。地球围着太阳旋转，月亮巧借太阳的光辉，又亲密地围绕地球旋转，这大自然天象竟然为人类制造出这么美妙动人的景象，真是太不可思议了。我俩沿着半弧形的海岸线静静地徘徊，徜徉在明月和黑暗交织的巧妙意境中，心绪也随之融入在踏浪赏月的诗情画意中了。

走累了，我俩坐在海边的红礁上，仍旧翘首仰望海幕上那轮圆月，美

第一辑 梦里落雪

不胜收。轻柔的海风拂过脸颊，偶尔看见斑斓的焰火在远方绽放。哦，纯静的夜晚甜蜜的氛围，多情的月色在万顷碧波上跳舞闪烁，有不少恋人在踏海戏浪、月下缠绵。不远处，隐约可见仍有夜泳者在大海深处驰骋遨游……细腻的金色沙滩上也有许多和我俩一样烛光赏月的人，看来大家还都是喜欢这种柔情月色的情景的。

也许是触景生情，我豁然想起了李白的静夜思，不禁又联想到古人在静谧的中秋赏月的那番深情。李白月下独酌饮酒，对影成三人，静夜思乡。苏轼亭下赏月，豪情万丈直抒胸臆。王安石明月还乡，寄托怀念远方亲人的心境。自古以来，中秋赏月，都以不同方式寄托了人们怀念故乡和远方亲人的心情。圆月，象征着阖家团圆，是一幅美丽的画面；圆月，象征着美好情意，是一首幽雅的诗韵。在充满诗意的大海边踏浪赏月，让我享受到与明月窃窃私语，细细品味了那淡淡秋韵的月光曼妙……

中秋渐近，情愫陡添，我收回思绪急切盼望着今年明月的高悬，月色的朦胧。踏浪赏"月"，我已经迫不及待地要深情地拥抱你了！

太平角听潮

大年初三清晨，空晴气爽，天蓝云淡。

我和夫人浸润着清新湿潮的空气来到太平角海边。正在涨潮，从大海深处涌来一层层雪白的涌浪，伴随着大海的阵阵轰鸣声，似战马奔腾，如战鼓擂响，向岸边层层涌来，前面的潮水缓缓息落了，后面的排浪却以更大的阵势又压上来，潮落潮再起，不绝于耳。这时，几只喜鹊飞来落在礁石上，远远望上去却似黑灰色的瘦海鸥，站在那儿东张西望，诙谐有趣。

其实，青岛海滨有许多风景秀丽的海岬，我觉得太平角便是其中最美的一个去处。太平角位于青岛市南的太平湾畔，该海角三面环海，仅以北部不足 1000 米的宽度与大陆相连。太平角与汇泉角、团岛并称青岛老城的三大半岛。秋天，我曾经第一次和夫人来过这里，岛上空气清新，松林叠翠，绿影含烟，路径通幽。当时就感觉到耳目一新，没想到这里还真是观潮踏抒情纵意的佳地呢，而且是就连许多青岛人也很少问津的风光宝地。听驻岛的海军战士说，该半岛南部的海面曾为渔舟锚地，也曾响起过铿锵的船公号子。那天秋高天阔，我俩一直逛到日暮疏风轻拂，渔舟唱晚，直到大海的涛声在夜暗中悄然偃旗息鼓。初春的太平角依旧是寒风料峭，枯枝荒野，但地下的小草已经睡醒，一定在孕育着春天的到来。

这样想着，我迎着晨风站在红礁岸边，下面的白浪滔天，排浪一阵紧似一阵，雪花般的涌流撞击在伸出海平面的红礁上，飞溅起一片片白色的浪花。此时，我的脑海里却映现出甲午海战的惨烈场面，悲壮、气吞山河。据说此地古称"碌豆岛"，还听说外强也曾从这里登陆过，而且我军前段日子也在这里进行过反登陆演练。至今，岛上的岸边还残留着暗堡，从里面可以观测到前方海面的情况，预示着这里曾经也是刀枪相见的滩涂战场。中国收回主权后，念及屡遭列强凌辱的青岛期盼从此太平，便命名了一批冠以"太平"的地名，如太平路、太平山、太平湾、太平角等，故此太平角岬角得名。太平角海岬，是青岛门户的重要战略要地之一。

　　走进太平角，我发现岬角分为陆域、海角两部分。陆域由西南至东北走向的湛山一路到五路，西北至东南走向的太平角一路到五路，纵横共由10条街道组成。其中以各具特色的建筑著称，漫步其间，闲适飘逸，如入梦境。海角之东、南、西三面环海，海岸约2.5公里，曾建为"太平角公园"，现在沿旖旎海岸线铺就了一段观光木栈道，旅游旺季游客纷至沓来，在那些海边餐馆里边观海景边吃海鲜。清晨或黄昏，我和夫人也经常来这里散步逛景，享受大自然的恩惠。太平角又分为5个小岬角和5个小湾。海岬之衔接处有许多楔形礁岩，自然形成一个个海滩，其中有在别处难得一见的蓝色礁岩。独一无二的"蓝色礁石"，镶嵌在红礁里，堪称大自然的奇特造化，在朝阳的映照下熠熠生辉。此角适宜鱼类栖息，故这里也为垂钓之绝好去处，同时会给人产生"天涯海角"之美妙感觉。我从太平角海岬远眺太平山上的电视铁塔，在一片红瓦顶的捧拥下显得耸直壮美。

　　美丽的太平角海湾是青岛人每天晨练的好地方，这里设有青岛第三海水浴场，原来是专为附近的军队和地方的疗养院设置的，如今早已重新修建后对外开放了。20年前刚到青岛时，我还时常在这里听潮畅游，现在只是散步走到时，才依旧留恋并怀念起那段的美好时光，不管是碧海蓝天的太平湾，还是月光下的太平湾。哦，浩瀚的太平湾里，我站立太平角海礁之上听潮，波涛汹涌的停歇瞬间，那碧波万顷仿佛化作了一湾春水，潮涌潮落，一岸欣荣一岸枯蓬；风起波滚，恰似滚滚长江水东流去；潮去潮来，掬一捧朝阳捧一帘清梦。那一层层雪浪哟，便是我持久的留恋，那一层层雪浪的追赶，便是我一生中一次次的超越登攀。

　　啊，太平角听潮，我分明听到了涛声驱浪，心曲天涯。渔舟枕听三更浪，古岸栖眠一宿风。朝阳升起来了，霞光万丈，我豁然记起当年秦皇、汉武、曹操都曾登临的碣石山，1700年前曹操登临碣石曾写下《观沧海》："东临碣石，以观沧海……"的著名诗篇，彰显了曹操的雄心才略，此时的太平角听潮不由使我的心绪有了一种莫名的驿动。

　　登临太平角海岬，南眺大海，海浪滔天，新年气象万千。

第一辑　梦里落雪

仙境崂山

　　自古以来，海上崂山就被誉为海上仙山第一和神仙窟宅，那么，为什么人们会这样说呢，海上仙山崂山究竟"仙"在哪里？

　　海上仙山崂山因僻处海隅，山陡林密，景色奇丽而不易登临，所以自古被称为"神仙窟宅"、"海上仙山第一"。种种神奇的传说和故事至今流传于青山秀水之间。据历史记载，秦始皇和汉武帝都到过崂山。唐玄宗曾派人进山炼长生之药，并把崂山改名为"辅唐山"。历史上的崂山曾是道教的一个重要传播地。最盛时号称有"九宫八观七十二庵"。山上的太清宫建于唐朝末年，太平宫、上清宫建于宋朝初年，都有千年以上的历史。目前，山中唯一僧舍是华严寺，建于明末清初。由于历代帝王的赏识，著名道士的推崇，古往今来很多文人名士纷纷慕名来到崂山，其中有李白、苏东坡、文徵明、顾炎武、郑板桥、蒲松龄、康有为和郁达夫等等。

　　唐代诗人白居易在他的名作《长恨歌》中，曾非常诙谐地说："忽闻海上有仙山，山在虚无缥缈间。"既然是仙山，"凡俗"之人哪能见得到呢？不愧为一代雄主的秦皇汉武，却十分迷信神鬼。据记载，秦始皇巡幸天下名山大川，曾登临崂山眺望过远在天边的"蓬莱仙境"、"瀛洲"、"方丈"三座神山。而白居易在此诗中却是要写出唐玄宗的心路历程，而让杨玉环终于得到了解脱，找到属于她自己的人间仙境。

　　我们且不管他"忽闻海上有仙山，山在虚无缥缈间，楼阁玲珑五云起，其中绰约多仙子"说的是什么，我们是要从这些句子里寻找海上仙山崂山的仙踪。方圆百余里的崂山，到处都可看到突兀的山脊和奇峰异石、长涧幽洞，真可谓奇峰凌云，削壁依天，且多清泉古洞。因此，"山海奇观、道教名山"正是这座海上仙山的两大特点。

　　先不说崂山自春秋以来就有历史记载了，就说在200多年前的那本著名鬼神小说《聊斋志异》里，便向我们讲述了一个神奇的故事。游手好闲的王七，在崂山上的老道士的指点下，学会了穿墙术。王七不顾老道的劝阻，回家急着炫耀，却因此丢失了这个本领。这就是著名的道教故事《崂山道士》，让人们知道了崂山，也向世人展现了一个充满道教之灵气的仙山崂山。

崂山坐落在青岛市东郊的海边，是一座道教名山，它以道教的神秘色彩延循下来。深秋时节，我来到太清宫索道上行站，登上缆车，开始向山上慢慢地飘去。从缆车里向外望，山坡上铺着绿黄红相间的五彩地毯。树木在黄色的岩石表面顽强地爬出了巨幅画面，旖旎壮观，令人震撼。欣赏完山景，转过头就能眺望大海，美丽的大海在平地上欣赏是一种风景，在半空中俯瞰别有一番情趣，有着身悬于浮云和海面之间的奇妙感觉，大海的阔壮更让人一览无余，令人心醉。看上去，海是浩瀚无边的蓝，天也是一望无际的蓝，天海几乎是一色，海和天的连接处显得十分微妙，让人很难辨别眼前的那一片宝石一般的蓝当中，哪儿是天，哪儿是海？

下了缆车继续向上爬，远处的群山在缭绕的烟云中时隐时现，恍如人间仙境一般，不远处传来清脆的鸟鸣声，给寂静的空谷幽林带来了喧闹气氛。从山顶下来到了明霞洞，看见了一个长胡须、戴黑圆帽的道士，他着一身黑色的乌纱衣服，这身道教的着装还是让我感到挺神秘。由于道教目前不如佛教传播广泛，人们在平时生活中很难看到几个道士。进入明霞洞内，看见一老道士睡的石床，当时我脑海里仿佛浮现出老道士修道时的起卧情景。走出洞抬眼望去，天空中铺满了厚厚的灰云，海水灰蒙蒙的，和远处的天边连成一片，山尖隐在弥漫的云雾之中，游人若隐若现地在云中穿行，好一派道家仙山的景象。

听道人介绍，崂山是道教圣地，是全真教王重阳修炼之地。道教有三清，分别是玉清原始天君、上清灵宝天君和太清太上老君。道教有两大分支，一支是全真派，分布在四川和青岛崂山；另一支是正一派，分布在贵州和江西龙虎山一带。全真派一般不结婚，而正一派不出家，可以结婚生子。站在明霞洞旁眺望，茫茫的大海在山的环抱下一览无余，亦梦亦仙，独有一番气象。这，也许是崂山神灵赏赐给我们的梦幻吧。

在崂山上看海，似乎永远也看不够。海是与沙滩、迷雾陪伴的，所以显得细腻、朦胧，而看到更多的是奇形怪状的巨石。海浪打在这些巨石上，才显得"巨浪涛天"。有时海浪在岩石上激起水花，让人感受到了无可比拟的海的力量。哦，不愧是海上仙山，崂山中的"仙气"无处不在，这便是崇拜道教的人必来盛名的崂山的理由，亦是让人们感受"山、海、天"浑然一体的绝佳境地。

何为仙山？我心目中的仙山是"揽山水之灵秀奇异，怀文脉之苍桑古远"，崂山，便是这样一座竞揽奇峰异川、饱蘸道法人文的神山奇岳，亦即仙山也。在遥遥万里的海岸线上，崂山以446平方公里的绵延胜境，1132.7米的极峰崂顶，在浩瀚的黄海之滨拔海而起，矗立于万顷碧波之中，其峰峦叠嶂之秀、沧海浸润之奇，为寰内群山之独有。因而，早在明代就有"海上名山第一"的山石镌刻，千百年吟诵流传至今。历史上，崂山曾多有称谓。这源于崂山花岗岩山体坚硬无比，当地人最早称其为"牢山"。其后，多有道家方士攀岩采药炼丹，叹其崎岖难行、十分辛劳，故名其为"劳山"。而形如巨鳌探海，道家名士邱处机以"鳌山"相称。此后，有文人冠以雅称，始有"崂山"之名。

大凡名山仙川，总是天地灵气之杰作，而崂山更具自然造化之神工。其9大著名景区及200余大小景点，均为数百万年雕琢而成，奇峰异石，峡谷幽涧，流云飞瀑，古树名花，兼山海林泉之胜，怀神秘奇险之境。其蜿蜒胜景俯拾即是，千古奇绝随处可见。而因其山生态完备、植被茂密，更有"仙草之山"相称，泛1442种植物，知名草药即有173科1099种，攀岩求药，古已有之。此不为仙山，何为仙山？

巨峰又称崂顶，乃崂山众峰之首，经年云雾深锁，奇幻缥缈，置身峰巅，有仙乐飘飘、众仙来朝之幻境，更是见证了"忽闻海上有仙山、山在虚无缥缈间"的称颂。偶有云散日开之时，群峰环列，碧波万顷，霞光异彩，蜃楼海市的壮丽景色一览无余。巨峰三面壁立、异常陡峭，举步攀登，一路风景离奇多变，嶙峋怪石、洞天胜景不绝于目。2002年，循"大道之源"、"众经之首"之《易经》，景区取"天地人"、"三才合一"之思维，始建八卦之门，更可谓意象万千。

崂山有奇水，最奇于内、外九水共一十八水。而内九水之十八潭又为崂山奇水之最胜，来自天赐地蓄，清澈甘洌无比，当地人尝有神水之赞誉。九水发端于崂山最高的山泉——千米巨峰之上的天乙泉，又称原泉。源源不绝的泉水自峰顶涌出，沿路多携泉水溪流，倾泄而成潮音瀑，凌空汇于靛缸湾，循九曲十八弯之深山峡谷，一路或汩汩静流、或淙淙有声，流经十八潭，逶迤徜徉而去。沿途一壑一涧之间、百转千回之际，岸拥碧翠、禽鸟啼鸣，形成步步为景、潭潭生色的瑰丽风光，"九水画廊"之谓闻名遐迩。而今人形以老庄，顺法自然，为九水十八潭逐一命名，尤彰其韵。

其实，在秀美的崂山山境之内，如此胜景不可一一细数。正如明人陈沂在其《鳌山记》中所作感慨：其奇峰怪石，不能以状；深岩绝壑，不尽以名；灵异之迹，不可以遍。而说到"灵异之迹"，在五岳之中，崂山又有独秀之处。崂山偏于一隅，久居沧海，云锁雾遮，重门深庭，俨然化外之境。道教名家邱处机就曾有"只因海角天涯背、不得高名贯九州"的慨叹。也正是因为这种特殊的地理方位，加以雄奇险峻、谷深洞幽之天赐福地，造化成独一无二的神秘景象，其"神仙宅窟、灵异之府"之名达于寰内，备受古时达官文人、道家佛界甚至俗家民众之推崇。

据于此，自古以来，人们之于崂山便多有吟咏，邱处机赞崂山之奇，诗曰：五岳曾经四岳游，群山未必可相俦；南燕地理家晏谟纵横五岳，叹曰：泰山虽云高，不如东海崂。至于唐代诗人李太白"我昔东海上、崂山餐紫霞"的浪漫，元代书画大家赵子昂"挥毫绘成天然画、笔到穷处难寻源"的感叹，清代名宿康有为"神仙排云出、高台照金银"的仙境，一代代文墨大家的传神笔触，更赐崂山之神异。

天人合一，乃崂山内秀之所在。大凡道家风骨，寻山总会以幽奇竞秀为先；大凡佛门寺院，觅境总会以尘寰之外、善缘之内为准；文人贤儒，踏山则无奇不往、无险不游。因而，无论帝王将相之眷顾、道家佛界之垂青，文人墨客之流连，乃至普罗大众之朝拜，均源溯于此，所以便有秦始皇遣徐福、求仙草，汉武帝幸不其、祀神人。其自然与人文契合之妙悟，仙山奇境与人文心境之关爱，万千传说与美好演绎之妙意，引无数先贤竞相探求。而道家所求之大道，佛家所求之超然，雅士大儒所求之洒脱，均可谒山而悟，而尝有豁然开朗之玄妙。所以，崂山玄学传说乃至道佛之盛达于数千年，可意会于此。

今有一联刻巨峰山门，题曰：鳌崂独壮哉，海抱神山山抱海；诸子俱来矣，贤传大道道传贤。此联道出崂山神踪仙履之悠然、人文历史之浓厚。崂山，一部千百年来吟读经久的山川文卷，读之弥久，味之弥深。

总而言之，崂山的"仙"，仙就仙在虚无缥缈的奇幻景观，仙就仙在道教文化的博大精深，有碧波大海的滋润，有崂山道士的指点，随着"崂山论道"的推介指引，不久的将来，海上仙山崂山想不扬名海内外都难?!

镇江金山寺

很早就听说过镇江的金山寺，一曲"千年等一回"，让多少痴男痴女魂牵梦绕，忧肠九转，那"白娘子水漫金山"的传奇，自古就已经家喻户晓，妇孺皆知，不知感动了多少代炎黄子孙。

可以说，古往今来我国关于爱情的作品甚多，抛开人间美好的人类之间的爱恋先不说，如《红楼梦》里的贾宝玉和林黛玉，凄美的梁山伯与祝英台等等，其中，真能打动人的还有《牡丹亭》的"人鬼之恋"，另一个就是《白蛇传》里的"人蛇之恋"了。也许，正是这样畸形、极端的情爱，方足以表现出爱的无拘无束吧，爱得不管不顾，爱得张扬跋扈，也就最能赢得世人的同情与关注。

我怀着这种心态，于国庆节当天登上镇江的金山寺。金山位于镇江市区西北约2公里，海拔43.7米，占地面积10公顷。金山原是屹立在长江中的一个岛屿，唐朝张祜的诗句"树影中流见，钟声两岸闻"就是当年金山的写照。由于沧桑变迁，长江改道，至光绪年间金山逐渐与南岸相连。当年东坡居士笔下"不如金山去，清风半帆耳"的水上风光演变成了陆上胜境。所以，当时"骑驴上金山"风行一时，成为清末民初朝山观光者的一种奇妙享受。据说，清康熙帝就于1687年秋登临金山，因观其上接苍冥，下连洪流，江天一色，故赐名"江天禅寺"并沿袭至今。

因为过节，来金山寺的人潮源源不断，来观风景和朝拜的人都很多。走进金山寺的山门，来往的人群密密匝匝，四周香烟缭绕，许许多多的人立在那里双手合十虔诚地祈福。我不太擅长这方面，心里却默默地嘀咕，信则灵，信则灵。金山风景区建筑风格很独特，殿宇厅堂，亭台楼阁全部依山而建，加之慈寿塔突兀拔起于金山之巅，故以"金山寺裹山，见寺见塔不见山"的风貌而蜚声海内外。导游小姐说，整个金山风景区计有30

余处景点和古迹，而每一处都有一段动人的神话和传说。如白娘子水漫金山寺，梁红玉击鼓抗金兵，岳飞金山寺详梦等等，仔细回顾一下都令人回味无穷。

镇江金山寺始建于东晋，迄今已有 1600 年的历史，因寺宇就建筑在金山上而得此名。听说，该山上发现过金矿资源，故寺庙卖香火的店家总是手举着香烛高声叫卖，其潜台词就是"要发财、到金山，烧高香、发大财"吧。镇江金山寺坐落在金山上，但我发现无论是远观还是近眺，却只见寺来不见山，到处看到的是金碧辉煌的殿宇，故当地有"寺裹山"之说，原来是因为山体偏小，而寺庙广大，罩住了原本就不大的金山，"文革"时又受到重点保护，有钱的江东人就这样不停地扩建下去，竟把一座山遮掩得严严实实，风雨不透了。

导游小姐带着旅游团队拥入主殿参观浏览，我则避开人流从殿外绕行，果然清净了许多，我看见了白龙洞，还看到了青白二蛇塑像，那白蛇白衣素缟超然飘逸，显得清秀神怡，那青蛇青衫飘荡，手执宝剑，杏眼圆睁，一副来找法海拼命的面相，塑像高达十几米，真是高大英武威风凛然。白龙洞外的岩石上，还有一组现代派壁画，画的正是水淹金山寺的故事，那画中白蛇人首蛇身，身形修长，飘然若舞，不但不令人觉得恐怖，反而觉得十分美丽，这勾起我的好奇心。据说法海为金山寺第二代长老，白蛇和青蛇又是水淹金山寺的魔头，这金山寺把对头形象搞得这么高大英武，那将置法海于何种境地？于是我不再兜圈子了，便走进寺内看个究竟。

走过康熙赐名的江天禅寺，登上妙高台，只见游人们纷纷争相手抚着一块壁雕拍照留念，我定睛一看，可真是吃惊不小，这壁雕分明就是水漫金山图，只见白浪滔天处，一寺庙岌岌可危地浮在浪尖上，使人不禁想起那汪洋大海里的一条船，看来金山寺不但不视"水淹金山"为奇耻大辱，反而好像生怕人家不知道，由此看出佛门的心胸广大，不是我等凡夫俗子所能理解的。

由于这天来金山寺的人的确太多，以致造成了上慈寿塔要排长队，挪动缓慢，只好耐心等待。后来上去才知道，登慈寿塔上下就一个通道，如果赶巧两个大胖子上下挤到一块儿，恐怕就会塞住难以通行啦。我侧着身子好容易挤上七层的慈寿塔的塔顶，塔顶的活动范围很小，转一圈俯瞰四面的风景虽然很短，但也要和对面的人挤过去才行。经秋天的爽风一吹，一身汗水尽收，俯栏一望，只见远来长江如练，塔下阡陌成方，顿时心生寒意，心想着这么个高处不胜寒的地方，人又挤，万一有个闪失，恐怕没能见着白娘子，就要先到地阎王府报到了。一转念便觉得这种想法太霉气，哎，呸！呸！自己拍着自己的脑袋只埋怨自己。

霍然，想起王安石《金山》一诗中的"数重楼枕层层石，四壁窗开面面风，忽见鸟飞平地上，始惊身在半空中。"的句子，此时才感觉极其贴切。啊，好一个"半空中"，这不正是此时此境我的真实写照嘛，哈哈，原来先贤王安石，也曾有过我此时的恐高症呀。因塔顶地方实在狭窄，人多拥挤，也没顾上再好好观赏一番就被挤下塔来了。看来，人满为患，人都愿凑热闹，节假日外出旅游一般都会是这种状况吧。

下了慈寿塔我想，既有白龙洞，那就应有法海呆的地方，经人指点，就在慈寿塔脚下，果然发现有个"古法海洞"，山洞不深，窄小昏暗，洞的尽头有一窗阁相隔，只见一老僧打坐在内，神态木讷，脸色青白，低眉顺眼，似乎在忏悔，啊，这正是法海塑像。据旁边文字介绍，这法海居然是唐宣宗丞相裴休的儿子呢，唐时有大臣送子出家的惯例，而这法海也是位得道的高僧，正是他开山得金重建了金山寺，堪为一代中兴祖师。然而，眼前的法海丝毫没有一点儿高举钵盂，镇魔除妖的威风，反倒像是个犯错关禁闭的小沙弥，渺小而卑鄙，与寺外那高耸如山的青白二蛇，简直是天壤之别，仿佛一个在天上，一个在地下，令人不禁感慨万分，唏嘘不已。

突然，我想起了鲁迅先生的《论雷峰塔的倒掉》，说的是玉皇大帝也责怪法海多年，以至荼毒生灵，想要拿办他了，他逃来逃去，终于在蟹壳里避祸，不敢再出来。看来金山寺把法海置身一洞中委曲，也可能是有意让他避一避吧。看了狭窄昏暗的法海洞，让人平生一种压抑的感觉。我转念一想，这金山寺如此高耸，白娘子当年要动用多大法力，才能搬运来这许多的水呀。这白娘子为一己之私，为索讨一寡恩薄情的许仙，不惜水漫金山之势，来迫逼法海交人，看来真有些过分了。过去我为白娘子对爱情的执著而感动过，现在设身处地为镇江人民想一想，那时有多少民宅被冲毁，又有多少百姓成鱼鳖，难道白蛇如此兴风作浪，法海也不能挺身而出，维护一方社会治安？更何况这白蛇还有过前科，金山志就有记载："蟒洞（白龙洞），石峰之侧，幽竣奇险，入深四五丈许，昔出白蟒噬人"。于是我又同情起法海来，对金山寺不护自家犊子，反而为对头树碑立传的这种做法大为感动，这金山寺也许是胆小怕事为了息事宁人吧。

也就是因为我去了趟古法海洞，结果就耽误了集合时间。当我紧赶慢赶汗水涔涔地回到车上时，迎接我的是一片鼓倒掌声，我不住地连声说"对不起！对不起！"，脸色绯红赶紧坐在座位上。这还不算完，导游小姐竟站起来一本正经地说："大家出门在外，规定好了的时间就一定要遵守，否则耽误别人的时间就意味着谋害别人的生命！"停了一小会儿，她又问："你们说，是不是呀？"哇，乖乖，这么严重呀！我当即就下意识"刷"地站起来，脱口高声喊：不是！惹得车上一阵哄堂大笑。坐下我想，出来都是为了玩得痛快，才晚了几分钟就这样大惊小怪，哼，反正我玩过的地方，你们好多人都没去，看谁合算。

离开金山寺，已近中午，只见前来的游人不减，仍潮涌般贯入，回望艳阳下愈发显得金碧辉煌的宫殿和更加挺拔的慈寿塔，我突然幡然醒悟便哑然一笑，已知上了金山寺的当。这看似不起眼的金山寺俯就世俗，顺从民意，不惜自轻自贱，也不惜委曲法海，用的却是反弹琵琶之策，瞒天过海之计，就在充分满足世人水淹金山意愿的过程中，金山寺已经置普陀寺、文殊寺、大明寺于身后，并悄然成为全国四大名刹之首了。

有道是海纳百川，有容乃大，镇江金山寺有如此胸怀和宽广气度，成为佛国领军自然也就是顺理成章的事了。

梦里秦淮河

千百年来，秦淮河一直在默默地流淌着，它流走了六朝古都的繁华，带走了昔日帝王的旧梦，任凭人们的年华消逝，随它世间的风云变幻，水边的南京城却繁华依旧，一路笙歌燕舞地走下来了。

金秋十月，我终于来到梦寐以求的秦淮河畔。十里秦淮的夫子庙建筑群是秦淮风光的精华，由孔庙、学宫、江南贡院荟萃而成，让人尽情品尝那份人间烟火的滋味。一路走下去，我看见贡院的大门上悬有横额"明远楼"三个金字，外墙嵌有《金陵贡院遗迹碑》，记述了贡院的兴衰历史。如今这里是南京最著名的步行商业街区，也是南京小吃的聚集地，更是最具老南京风味的地方。

时值佳节，游人如织。午后的阳光照耀在秦淮河上，我真切听到由远而近的摇橹声，看到了来往穿梭的木船。虽然，我没有看见"灯影轻薄洒、淡月映秦淮"的夜色美景，但穿越红尘华美的霓裳，弹落肩上的尘土和疲惫，能走进了梦中的河流——秦淮河，我已经是心满意足了。

秋天的秦淮河也是别有丰韵。姑娘们穿着时装，沐浴着秋风春风满面，使我不由想起了"梨花似雪草如烟，春在秦淮两岸边"的诗句。也许，春天是秦淮河最美的季节，但时下秋高气爽，树叶正在逐渐变黄，一棵幸运树上拴满了祈福的红布条，景色也是颇为壮观。人群摩肩接踵，熙熙攘攘，我挤在人群中穿行，穿过那一排排新老商铺，脑海里却反复想着梦中的秦淮河畔。多少年来，秦淮河一直以太多的姿态，萦绕在我的梦里。这里曾经聚集过太多的风花雪月、留下过太多的酒客诗文、经历过太多的爱恨情仇。我早就期望，有一天能沿着这条古老河流，穿越那些虚虚实实的梦境，寻找到那些梦中的源头。

今天，我真的站在这"桨声灯影连十里"的秦淮河畔了，来看这六朝古都南京古老文明的摇篮所在地。秦淮河是一条流淌在梦中的河，循着刘禹锡的乌衣巷、朱雀桥，走过十里珠帘和金粉荟萃，听着朱自清的桨声灯影，我的梦境竟是如此的悠长而深沉。这里是唐诗宋词里流淌了千年的著名河流，更适合在月夜去欣赏，在月朦胧、灯朦胧中去欣赏秦淮河，便更像是在朦胧的月下看美人，华灯映水，画舫凌波，酒家林立，笙歌不绝。秦淮河啊，秦淮河，千年的路程山高水长，千年的相思如今不再绵长。

相传秦始皇东巡时，他望见金陵上空紫气升腾，以为王气，于是凿方山，断长垄，入于江，后人误认为此水是秦时所开，所以称为"秦淮"，如今的"十里秦淮"正是指秦淮河。据说远在石器时代，该流域内就有人类活动呢。自东水关到西水关的沿河两岸，东吴以来就是繁华商业区的居民地，后来历经各个朝代一直延续至今。

走进秦淮河，就走进了古城金陵的记忆，走进了六朝古都浓艳的故事和传说。那些梦里的艳丽灯花，披着轻纱的曼妙女子，缠绵悱恻的吴声软语，还有那锦瑟琵琶，都带着遥远而朦胧的色彩，在古旧的书页里反复吟唱。当你踏入媚香楼，眼前仿佛就飘过来那个叫李香君的女子，依旧的一袭白衣，依旧的清傲神情，在那里凭栏沉思。

如今的秦淮河风光带，以夫子庙为中心，秦淮河为纽带，组成了风光旖旎的自然景观和热闹非凡的商业群，但愿秦淮河流经得千年烟雨，携带着百年沧桑，就这样弥漫在南京城的上空，弥漫在我的心中，成为历史散落的悠悠记忆。

金秋下扬州

有诗曰：烟花三月下扬州。阳春三月，李白送朋友乘船从黄鹤楼启程，顺江而下，直指扬州。艳阳照耀在江面上，薄雾中波光闪烁，灿若金星。明媚的春天是扬州繁花盛开的季节，也是游玩瘦西湖的最佳时机。金秋十月，虽然景色不如春天那般绚烂，但秋风送爽，大多数树叶绿中寓黄，别有一番情趣。

古人是乘舟下扬州，我们是乘旅游大巴前往。一路上，窗外的景观从一片片成熟的玉米地，到一大片一大片绿油油的稻田，看得出长江江北和江南的差异。车在高速路上行走很平稳，一大早出发，午餐在车上吃，下午3点多钟就到达了此行第一站扬州何园。何园是全国著名的影视取景基地，曾拍摄过《青青河边草》、《苍天有泪》等著名影视剧。

何园坐落于江苏省扬州市的徐凝门街，原名"寄啸山庄"，是清代同治元年（1862年），湖北道台何芷舰离任后归隐扬州，购得"片石山房"旧址进行扩建，历时13年而建成的一座大型住宅园林。建成后，取陶渊明《归去来辞》中"倚南窗以寄傲，登东皋以舒啸"的意境，题名为"寄啸山庄"，又因为园主人姓何，故俗称何家花园，简称"何园"。走进何园，便感受到其中国传统造园艺术的精湛，又融入了西洋建筑的格调，形成了自己的特色。园内有东西花园、住宅庭院和片石山房三个部分，建筑总面积达7000多平方米，厅堂98间，主体建筑前后三进，全部用水磨砖砌成。《扬州揽胜录》一书，称其为"咸（丰）同（治）后城内第一名园"，是清代后期扬州园林的杰出代表作。

徜徉园内，看见东园的主要建筑是四面厅，为一船厅，单檐歇山式，带回廊。以此建筑为主景，南向的明间廊柱上，悬有木刻联句"月作主人梅作客，花为四壁船为家"。厅北有假山贴墙而筑，参差蜿蜒、妙趣横生。

东有一六角小亭，背倚粉墙，西有石阶婉转通往楼廊，南边建有五间厅堂，三面有廊。复道廊中的半月台，是中秋赏月的好地方。西园空间开阔，中央有一个大水池，楼厅廊房环池而建。池的北楼宽七楹，屋顶高低错落。中楼的三间稍突，两侧的两间稍敛，屋角微翘，形若蝴蝶，故而俗称"蝴蝶厅"。楼旁与复道廊相连，并与假山贯串分隔，廊壁间有漏窗可互见两面的景色。池东有石桥，与水心亭贯通，亭南曲桥抚波，与平台相连，是纳凉之所。池西一组假山逶迤向南，峰峦叠嶂，后有挂花厅三楹，有黄石假山夹道，古木掩映，野趣横生。

池西的复廊南有一幢三开间的两层小楼，独占小院的一角，楼前山石峻峨，清静幽雅。由此再往南即为住宅区。何园虽是平地起筑，但却独具特色。通过嶙峋的山石、磅礴连绵的贴壁假山，把建筑群置于山麓池边，并因地势高低而点缀厅楼、山亭，错落有致，蜿蜒逶迤，山水建筑浑然一体，有城市山林之誉，是扬州住宅园林的典型。园中的植物配置也独具匠心。半月台旁的梅花、桂花、白皮松，北山麓的牡丹、芍药，南山的红枫，庭前的梧桐、古槐，建筑旁的芭蕉等等，既有一年四季之布局，又有一日之中早晚的变化，极尽人工雕琢之美。

参观完何园入住宾馆，随即，我们打的去扬州市中心的著名小吃街吃特色小吃，而后趁着酒后微醺游览了街心的文昌阁和四望亭，并马不停蹄地前往观赏了古码头的美丽夜景，真有些令人流连忘返了。

次日清晨，起早赶往瘦西湖景区。瘦西湖位于江苏省扬州市西北部，因湖面瘦长，故称"瘦西湖"。和杭州著名的西湖比起来，瘦西湖的湖道窈窕曲折，串以长堤春柳、四桥烟雨、徐园、小金山、吹台、五亭桥、白塔、二十四桥、玲珑花界、熙春台、望春楼、吟月茶楼、湖滨长廊、石壁流淙、静香书屋等两岸景点，俨然一幅天然秀美的国画长卷。我们走在垂柳依依的岸边，看湖面迂回曲折，迤逦伸展，仿佛神女的腰带，媚态动人。瘦西湖怎一个"瘦"字，将瘦西湖描绘地妩媚窈窕，好生了得，这让我想起了李清照"人比黄花瘦"的著名词句，于是，一个朦胧曼妙的江南女子便惟妙惟肖地呈现在我的前面，她举手投足，一颦一笑，无不超然脱俗，看，她已经翩然朝我碎步走来，真令人怦然心动。

据说清朝时，康熙、乾隆二帝曾数次南巡扬州，当地的豪绅争相建园，遂得"园林之盛，甲于天下"之说。眼前的瘦西湖全长4.3公里，游览面积30多公顷，湖区利用桥、岛、堤、岸的划分，使狭长湖面形成层次分明、曲折多变的山水园林景观。长堤在湖西岸，长数百米，漫步其中颇为惬意。堤边一株杨柳一棵桃，相间得宜，是赏春的好地方。时值秋季，虽然当下没有盛开的鲜花点缀，但秋高气爽的时节还是令人心旷神怡。

我们一行本想乘船游览瘦西湖景色，但因为时间太紧，如果荡桨湖上，就会错过两岸许多知名的景观，便只好放弃。"长堤春柳"是扬州二十四景之一，我们一直沿长堤走到尽头，便见一圆洞门，上书"徐园"二字。走进门内便见一池幽幽清水，池内遍植荷，荷叶已经枯黄，更见不到荷花的踪影。池周点缀各种形态的山石，几株翠柳迎风飘舞，景色非常宜人。园内正厅叫"听鹂馆"，构造精致，陈设古雅。正面有红木护墙板壁，屏风式样，每屏镶有清代山水瓷画，外复玻璃，工艺相当精美。

小金山是湖中一小岛，原名长春岭，建于清代中叶。我们只能远眺其静静地坐落在湖中，用照相机将其拉近一些，并留下它的水中倩影。据说，当时扬州豪绅为了打通瘦西湖至大明寺的水上通道，在瘦西湖之西北开挖了莲花埂新河，挖河的土堆成了一座小山，这就是今天的小金山。小金山四周环水，水随山转，山因水活。山顶有"风亭"一座，是全园最高点。小金山西麓有一堤通入湖中，堤端为一方亭，名"吹台"。相传乾隆皇帝在这里钓过鱼，因而又叫钓鱼台。钓鱼台三面临水，各有圆门一孔。我们从钓鱼台前右侧看去，正中圆洞恰好收入"五亭桥"一景，显得十分精巧。而左面圆洞，正好收入"白塔"一景，俨然两幅精美的独幅画面，其借景手法之巧，真是令人钦佩。月观是临湖建筑的厅堂，四面皆为格扇，堂后是桂园。听导游小姐说，每当八月桂花盛开之际，推窗赏月，清香四溢，天上水下两月同收眼底，此情此景，甚为动人。

五亭桥建造在瘦西湖上，好像湖的一根五彩腰带。桥上建有五座亭子，故名五亭桥。这座很具特色的美丽的桥，已经成为扬州风景线的一个标志。五亭桥是清代扬州两淮盐运使为了迎接乾隆南巡，特雇请能工巧匠设计建造的。桥的造型典雅秀丽，黄瓦朱柱，配以白色栏杆，亭内彩绘藻井，富丽堂皇，具有南方建筑的特色。而桥下则是具有北方建筑特色的厚实桥墩，巧妙和谐地把南北方建筑艺术、园林设计和桥梁工程结合起来，可谓巧夺天工。五亭桥有 15 个桥洞，更巧的是八月十五月圆之夜，每洞各衔一个月亮，15 个皎洁的圆月倒悬水中，争相辉映，美不胜收。此时泛舟穿越洞间，月下赏景，别具情趣。看来我们此行是错过时机，只好等到来年了。

身在五亭桥，向东面眺望，便看见一个深入湖中的小岛，岛上有一临水建筑，远远看上去，如同浮在水上的鸭子，这就是凫庄。走在长堤从瘦窄的湖面上看过去，很容易就可以看见一个很显眼的白塔，它距离五亭桥不远，为砖石结构，共分三层，上置青铜鎏金塔顶，中层为完室，均作圆形，下层为台基，作正方形，显然整个造型是模仿北京北海公园喇嘛塔的形式构筑的。

走在清秀婉曲的瘦西湖岸边，边走边领略着缀以熔南秀北雄于一炉的扬州古典园林群的风范，几乎是一个形成移步换景、相互因借的山水长轴。其中，名寺古刹和古城墙垣绵延相属，名胜古迹和历史遗存散布其间。风韵独具的自然风光和含蕴丰厚的人文景观相映生辉，面前的整个瘦西湖景区，不愧是镶嵌在历史文化名城中的一颗璀璨明珠。

赏美景时间过得飞快，就要离开瘦西湖了，但我仍是频频回首恋恋不舍，俨然就像是要别离心目中的俏丽"新娘"。哦，美丽动人的瘦西湖，也许不久，我又会来到你的怀抱，在旖旎的湖面上泛舟，拥抱你娇柔纤细的身子……

第二辑
心灵剪影

青春澎湃的日子

难忘军营绿

咱当兵的人就是一棵树，枝干擎起蔚蓝的天空，风吹树叶沙沙响，那分明就是一串串绿色的音符。生活的丰饶，蕴藏在我已经忘淡的记忆之中。然而，追忆奉献在我面前的，不仅是我所选择和喜欢的东西，而是记忆本身它所固有的，有着永久纪念意义的东西。绿色本身，就是我最值得记忆，并永久怀念的。

绿色，是原始生命的颜色，它象征着鲜活、朝气蓬勃和无限希冀。我一直都非常喜欢国防绿，因为，我曾穿了20年的草绿色军装，已经将人的生命中最美好的时光，奉献给绿色的军营。那里，有郁郁葱葱、巍峨高耸的大山；那里，有熟悉温馨、绿色掩映的军营；那里，有我平生难忘、绿色永久的记忆。还记得，当兵那一天，刚好差一天就是我15周岁的生日，我却整装待发，离开生我养我的父母，踏进了仰慕已久的绿色军营，穿上了父辈也曾穿过的草绿色军装。一身戎装，我对着明亮的大镜子，端端正正敬了一个庄严的军礼，俨然就是一个地地道道的小士兵了。

火热的军营里，全是十四五岁的男女小兵，每天打打闹闹，沸沸扬扬。当然，要自己穿衣戴帽，自己管理自己，就像一个寄宿的大学校。好在，我们的主要任务仍是学习。我们这些小兵，有的学英语、有的学日语、有的学机务，还有的学报务。大家小小的年纪，除了完成学习任务外，却也要拿枪玩炮，每天站岗放哨，因为我们是军人。绿色军营，就像一块神奇的土壤，这地方，自古就生长着坚强。男军人，一个个练就了钢筋铁骨，踌躇满志、壮志飞扬；女兵们，从军后也变得慷慨激扬、飒爽英姿、性情豪放。

平时，我们还学会了在营区内种瓜种菜。有一次，我挑着粪桶浇菜，扁担在肩，眼睛盯着前面的粪桶，心里还惦记着后面的粪桶，生怕粪水溅到身上，结果还是一不小心儿，被前面的石头绊了一跤，溅了一身粪水，惹得身旁的女兵哈哈大笑，弄得我无地自容。平时，我们除了要学好文化、外语和维修技术外，还要经常半夜三更，被急促的"紧急集合"号声叫醒，大家摸黑穿衣打背包，头顶着惨淡的月光，来上个10公里急行军，只搞得疲惫不堪，落荒而归。有次紧急集合，我睡得懵懵懂懂，慌乱中胡乱穿上衣服，打好背包，就只顾一个劲儿地往外面的操场跑，因为紧急集合有时间限制，越快越好。惨得是，我闷着头往前疾跑，明亮的月光将白粉的墙壁照得雪亮，我以为是空间，便一头撞了上去，一瞬间我头脑发昏，鼻子巨疼，"啊——"的惨叫一声，仍不顾疼痛第一个跑到了操场。出了营房，在荒山野岭转了一个多小时回到营区，我受到了区队长的口头表扬，表扬我轻伤不下火线，而且动作迅速。可我当时的鼻子已经肿了起来，疼得我龇牙咧嘴。

后来因战备需要，部队进行大搬迁，我们步行一百多公里兼十公里急行军，要从济南步行到泰安。一路上，我们在不见尽头的柏油路上行进，大多数人脚上磨起了血泡，许多人一瘸一拐地咬牙跟在大队人马后面走，有些女兵实在走不动的，就被收容队收留上了汽车。就这样整整走了一天，我们终于来到泰安一个叫"勤村"的深山里，并从此在那里安营扎寨，担负起常年的战备值班任务。我们成了名副其实的"山里人"。山里交通比较闭塞，生活有点枯燥无味，但是空气新鲜，最大的好处，就是漫山遍野有各种各样的果树。不同收获的季节，有一簇簇令人垂涎欲滴的红樱桃，有一个个红艳个大的大山楂，有挂满树枝的黄澄澄的大柿子，有挂在树上时绿油油的核桃，还有在树上一个个像小绿刺猬的栗子。那丰盛的果实，真是令人看着就眼馋，而且当时的价格非常便宜。

早春，我们男女小兵们结伴去踏青，群山中的最高峰——麦黄山就是我们的目标。大家一路高歌，爬山攀岭，一边采摘着松树上的松球，一边用海鸥牌相机拍照。草绿色的军装，天真的笑脸，和山上葱绿的翠松相映成趣，与灿烂的阳光融为了一体。男女小兵们，穿山越岭，互相搀扶着，跳过清清的小溪，手拉着手，唱起儿时的歌谣。歌声阵阵，笑声朗朗，童年的欢乐，又回到了我们的身边。大家高兴地跑呀、跳呀，尽情地说着笑着，没用两个小时，就爬上了400多米高的麦黄山顶。俯首远望，四周的群山尽收眼底，山岚相连，树绿花艳，远处朦胧的小山村冒着袅袅的炊烟，一派北国山村天然的水墨淡雅画卷。大家在平坦的草地上席地而坐，男兵亮亮打开了红旗牌小收音机，悠扬的乐曲在山涧回荡……此时，金嗓子女兵平平亮开了歌喉——"北京的金山上光芒照四方，毛主席就是那金色的太阳……"嘹亮的歌声响彻云霄，在幽静的山谷里回响。单纯可爱的小兵们，完全沉浸在欢乐和幸福的气氛之中了。

我有幸1973年从南山上了大连外院学外语，穿着军装上了4年学，毕业后又回到了原部队，不久部队大搬迁从荒芜人烟的山沟沟里搬回济南郊区的营房。

作为解放军学员上了大学学了外语，我就总想着要能到国外工作或者最好能直接和老外打交道，这样才能有用武之地。但是，部队好容易培养出大学生，不可能马上放人的，当时为了献身国防事业，我只好留在部队做技术侦察和军事资料的翻译整理及研究工作。谁知道，这一干就是整整13年，加上上学前的3年兵龄，这最后一班岗站的可够长的，这可谓是最后的军礼吧，这个军礼敬的也真不短而且意味深长，心甘情愿。

市郊的军营就在一个马鞍形的山下，山上的军用雷达每天在蓝天白云下全方位地旋转着捕捉目标，我们不分昼夜地守卫在祖国的哨所，用百倍警惕的目光注视着泉城人民的车水马龙和万家灯火，因为我知道，泉城的人民也在用殷切的目光关注着我们。在工作房里，我分明看到了蓝天里的一架架银色的战机穿云过雾，战机的尾气拉出美丽的长尾巴，刺向云霄。我一边监视着一边遐想，我觉得它们更像一艘艘战舰犹如一把利剑划破平静的海面，向着即定的目标流星般飞速前进。因为，我虽然当的是陆军，但我向往的是当一名光荣的海军战士，威武的战舰乘风破浪勇往直前，保卫着我们祖国的万里海疆。

我们陆军一般在内陆城市，平日我们都是长年在机关里值班坚守岗位，虽然天地显得狭窄一些，但我们军人胸怀天下，心里装着全世界呀！是啊，作为一名保卫祖国的军人，我们不管是在高山上、深山沟里，还是在城市里，不管是生活枯燥乏味，还是每天千篇一律，我们肩负着保卫祖国的重任，就要履行好一名革命战士的职责，奉献青春保卫国防。马鞍山在济南市的北郊，山上有一片松树林，一年又一年，我们看着这一大片的松树林长高成林。夕阳西下时，山间小道上经常可以看到我们身穿绿军装散步的身影，落日的余晖斜照在一排排整齐的营房瓦顶上，熠熠生辉闪闪发亮。

暮色中，我透过办公楼的玻璃窗，清清楚楚地看到里面军人们忙碌的身影在晃动，几乎每个晚上我和战友们都要加班加点到深夜，这也成为习惯。深夜，当我走出办公楼，仰望星空，月明星稀，晚风习习，心想，现在泉城的人民早已进入梦乡，我希望他们每天都能睡的香甜，因为，我们当兵的人的责任，不就是为了让祖国人民过着幸福美满的生活，脸上才能荡漾出欣慰和灿烂的笑容吗？有时也想，这种日子很清苦，但我时常想起父辈，他们在战争年代出生入死，浴血奋战，多少先烈英勇献身，不就是为了新中国的诞生吗？再想想和平年代里的战争，那些可爱的战士义无返顾走上战场，不怕牺牲勇敢作战，不就是为了国家的最高利益吗？想到这些我释然了，在部队再多干上几年也不觉得冤枉或毫无价值了。

我的最后一个军礼是在我即将转业的前一年。俗话说，铁打的营盘流水的兵，我已经在热爱的军营里干了19个年头了，可以说自己的青春年华已经奉献给了国防事业。当时军队整体要缩编，虽然我刚戴上军衔，但我知道大多数人不可能在军队干一辈子。1988年我们部队突然接受了一个重大紧急的战备任务，针对敌情的大行动，我们也要响应作出部署，及时、准确掌握对方的整个行动计划和动向。这时部队领导决定抽调最精干的技术尖子到偏僻的深山沟里完成这项艰苦而光荣的任务，我被选在其中。

当时，我爱人是军区总医院的小儿科军医，她每天骑自行车带着幼小的女儿从我的部队驻地穿行到医院上班，将女儿放在幼儿园，一路上不管刮风下雨风雨无阻，有一次匆忙中还不小心将女儿的脚别在车轮里，上夜班也是家常便饭，非常辛苦。这个时候，我离开她到上百里外的深山沟里要工作上一个月，这对她来说无异是更加辛苦。因为我平时上班回家近，下班后都是我做饭，如果我不在家，就意味着爱人带着孩子跋涉回家后，还要自己开火做饭，家里的一切家务事就统统落在她一个人身上。

但为了部队的工作，爱人支持我去，我作为一个在军营里摸爬滚打出来的军人，责任也不允许我有半点犹豫。很快，我和战友们乘车赶赴工作地点，马上投入战斗。工作岗位真是在一个人烟罕见的大深山沟里，冬季的雪花漫天飞舞，云雾在山头飘荡，寒风飘飘落叶，万籁俱寂，仿佛与世隔绝一般。为期一个多月的紧急战备生活与喧嚣繁华的都市生活截然不同，每天默默地监守在工作岗位上，耐住寂寞，耐住艰苦，我们持之以恒坚守着。每一个新信号，每一个新动向，都逃不过我们雪亮的眼睛和敏感的耳朵，因为我们的心中始终涌着对人民的无限忠诚和热爱，我们的身上始终洋溢着军魂和万千感慨。

后来，经过我和战友们的艰苦奋战，我们及时准确地掌握了敌情动态，上报领导机关后受到总部首长的高度赞扬。我想，只要平时我们的技术过硬，到战时我们才能知己知彼，无往而不胜。在这深深的大山沟里，就是一条坚固的钢铁"万里长城"，是看不见的战线里的坚不可摧的屏障。整个军营，就是战争中敌人不可逾越的绿色汪洋。这里的官兵们走了一茬又一茬，也不知道在这个深山沟里有多少战士洒下了忠诚的血汗，也只有在这里当过兵的战士们，才知道这里留下了他们青春的印记，后人会给他们树起永远的丰碑。

啊，走出深山沟，我就要离开军营了，就要脱下穿了20年的绿军装。如果可以，请让我郑重地向着庄严的军旗，再最后敬一次军礼！军人需要有一个温馨的家庭，与美丽贤淑多年来默默的支持者我工作的妻子和美丽漂亮懂事的女儿共享天伦之乐。但是，如果世界上战争还没有消亡，我就有义务穿上戎装保家卫国，哪怕是在没有硝烟的战场。我认为，一个有着牵念与感情的热血男儿，他心里装着祖国和人民，不管是穿着军装还是脱下军装，都会是一个有血有肉的铮铮铁骨硬汉。

是啊，军人就是今天和平年代中保家卫国的热血男儿。也许，今天的军人暂时没有在战场上拼杀的可能，但是和平的经济建设年代仍然能体现出军人的价值。因而，我理解现代的军人，我真挚地向最可爱的人敬一个军礼：他们在和平年代的牺牲和奉献，是人世间最伟大的爱情，最感人的亲情，最真挚的友情！

哦，岁月如梭，往事悠悠。如今，我从部队转业至今已有 20 个年头了，但直到现在，每当我看到鲜红的五星红旗冉冉升起，看到整齐的仪仗队英姿勃发地向我们走来，我都会抑制不住地举出右手，仿佛看到了神圣的军旗猎猎，于是，总会仰望着在祖国蓝天上飘扬的旗帜，敬一个庄严的军礼，以表达自己曾经是军人的激动与缅怀。

夜阑卧听风吹雨，铁马冰河入梦来。是的，军中的绿色是我们永远不变的追求，咱当兵的人就是一棵树，风吹树叶哗哗地响，我们就是那树上一串串优美的音符，军中的绿色旋律是我们用心唱响的人生交响，军中的热血男儿用自己的青春书写着绿色的军旅生涯，也在精心描绘着自己绿色的梦。

请允许我，慢慢地抬起右手，向着神圣的军旗和绿色军营，深情地敬最后一个军礼。绿色，延续着我的生命，给了我智慧、力量和勇往直前的锐气。生命里有了当兵的历史，永远不后悔！

天香园牡丹

"五一"黄金周期间是今年城阳天香园牡丹的最佳赏花期，自 4 月 21 日第六届城阳牡丹节开幕以来，20 多万株牡丹和 3 万多株芍药竞相开放，吸引了众多游客前往踏春赏花，我也禁不住诱惑欣然参与其中。

徜徉在天香园的牡丹花丛里，花香蝶飞，人在画中游，我完全陶醉在国色天香中了。我在洛阳欣赏过牡丹，在北京国色天香园闻过花香，在荷泽品过牡丹的芬芳，但在青岛却是第一次在天香园见到牡丹，她甚至比我想象的还要美。

偌大的天香园中，我面对满园的国色天香，走到近旁尽情地俯吻着，品味着，享受着。这天下第一的富贵之花，确实不同一般的花卉，她朵大色艳，晶莹饱满，香气袭人，沁人肺腑。眼看着四处盛放的各色牡丹，耳边仿佛黯然响起了蒋大为悠扬的歌声"啊，牡丹，百花丛中最鲜艳。啊，牡丹，众香国里最壮观。有人说你娇媚，娇媚的生命哪有这样丰满。有人说你富贵，哪知道你曾历尽贫寒。啊牡丹，冰封大地的时候，你正蕴育着生机一片，春风吹来的时候，你把美丽带给人间……"想着她、看着她，深感此行不虚，心旷神怡之中我尽情拍摄，真是有些流连忘返了。

"国色天香的牡丹真不愧中国的国花，落尽残红始吐芳，独立人间第一香。"同伴说着说着竟吟出诗句。我知道，早在大唐盛世，长安牡丹的繁华达到了鼎盛时期，白居易的"帝城春欲暮，喧喧车马度。共道牡丹时，相随买花去"，刘禹锡的"为有牡丹真国色，花开时节动京城"，表现了当时人们买花赏花的盛况。李白的"云想衣裳花想容，春风拂槛露华浓"家喻户晓，李正封的"国色朝酺酒，天香夜染衣"让牡丹有了国色天香的佳名。"名花倾国两相欢，长得君王带笑看。"唐朝历代帝王对牡丹都是情有独钟。每逢三春时节，帝王们拥后宫佳丽、王公大臣到曲径通幽的御花园赏牡丹，赋诗词，享受着人间繁花似锦的大美。兴味盎然时，夜间举着火把，挑着宫灯赏花的情景，让人想象那是怎样的富贵呈祥。

世间各种草木的花，均被世人所喜爱。东晋陶渊明偏爱菊花和桃花，但在唐朝以来喜爱的牡丹的人非常之多，牡丹是花中的富贵者，对于富贵牡丹的爱，那当然是有很多的人了。俗话说，自古江南无牡丹，但我打心眼里佩服辛勤的园艺工作者们，是他们历经几十年的潜心研究和精心培育，使得素有"花中之王"称号的牡丹在武汉安家落户三万多株。在地势起伏有致的东湖牡丹园里，两百多个品种，九大色系，姹紫嫣红中有着参差叠落之韵，天香疏影之妙。沉香苑里暗香浮动，畅园春中喜气融和，"玉美人"、"贵妃插翠"、"牡丹仙子"……数不胜数的牡丹花开得如此恣意，有的比人的脸盘还大，甚是惹人喜爱。

其实，时到今日，雍容华贵的牡丹一直为中国人所追捧，所以才能成为中国的国花。一直以来，我父亲都是一个爱侍弄花草的人，而且亦非常喜爱牡丹花。在自己的小花园里，他在侍花的时光里辛劳并幸福着，著书读报之余总要到庭院里看看花休息一下脑子。我每次回到家探望父母，都要到院子里去欣赏他养的花。每逢牡丹花盛开的时节，他更是要到各处讨要或买一些牡丹花回来，整齐摆在家里或院子里反复欣赏观望。就连父亲收藏的国画中，各式各样的牡丹也是千姿百态，色彩纷呈。

在天香园里我发现，有些单瓣的牡丹在阳光的照耀下格外剔透美丽，清风中就像一只只蝴蝶在轻盈地翻飞跳跃，穿戴得十分俏丽的姑娘们都愿意在这样的花前拍照留念。原先，我比较喜欢花骨朵娇小，色彩淡雅的花，因为这样的花儿才会带有香味，但是牡丹则让我刮目相看，雍荣华贵中不失大气幽香，兼有兰之脱俗和梅之傲骨，并蓄樱之轻盈和菊之清秀。你看，在风中轻轻摇曳的那只粉色的牡丹，是不是更像一个艳丽动人的妙龄女子，正将她冰清玉洁的心扉展现给前来观赏她的游人。

啊，我沉醉在牡丹的大气幽香中。何人不爱牡丹花，占断城中好物华，我由衷喜爱牡丹，不仅因为她是国花，更缘于她是祖国繁荣昌盛的象征。

春暖在路上

春姑娘姗姗来了，不早也不迟。

面向大海，春暖花开。走在路上，阳光灿烂，绿草茵茵，春风荡漾，空气清新，让人们心中一片晴朗，心旷神怡。

温暖的春风吹来，嗅到了春草的芬芳。春天里，少女们早早换上了春装，更前卫的俨然是一副夏天的打扮了。清晨的公交车上，一个妙龄女子着一身短裙坐在窗前，姿态优雅，她下意识地摆弄着自己修剪得很好的美甲，看上去有些洋洋自得。车窗外是风景靓丽，不再春寒料峭街市上走着窈窕的摩登女郎，长发飘逸，柳腰妩媚，尖尖的高跟鞋让女人更显丰盈挺拔。

路边黄色的迎春花灿然绽放，春天就这样悄然而至了。心想一年之计在于春，一定要珍惜这个美妙的春天，我手有些痒，真想马上就上网敲出几多春的呢喃和旖旎。下车后放慢了脚步，离上班还有段时间，就想在温暖的阳光下多滞留一会儿。春光乍泄，一派明媚，此时已是杨柳青青，鸟儿扑棱着轻盈的翅欢鸣的季节了。我绕道走上海边的木栈道，波光粼粼的海面上荡漾着一叶扁舟，极目处海天一色漫漫浩瀚。海边，微风习习，春意盎然，迎面飞来几只俏皮的花喜鹊恣意地在柳树枝头闹着，仿佛在和我一起分享着春的光阴。

傍晚下班后，我走在繁华的香港路上，车水人流更像是一幅幅流动的春光风景线。人们轻装薄衣在路上，沐浴在春色里有男士们显得步履匆匆，女士们更多的从容优雅。我迎着有些暗淡的落日前行，浮想遐思，辛家庄一带的老街早已不在，时髦前卫的岛城姑娘在春天的黄昏搅皱这一城的春水。我分明又嗅到了春天的气息，我的风衣摆角划过春天的痕迹。我知道，城里的桃花、杏花在春风中静悄悄地绽放，人间的真情像梅花开放

第二辑 心灵剪影

在一树树绿色里，会与松树与柏树一样地久天长，四季常青。

不知什么时候，天上突然飘来了蒙蒙的雨丝，雨幕里行人纷纷打起五颜六色的伞，花伞在朦胧的雨雾中流动，街上的霓虹和街灯将人们的身影拉长映在镜子般的柏油路面上。好容易挤上了公交车，发现坐在我前面的是一对恋人。他们顾不上欣赏窗外的霏霏春雨，面对面地互述衷肠。女孩澄澈的双眼如一汪春水润湿着男孩的心扉，我看不清男孩的眼睛，但我想在心仪的女孩心里，就是眼前的雨雾迷漫也掩不住男孩的青春阳光。车窗外，春雨不绝如缕，千万根丝线交织着一张大网，但还有一个个瑰丽的梦。我在想，我们在网络上不期而遇相识，以文学的名义，追逐文学的梦，人与人交往，或亦真亦假，或亦梦亦幻，文学的梦随风飘荡，不管风吹雨打，追梦人不会停止追求。在这个既虚幻又真实的网络渡口里，若有若无的身影能否将这人生轮渡，承载起绮丽的梦幻？春风挥洒着无边的梦，希望梦不会将人淹没，何不将所谓的文人相轻变为文人相重，相互尊重。

我下车了，撑起伞加入了走在迷离酣畅的雨雾中的人群。多么想，迷雨中漂泊的雨伞汇成浪花中一个惊艳的回眸进入我的梦中，有你、有他、有我……我看见了一张迎着春风绚烂的脸，这正是刚才那个在车上男孩的脸，眼角飞扬着一种骄傲和满足，如春风漾在春水里的涟漪。

这静美和生动起来的脸庞，如此欣然，如此美丽。

清凉的山溪水

5月的最后一天，应山友若风之约，我和袭明老师欣然前往崂山二仙山，鼓足劲跟竹竿的登山大军准备穿越关帝庙、白云洞、滑溜口等处直插北九水。

从二仙山山麓开拔，沿山间小路蜿蜒穿行，山涧的溪流潺潺，耳畔的鸟鸣清脆，爬过几道山丘就来到了掩映在深山里的关帝庙。绿树环抱的庙宇已是陈旧的残墙断壁，四周杂草丛生很荒凉，也不知道这座名不见经传的关帝庙究竟是何年为供奉三国时期蜀国的大将关羽而兴建的。全国范围的关帝庙林林总总处处可见，要想很好地了解当地的风情，关帝庙也许是不可缺少的一课吧。

紧接着近90余人的穿越大部队来了一个急行军，很陡的山坡小路几乎是一溜小跑，一阵子我和袭明老师就冒汗了。我累得一屁股坐在大青石上不想再爬起来，袭明老师累得眼冒金花，胸口发闷。"啊，不行啦！不行啦！我可爬不动了！"我一个劲儿打退堂鼓。"喔，我这老胳膊老腿地也爬不了了，干脆打道回府吧！"袭明老师也告饶了。

"哈哈，当逃兵！"我俩不谋而合。实在是，年龄不饶人，赶不上风华正茂的年轻人了。向若风打招呼后，我和袭明老师顺原路返回。刚才风风火火和年轻人猛爬了一阵子，一个多小时早爬出了很远的路程，来是急匆匆没顾上看风景，回去的路上我俩可是没有了压力，悠哉悠哉慢腾腾下行。

"快看，那边不是仰口湾吗？"袭明老师手指右前方的那片海。"是啊，刚才怎么就没看到呢。"我顺着袭明老师手指的方向望过去，那一片海在丽日下波光粼粼，海那边的一个半岛又像山水画稿上的一滴墨，饱饱地溅落在仰口湾边上，"哦，真美呀！"

　　我俩寻找着被丛生的杂草掩没的小路，摸索着蹒跚而下。夏日的崂山翠绿诱人，山花烂漫，流淌不息的溪水滚滚而来。忍不住，我俩在山溪边的一块大石头上停下脚步。周围，是茂密的山林，各种各样的植物和花草大都叫不上名。"嗯，就这了，休息透了再走！"袭明老师干脆说。"就是，上哪儿找这样的仙境呀，空气好环境幽。"我跟着说。

　　接着，我俩不约而同都脱鞋脱袜，赤脚伸进冰凉的山溪水里。"哇，真凉呀！痛快！"我不由说。"啊，这溪水里矿物质多，能治百病呢。"袭明老师接着说。清凉的溪水很滑润，我掬了一捧送进口里，清冽甘甜，溪水的滋润立马让我神清意爽，疲倦顿消殆尽。"真甜呀！真过瘾！"我又捧着喝了几口，不禁咋舌赞美。"啊，正好用这水治治我这老腿，真挺舒服呢。"袭明老师泡的也很惬意。因为有水，这里的山涧基本保持着湿润状态，连茅草都生长得格外灵光茂盛。

　　其实，崂山山脉辽阔而野漫，腹中山地的山林比较旺盛，山涧的溪水还算丰腴和充足。我和袭明老师随意地坐在溪边，看影影绰绰的阳光透过茂密的树叶无声地洒在缓缓流淌的水面上，水动树影晃，图形随光影和水流不断变幻着。阳光下，夏季的山地雄浑壮阔，树木和青草逐渐由翠变绿，被山涧溪水的潮气慢慢蚀濡，漫山旷野里弥漫着植物的生鲜和溪水的清新气息。四周又凉又静，躺在大青石上舒坦地不愿再起身，真想在清凉幽静的溪水边就这样静静地呆下去。

　　出了山，我和袭明老师买了一大捆崂山啤酒，拎到仰口湾畔，坐下来看着海景边聊边喝，不知不觉9瓶酒见底。不早了，海边起风了，不得不归了。

吃在芙蓉街

芙蓉街位于济南市中心泉城广场附近，是一条比较有特色的小吃街，古式的建筑、街道，在芙蓉街深处还住着一些老人。走进去感到很热闹、较整洁、但嘈杂、有点儿凌乱，这就是我印象中的芙蓉街。

在泉城采风笔会之余，我本来约好和战友午后在那里吃饭的，但考虑到前一天他陪了我们一天，元旦就让他多在家休息吧，便只身前往。去芙蓉街吃饭是战友提议的，吃的就是特色。一听说芙蓉，给人一种很美的感觉，芙蓉是蓉城成都市市花，我记得济南和青岛都有这种花，花开季节树蓬上粉红一片，洋洋洒洒，煞是好看。电影《芙蓉镇》也是当年因为名字好听，我看了好几遍。再就是这也让我想起了芙蓉姐姐，她的大胆和扭捏作态，曾让我感到很别扭，现在也有些习以为常了。

当我第一次走进芙蓉街，仿佛走进了还正在建设中的青岛劈柴院，也是古色古香的建筑，窄窄的街道，熙熙攘攘的人群，一家接一家的老字号店铺，铜铸的人物形象……芙蓉街曾是老济南最古老、最繁华的综合性商业街道，上世纪90年代曾一度衰落、冷清，淡出都市喧嚣。2007年国际劳动节那天，芙蓉街完成一期改造。"变脸"后商机滚滚而来，百米老巷上店铺林立、人声鼎沸。去年国庆7天，累计接待游客20万人次，营业额近千万。老济南人深情感慨道：芙蓉街又活了。

就像刘姥姥进了大观园，我走在人声鼎沸的芙蓉街上，也感觉到古老街市的兴隆、延绵与复兴，仿佛穿越时空进入历史的隧道，与老济南人并肩而行，耀武扬威过市。我顺着芙蓉街南大门一直往里走，边走边观赏街道两旁门庭古老的店铺和老字号招牌。也许过年的缘故，街市上挂满了一串串的红灯笼，招摇地招揽着各方来客。芙蓉街面上有很多牵手的情侣在逛街，给人很惬意、很随意、很喜庆的感觉。这里汇集了全国各地不同的各种各样美食，可谓五花八门，无所不有。老街老店，这种岁月的沧桑，包容着来自四面八方的天下美食，包容着人们带给它的一切。

　　我走到街市尽头开始往回走，发现刚才看见的一家做旗袍的小店里顾客盈门，这是一家叫"玉谦旗袍店"的百年老字号店铺，便凭着兴趣闯了进去。一个个子够高但有些胖的女孩要求店老板拿一件宝石蓝的旗袍试穿一下，旗袍上绣着一条金黄色的腾龙，很漂亮，但老板就是不给她拿，说是她穿不上，要订做的才能试穿，可当一个模特身材的女孩要试穿旁边一件大红色的旗袍时，老板便笑嘻嘻地很痛快就照办了，那件红旗袍穿在真模特儿身上果然出效果，绣着荷花的红旗袍严丝合缝贴在女孩身上，凸凹有致的线条令人羡慕，透着一种妖娆妩媚的中国美。看来，旗袍店老板也是看人下菜碟呀！

　　这时，我肚子开始"咕噜噜"叫起来，应该马上解决这个问题了。于是，我便匆忙走出旗袍店，沿路往回找我刚才看好的饭店，结果有几个大一点的饭店都称午饭后关门了，晚上才能开，我只好进了一家湘菜店，心想反正我也能吃点辣，就将就着吧。一进门，迎上来的是一个热情的湘妹子，她个子高高的，穿一身很有些扎眼的红夹袄，长得很俊俏。

　　我入座后开始点菜。红夹袄递给我一本菜单，里面拿手菜有红烧肉，还有红烧鲢鱼头和风干鸭等等，我便毫不犹豫点了这前三样，外加一小瓶湘鬼酒。等了不多会儿，热气腾腾的菜和风干鸭就上来了，立马勾出了我的馋虫子。我倒上酒，开始自斟自饮起来。刚吃了一阵子，就感到寂寞起来了。平时吃酒，都是和朋友一块儿，推杯换盏，你来我往，很是热闹。可这会儿，就我孤身一人喝，真喝不到兴头上。不由的，我想起在青岛的时候，经常和文友加山友若风、世界的边等把盏小酌，边喝边聊，颇有情趣。我要是能和他们在这湘菜馆痛饮一番，该是何等爽快呀！我这样胡思乱想着，不觉有些垂头丧气。

　　"兄弟，打起精神，一起干一杯！"是临座的两个小伙子在邀请我。

　　"好的，来，干！"我很痛快接受邀请，举起酒杯和他俩一饮而尽。

　　于是，我们隔桌聊起来。他们也是外地来济南办事的，看我小过年的一个人喝闷酒，便主动给我敬酒。我们三个大男人在酒文化气氛的烘托下侃得很是热烈、融洽，主要话题是说来泉城济南的观感和感慨。说着说着，大家就聊到了眼前的芙蓉街，这时大红袄站在一旁也加入了我们的聊天。

"呵，说起来，这芙蓉街和我家乡湖南也是有瓜葛的。自唐代开始，湖南湘江一带就种植了木芙蓉，花开时节繁花似锦，光辉灿烂，唐末诗人谭用之选赞曰：秋风万里芙蓉国……"大红袄说的头头是道。

我们边聊边吃，红烧肉肥而不腻，香而不腻，风干鸭就着小酒吃，越嚼越有味道，越吃越想吃，鲢鱼头做的也是味道鲜美，辣而好吃。

大红袄说，芙蓉街的改造提升了整条街的商业价值，这也是我和父母在这里开店的原因。如今这里有鲁川湘粤、酒店快餐、老字号新商家等，沿街上百家店铺，仅大小餐馆酒店便占了绝大多数的半壁江山。

是呀，我发现，芙蓉街的店铺两侧建筑按明清风格修旧如旧，红楼青瓦、雕梁画栋，统一饰以黑色牌匾、红色幡布，干净整齐的石板路、高高垂挂的大红灯笼、摩肩接踵的人群，形成了自己独具特色的风貌。

"服务员，你家的风干鸭真好吃，多少钱一只，我要带回去给老婆尝尝。"一个小伙子说。

"好的，没问题！"大红袄很便宜卖给那个小伙子一整只风干鸭，并帮他打好包。

"服务员，请问，芙蓉街现在主要就是一条小吃街吗？"我看见沿街上还有不少其他店铺，便随口问道。

"呵，不是呀！听说芙蓉街改造，只是曲水亭片区改造的一个组成部分，也是老城古街游的一部分。其目标不仅是发展商业，恢复芙蓉街的繁华，更要打造泉水文化、泉水旅游，发掘真正的老济南文化呀。"大红袄懂得还真不少。

据说芙蓉街的目标不是餐饮街，因为以前的芙蓉街就是条综合性商业街，而现在繁华是繁华、热闹也热闹，可就是已经有点儿变味了。芙蓉街上如今仅存百年老字号店铺寥寥无几，昔日的芙蓉街沿街上百家店铺，眼镜店、钟表店、象牙店、制衣店、乐器店、古玩字画店等等，林林总总，几乎无所不包。历史上的芙蓉街是济南最繁华的商业街道，这里诞生过济南第一家眼镜行、第一家洋行、第一家冰糕店、第一家图书社，也拥有全国知名的老字号瑞蚨祥布店、燕喜堂饭庄、会仙楼等。现在环境干净整齐，建筑修复完善，两侧商家林立，人群熙来攘往，表面上看，如今的芙蓉街繁华热闹一如当年，然而，其过于集中、单一的餐饮业却也让一些老济南人叹气摇头。

　　酒桌上，和朋友喝酒很过瘾，和萍水相逢的人喝酒时间过得也很快。干完一杯酒，我下意识低头瞅一眼手表，果真时间不早，该去赶火车了，便匆忙和两个小伙子再干一杯告别，快步走出芙蓉街打上出租车，直奔火车站绝尘而去。

　　再见了，泉城济南的芙蓉街，美丽而难忘的芙蓉街市。

桑园品茶香

初夏，刚品味了粽子的芬芳，我们又来到了崂山王哥庄桑园村，这里种植大量的茶树，正是桑园春茶飘香的时节，大家漫游在山野茶园，用心品尝着崂山的秀美、水甜茶香人更美。

桑园村位于八家乡东部朝梁以北，西与八家村接壤，东北比邻梓椤台村，全村居民近 600 户，山村里有小榆树沟、石子沟、桑园、朝梁根和小朝梁子。清康熙年间建村。因村民从事植桑养蚕者居多，故名桑园。清朝初年，王哥庄街道办事处所在地王哥庄村的西边桑树成林，南厥宅科有一姜姓人氏经过此处，见这里桑树葱绿，桑葚飘香，依山傍海，遂举家迁到此处，后经繁衍生息，逐渐形成村落，取名桑园村。

桑园村是最早遭受日本帝国主义侵略的村庄之一，早在第一次世界大战时期，日军从仰口登陆，并在仰口建了中转基地。如今桑园村早已有了天翻地覆的变化。这里地势较平坦，土地肥沃适合种茶树，村南有 20 亩毛竹、青翠的竹林沐浴阳光随风摇曳，呈现出一派盎然生机。陪同我们的刚大学毕业的小姜说，以前当地的村民种桑养蚕，发展经济林业。在大力发展高效农业的今天，该村发扬种养传统，开始大面积种植茶树建茶园，出产崂山绿茶。

这里的茶农现在还处在创业初期，同等品质的茶叶比一般店铺的价格至少便宜 40%。应该村小姜的邀请，我们参观了大片的茶园和制茶加工厂，那绿色的茶园，一垄垄伸展向远方，向人们展示着茶农的绿色希望。走在乡间小道，夏风习习，清凉的山风给我们带来了放飞心情的滋润与洒脱。中午，我们在茶农老姜家吃海鲜品茶，唠着嗑，体味着茶乡浓郁的乡土风情。

几条低矮的小长桌，20 余人坐着小马扎围在一起，品着袅袅升腾茶香的崂山春茶的意韵，聊着感兴趣的话题。我平时就喜欢品茶，更喜欢在茶农居舍里悠闲品茶的意境。端起一杯清茶，茶叶在沸水里飘荡跳舞，沉静脱俗的香气里，给人一种平和的心境。在醇厚清香的余韵里，我细心体味生命旅程里不同的感动与惊喜、憧憬与浪漫。从懵懂少年入伍在泉城济南，我转战到泰山脚下就着山泉水品过老班长从西湖带来的西湖龙井茶，一直到温雅厚重的中年，我转业来到岛城青岛，商场打拼，刀光剑影，休战时我登崂山，品崂山茶，饮而生津，津而滋润，润而饱满，最后让心灵抵达一定境界，将喝茶当成一种简易与美妙的修身养性历程。

是呀，在杯中，我喝出曾经当兵的人的金戈铁马，领略人生真谛；在杯中，我有时也能品味风花雪月，喝得行云流水。可谓仁者见仁，智者见智。在所有的茶里，我最爱崂山绿茶。青岛崂山绿茶植于崂山之麓，取崂山之雾，黄海之风，山泉之水浇灌而成。经多道工序手工炒制，纯绿色无污染。口味清醇甘甜，常年饮用崂山绿茶有清热、解毒、明目和益寿延年等作用。

喝崂山绿茶由浓郁到清淡，每一泡都有不同的意韵和余香，就犹如品一本耐人寻味的书，缓缓地为你舒展人生画卷。今天有幸和朋友、茶农在山村农舍里聊天品茶，豁然意识到品茶就是品人生，品味香茶就要笑品人生，心中不免一时激起万丈海浪滚滚喷涌。

何谓品茶，品茶的品字三个口，意在慢慢的尝，慢慢地试，慢慢地回味。闻香品茶，小呷一口，品出一种思想境界，一种清淡与超然，一种浓郁与甘醇，一种百态千姿的情调。坐在我对面的老马聊斋会品茶，他一边品着茶香一边讲着有关品茶的奇闻逸事。品茶，就一个简简单单的品字，竟能品出人生的百种滋味，品出世间的人情冷暖，品出芸芸众生的沉浮历程。的确，品茶读人生，这种品茶亦是一种心境的释放，一种灵魂被净化的清新，一种心绪被过滤的幽然，一种浮躁被沉淀的悠然意境。

在山里，只一杯崂山清茶，从飘浮的叶尖，簇拥缠绕，再悠然于沸水中翻转轻舞，最后找到沉淀的终点，这其中看似平凡的经历，回味却寓意深长，我们的人生不也是如此吗？那生命之潮，潮起潮落，浮浮沉沉，聚聚散散，无论是平淡的生活选择，还是激流勇进的奋力向上，都离不开尘世的大潮大浪，而最后，终是要归于尘土，给人生画上一个句号，圆不圆满，就看自己的造化了。所以我要说，人生如茶，始于清淡，沉于浓香。

的确如此，每个人的一生，犹如小小的一片茶叶，清清爽爽的来，转而又在沧海人世的滚滚红尘中飘泊一生，总是要尝尽世间冷暖，历尽人世沧桑，最终沉淀浓郁，方能苦尽甘来，走完自己的人生历程，真正的品出人生之真谛。正所谓是：幽幽清茶一脉香，解读漫漫人生路。沧海一笑论平生，方知一生如茶香。茶香的浓淡总相宜，而其中的甘苦自知。

到桑园品茶香，能品读出自己的人生，这不能不说是这次茶乡品香的最大收获。淡泊如茶，人生就如一撮清茶，有甘甜的，有苦涩的，有清香的，也有浓郁的，而生命就是一壶炽热的沸水，只有在沸水中涤荡后，茶才可以飘香宜人，满齿留香，沁人心脾。

第二辑　心灵剪影

在德国喝啤酒

去德国之前，我就听说过，说什么德国人的厨房里有三个龙头，一个是冷水，一个是热水，还有一个是啤酒。到了德国慕尼黑，方才知道，虽说目前啤酒在德国还没有管道入户，倒是很多啤酒桶上都有龙头，如果真要给德国人一个机会，再接一个什么管道通到厨房的话，那一定会是啤酒。

到了慕尼黑才真正知道，德国人是名副其实的"大块吃肉、大口喝酒"的民族，喝起啤酒吃起猪肉来那叫个痛快淋漓。那天傍晚慕尼黑的天气有些闷热要下暴雨，但我们还是去了当地最有名气的 HB 室内啤酒大棚。围着长条桌的人们，不分男女老少，手里都端着大杯大杯的晶莹的啤酒，酒肴不是大块的猪肘子，就是德国的食品中最有名的红肠、香肠及火腿。我要了一大杯 HB 白啤酒，是当地最好喝的一种啤酒，有人要了黑啤酒或普通的黄啤酒。品德国啤酒就想起咱们的青岛啤酒，味道很近似，有杀头，醇厚绵香。

在德国慕尼黑 HB 啤酒大棚喝啤酒。平时，这个能装几百人甚至上千人的啤酒大棚，每天几乎都是人声鼎沸，人满为患。在极其嘈杂的氛围中喝啤酒，只有在青岛啤酒节时才能碰到，而且这里的喝酒热情比青岛有过之而无不及。

喝啤酒时，这里是门窗紧闭，说是怕影响周围的邻居，但在里面喝啤酒的人可惨了，一个个汗流浃背，但却无一人有怨言。大家仍旧喝酒的热情高涨，丝毫不管天气的闷热或场内的环境如何。

德国啤酒种类繁多，大麦、小麦、燕麦的，苦的、淡的、甜的，金色、棕色、黑色的，瓶装、罐装、桶装的，有酒精的、半酒精的、没酒精的，大公司生产的、小作坊特酿的、酒吧自制的。在全德国，光是不同品牌的啤酒就有数千种，不少小地方因为盛产啤酒而驰名。慕尼黑的小麦白啤酒以其独特的口味，更是成了城市的招牌和象征之一。在德国，甚至有专门的啤酒超市，向不同口味的顾客提供各式各样的选择。如在我们国内很出名的"贝克"啤酒，虽然在德国也能称得上大公司，但其"出口型的平淡口味"却很难适合老派德国人对啤酒的"刁钻"。

中国人喝酒愿意讲究个所谓的"酒文化"，品酒也要品出点道道来。其实，在德国，说"啤酒是德国人的液体面包"可能更合适一些。很多德国人在日常生活中是不喝淡而无味的白水的。除了早上的牛奶，中午的咖啡，不少人是把啤酒当水来喝的。这样平均下来，每个德国人一年要消费掉大约 150 公斤啤酒，相当于男女老少每人每天喝掉一瓶啤酒。对德国人来说，度假期间或是周末在家，一天独享个五六瓶啤酒，是再普通不过了。就连我，到了德国也想试试以酒代水的感觉呢。

我们在慕尼黑没有赶上啤酒节，但看到了啤酒广场上已经开始安装啤酒大棚，如果碰到像慕尼黑啤酒节这样难得扎堆喝酒的机会，那喝掉的啤酒就得按几个游泳池的容量来算了。也难怪，德国街头的不少中老年男子都挺着圆圆的啤酒肚。德国人平日给人的印象是冷静、严谨、遵守规则、富有条理和逻辑。然而，啤酒就像是德国人心情的催化剂，让他们得以展现热情如火的一面。

住在隔壁的德国女大学生安卡和安德丽雅说，慕尼黑的大学里三天两头会贴出举行"派对"的广告，稍能抽出时间的德国同学是绝不会放过这样喝酒的机会的。届时，震耳欲聋的音乐和啤酒就是他们狂欢整晚所需的充分条件。我仿佛看到了那欢腾的大致场景，就像青岛啤酒节的热闹场面：数百人一起高举着啤酒瓶，紧靠在一起，伴随着快节奏的摇滚扭动着，呼喊着，宣泄着。

有趣的是，我发现德国人有站着喝酒的习惯。在大街小巷里，有很多露天的"站立式酒吧"，在窗外或是贴着墙壁的地方，摆两三张齐胸高或长或圆的桌子，几个人围在一起，你一言我一语的，两支烟的工夫都喝不完半小杯红葡萄酒，一站就是个把钟头甚至半天，累了就把身体倾斜的中心在左右腿之间更换一下。后来一打听才知道，原来德国人爱站着喝酒，是因为有健身的原因呢。

喝酒有意韵在里面，会品酒是高手，酗酒就适得其反了。再说了，到啤酒大国德国不多喝点啤酒也枉去一趟。喝酒的喝法中国和国外也不尽相同。咱中国人喝酒讲究个谦虚，能喝也要装成不能喝的，为表示诚意，还要每次端杯都要劝劝酒，绝少像外国人那样自喝自斟，于是，主宾对饮必有劝，但这个中国的"美德"对我来说也很难改变了。但不管怎么说，喜欢对饮的人，宾主之间的情感总能在酒精中得以延续与"升华"。

谁都知道，干杯仅是表示友情的一种形式，而喝多喝少绝不能量出友情之"量"。和老外喝酒亦是如此。再说了，德国人喝酒大多也是不要命的，尤其是年轻人。那天在慕尼黑 HB 啤酒大棚喝酒，临座的德国小伙子就忍不住和我连干了两大杯还觉不过瘾。我看他人高马大，灌下这两下子啤酒根本不当回事，只好抱拳认"输"了，因为在国外咱可不能真喝醉了掉价呀！老外也不追究和不让，自然就归位各喝各的了。再说，我并不认识这老外，就是再喝也不知道他姓什么，是干什么的啊。

古言道："有朋自远方来，不亦乐呼。"也许在德国，人家也将我们当成老外了，所以热情一些也可以理解。好客是我们国家民族的优良传统，对比较热情好客的德国人来说，也许也是"酒逢知己千杯少"吧。

看来，人家德国人是，感情深，不用闷，不能多喝就不喝。感情浅，可不舔，舔得再多也枉然。喝酒最是适量好，能喝多少算多少呀。

烟雨槐飘香

清晨冒雨上班，打着雨伞在香港西路的老海疗站等车，风吹来，突然一股浓郁的槐香盈满鼻腔，沁人心脾。

抬头望，路旁两排 10 多棵碗口粗的大槐树高高耸立，烟雨中一树树满蓬的槐花闪闪发亮，风中摇曳着一串串低垂着头显示着谦恭，朴实无华却无私地送给人间阵阵芬芳……

随着昨日小满节气的到来，岛城青岛步入初夏，樱花落了槐花香，满城充满了槐花幽香甜润的气息，伴随着一缕缕粉红的、大红的、雪白的大片蔷薇花的怡人芳香。5 月，槐花盛开。崂山山野之间，处处都能见到白雪一样的槐花。前几天我走在仰口的笔架山脉，不经意间，槐花的香味已悄然飘散在野山的空气里，香彻骨髓。串串花朵，蒙蒙细雨，醉了蜜蜂，醉了蝴蝶，醉了悠山的人，醉了 5 月的崂山。

我登上一个山峰，看见山林中一棵棵粗壮的槐树，直冲云霄。看那朵朵洁白的花儿，就像水晶一样串串悬挂在树梢，阵雨的间隙阳光透过来，花瓣晶莹剔透，格外惹人喜爱。信步走进林子里大口吸允着扑鼻的槐香，尽情享受着大自然赐予人们的天然氧吧。几只觅食的蜜蜂飞过来，忙着采集花蜜，"嗡嗡"的鸣叫声似乎是在演奏着优美的乐曲，这种奇妙的景象，仿如走进世外桃源。

在这槐树花盛开的季节，人的心境就会一下子轻松起来。我慢悠悠走在溪水淙淙的山涧，呼吸着夹杂着槐树花香的空气，心也变得甜润起来。路上碰到两位在仰口花园买房的青岛人，他们告诉我，5 月中旬以来，崂山仰口一带的槐花陆续开放，一串串的缀满枝头，洁白素雅，散发着迷人的幽香。我看到，漫山遍野的槐花仿佛将笔架山装点成一团团雪白的祥云，朦胧霏雨中又好像点缀着一片片甜软的棉花糖。"每当清晨与傍晚，推开自家的门窗，扑面而来的沁人香气与眼前秀丽的美景和着清脆的鸟鸣，让人恍惚间置身于飘渺的仙境，忘却了尘世的一切烦恼。"两位青岛人兴致勃勃地对我说。

闲云悠然风情在，又是一年槐花香。是呀，5月正是槐花盛开飘香的诱人季节，淡淡槐花总带给人穿透心肺的醉人清香，眼下，山脚下槐花绽放，迎风吐蕊，香雪似海的槐花花影扶疏，或聚或散，或起或落的花瓣呈现出亲密的姿态。在这里没有尘世喧嚣繁杂，满眼绿树琼花，我禁不住做了一个深呼吸，甜甜的槐花香沁满心田。

记得最早知道槐花，还是在泉城济南60年代初我很小的时候，那时候家里粮食不够吃，就够槐花掺上面做槐花饼吃，现在看来是好东西了。还记得几年前和朋友一起去戴家山采槐花，那时候去的人少，漫山遍野的槐花飘香，光一棵树上摘也摘不完，每次都满载而归。如今，去年槐花盛开时节又去了一次，山上的槐花已寥寥无几，大多槐花还没等着开起来就被采摘或者扫荡光了。

那天从笔架山回返的路上，途径一个养蜂场，养蜂人是乌镇来的，他的槐花蜜芳香而透明，口感清香、清凉、清淡，我禁不住诱惑，买了一塑料桶蜂蜜和一小瓶蜂王浆。

烟雨槐飘香，香菲满城芳，我心里更是溢满了沁人的芬芳香甜。

风中的丁香花

又是丁香花开时，在这样繁花如烟的季节里，一个春雨潇潇风吹枝摇的清晨，我起早悄然来到岛城的八大关韶关路，轻风细雨中拜访了风中的丁香花。

前一天一夜的绵绵春雨过后，真没想到丁香花会在一夜之间，在茫茫烟雨朦胧中竟开得满树锦绣。从路边院落墙头伸展出来的枝头上，那些紫色的、洁白的花瓣簇簇相拥，如雾如烟，疏影迷离。风阵阵袭来，花香弥漫，诱人的芬芳漫溢飘散过来，我走近有些贪婪地将头凑上去尽情嗅闻花香，那特殊的清香瞬间沁人心脾，令人心旷神怡。

我将相机端在手中，看见花墙上一串串雪一样的白丁香、梦一般的紫丁香在薄雾轻烟里落花点点，仿佛是谁的淡淡忧伤，被轻轻洒落枝头？风大花枝颤，我屏住气尽可能端稳相机，但风儿就是不听话，一个劲儿吹得缀满小雨滴的丁香花来回摆动，结果每次按动快门定格后，观看影像的效果都有些虚。但我不气馁，仍沿着幽静的花路边走边寻找着拍照心仪丁香花形态的下一个目标。

这是条碧桃花长廊，丁香花只是间接穿插在桃花或紫荆花的间隙里，因而更显得其的清纯、淡雅和朴素无华。走着走着，我忽然想起父亲家的白色和紫色的丁香花，现在一定绽放了，也许父母就正在花前赏花闻香呢。那是父亲当年亲手种下的，每年都花开花落，我也每年都要去看繁花盛开，或眼见着花朵落尽，此时我仿佛依然能够触摸，那空气中袅袅的幽香，连同父母的气息，温柔绵长。我更喜爱白色的丁香花，古人喜欢轻叩虚掩的柴扉，一缕淡紫色的愁绪，盈满心头，但那洁白的花朵，能使我淡定泰然，内心豁然间像晴空般一尘不染。

那参差错落的丁香树，花正旺，香正浓，我清晰看见一位身着红衣的漂亮女孩款款走在花的长廊，豆蔻梢头二月初，丁香空结雨中愁。明媚的春日，丁香花开花色迷人，花香袭人淡雅清幽，这是个沐着丁香浓烈的馨香，书写那浪漫的故事，演绎那唯美的爱情的最佳时节。丁香花开的时节，我在丁香花中寻找，寻找年轻时的美妙记忆。拍照的间隙，我脑海里却翻腾着在泉城时难以忘怀的白色丁香花。恍惚间，我禁不住忆起自己那温馨曼妙的泉城丁香故事……

那时，也是丁香花开的季节，那白色的丁香花在泉城儿童医院庭院里散发着清香，丁香树枝头的白丁香随清风摇曳，也轻轻摇曳在我的心头。那时初恋恋人在院里实习，两人头一次见面正好是白色的丁香花绽放飘香的日子。记得那天两人就在白丁香树下一见相悦，花开芬芳四溢的丁香树仿佛成了两人的月下老人，仿佛已经等待了千年，越过遥远的岁月，丁香花的馨香依然是那样的醉人。我挽着恋人的胳膊，一起凝视株株白色的丁香花，幽幽的花香令人陶醉，心海里荡起甜蜜的涟漪。心爱的人分明是丁香花一样美丽的女性，当年孤独走在蓬莱阁那幽深静寂的雨巷，撑着她那把红色的油纸伞……今天，我更想陪她一路同行，在岛城有着白色丁香花的花街雨巷里，沿着小街小巷永远走下去。

风仍在吹，丁香花轻轻摇曳的微风中。回返的路上，几枚星星点点的花瓣在我的脸庞飘落，让我的思绪回到了现实。

我回首仍在风中守望的丁香花，决定永远握着这份珍贵的承诺，纵然灿若惊鸿的盛开之后，又是悄悄地凋谢，但我会等待下一个花开的季节。

青春澎湃的日子

佛罗伦萨旧桥夜色

佛罗伦萨的老桥，横跨在阿尔诺河之上，始建于距今1000多年前，我们今天所能见到的韦奇奥旧桥是1345年重建的，虽然比原桥时间要短很多，但是对于人类来说，也是一件难得的历史文物。

我们开车从罗马出发，到达佛罗伦萨游览完别的地方来到阿尔诺河之上的旧桥，已是黄昏时分。匆忙吃完饭填饱肚子，已是夜风习习了。漫步在阿诺河边，觉得沿岸的夜色很美，河水仿佛停滞了一般，与那个慵懒的城市一样。阿诺河从佛罗伦萨市中汩汩流过，河上石桥众多，两岸的老房子，如果单看并不觉得有出色之处，可是组合起来再配以夜色，有种小桥流水人家的感觉，宁谧而温馨。河岸的一边，围了一大群人，站在河沿探身上前一看，原来是一场激烈的拳击战正在如火如荼进行中。我看了一会儿，这是第一次看真的拳击大战，很过瘾。

这座旧桥是佛罗伦萨最古老的一座桥，桥上那一间间的房屋原是铁匠、屠夫和皮革商，他们在1593年被费迪南度公爵赶走，改由珠宝店及金匠来承租，变为一个个商店，使这座桥的气质整个改观。历经风风雨雨，700多年的旧桥虽挡不住岁月的侵蚀，但青苔遍布的古老旧桥至今仍在使用。桥中间是一个雕塑，应该是和这座桥有着某些关联的雕塑家，听说是佛罗伦萨出生的著名雕塑家。岸边及桥那些琳琅满目的金饰及珠宝商店，看上去手工及设计都不错，这些商铺早在400多年前就已经在这里扎根了，真是名副其实的老字号。我们在这些商店里挑些自己喜欢的珠宝首饰，那些精湛的雕刻技术，异域的设计风格，就是用作收藏也不为过。

关于旧桥的传说众多，相传伟大的诗人但丁在9岁时，就对比阿特丽斯一见倾心，难以忘怀，而终于在8年后，但丁与比阿特丽斯在旧桥上再次相见，比阿特丽斯的美震撼但丁的心。虽然比阿特丽斯最终嫁与他人，不久而亡，但是但丁对她的倾慕伴随一生，他为纪念比阿特丽斯而写了《新生》，在《神曲》中也是由爱的使者比阿特丽斯引导他游天国，可见其用情之深。在旧桥上还可以见到有纪念这一场景的名为《但丁与比阿特丽斯相遇》的明信片。此外，据说二战时期，经过多次的轰炸，阿诺尔河上的9座桥都毁于战火中，就只有旧桥丝毫未损，德军还下令从佛罗伦萨撤军时，绕过旧桥，而今当年的那些情景已无法再现，但是旧桥的传说仍在继续……

我们在旧桥桥上徜徉，享受着惬意的微风与街边艺人的音乐，在桥上远望着阿诺河上的其他桥和沿岸的灯火辉煌。夜风中的旧桥上游人很多，他们三五成群有的静静地坐在地上听音乐，有些年轻人吃着零食聊大天，也有些恋人倚在桥栏上眺望河景并窃窃私语。此时，我豁然想到徐志摩在《翡冷翠的一夜》中就提到了旧桥，他这样写道："我到了那三环洞的桥上再停步，听你在这儿抱着我半暖的身体，悲声的叫我，亲我，摇我，咂我，我就微笑的再跟着清风走，随他领着我，天堂，地狱，哪儿都成，反正丢了这可厌的人生，实现这死。"很唯美，很柔情。夜色，就那样铺天盖地撒下来了，这旧桥也好像才从梦中醒了过来，人群到处流泻，音乐狂热播放，酒香横溢，灯光闪烁，还有黑暗中的潮声依依，红男绿女的笑语荡漾……

夜深了，我们肚子有些空了，便买了冰激凌吃。桥面的路边上有几个黑人在卖一张张很大的名画，一张压一张排了很长一大排，我正在欣赏着，突然发现卖画者以惊人的速度将画收集起来，从最底下的那张画收起，才几秒钟一眨眼工夫，所有画就收拾停当。他们都没有跑，而是东张西望地呆在那里，好像随时准备撒腿逃之夭夭。我醒悟过来跟着他们的目光一看，才知道街口突然来了一个骑摩托车的警察，他看了看这些惊慌失措的人，并没有过来罚款或驱逐他们，而是看了几眼就一加油门开走了。停了一会儿，那几个黑人很快交流了一下眼神，又按部就班地将那些画按原来的样子摆开了，照卖不误。

桥上也有一个中国人在叫卖。她是卖照相机的小三角架。我们看见她卖给外国人一个10欧元，我女儿要买和她讲价，她说稍等一会儿。等老外都买完走了，她悄悄卖给我们 3 欧元一个。完后她小声说：咱们都是中国人，赚外国人的钱。我觉得挺有趣的，中国人在外面还是向着中国人呀。

　　快要 12 点了，桥面上的人还是很多，佛罗伦萨旧桥上仍是潮声如歌，热情荡漾，这里的夜色美而游人的激情像是要淹过天然美色，人们沉浸在欢乐和幸福中。实在，夜已经很深了。

赏樱时节

又到春暖花开时，中山公园的单樱已经迎风开放，春色满园。

在青岛，赏樱花无需远走，青岛中山公园的单樱每到 4 月中旬至 5 月初，就会如约绽开她的笑容。清风细雨中，人间 4 月天，春风送暖，当樱花烂漫的时节，艳阳高照，青岛的单樱与双樱，就陆续绽开笑脸了，以她们灿若云霞的笑脸迎接赏樱人。每年樱花盛开的季节，中山公园的樱花一片灿烂，无比绚丽，蔚为壮观。

到时，我和家人都会如约到中山公园踏青赏樱，沐浴花海的春意洗礼，体味樱花的艳丽多姿。中山公园的樱花路花掩影绰，人头攒动，人面桃花相映红。身着艳丽衣裳的年轻女子，在艳若桃花的浅粉色樱花的映衬下，更显得娇柔婀娜，妖娆多姿。樱树伸展出的左枝右枝，上下交错，近看，整棵树更像是一个小花园；远眺，一排排怒放成林的春樱迎风摇曳，花枝乱颤，花雨纷纷时，摇动人们心中旌旗颤动。从路的两旁伸出的横枝，天然搭成一个樱花花棚，人在花中行，更像是穿行在画中。

漫步园中，忽然，花林里出现一两棵桃花，一片嫣红或是一丛灿黄，正可谓万粉丛中一点红，樱花谦恭地为桃花让路，百花争艳，富有变化。观赏彩云般的樱花，有一种诗意的浪漫，温馨的罗曼蒂克。在中山公园赏樱，我和家人总是躲开噪杂的人群，找一块干净的草坪铺上一块塑料布，摆上青岛啤酒、香肠和面包，一边欣赏着灿若云霞的樱花，一边饮酒尽情地享受着大自然的恩赐。沐浴在醉人的春风里，我禁不住做起缤飞纷呈的"樱花梦"，我梦见：青岛四周的漫山遍野，竟开遍了灿若云霞般的樱花，花棚遮日，划出道道霞光，樱花璀璨照人，远远望去，怒放的樱花简直就成了花的海洋，梦的仙境。青岛的樱花，是从东瀛之国日本引进的。在日本的赏樱是一直要持续到夜晚的。他们白天在樱花丛中尽情欢乐，踏青赏花，四处游玩，至晚方归。

如今，绚丽的樱花已在岛城扎下了根，已经成了人们心目中的圣洁、浪漫之花。为游人方便，中山公园还对夜赏樱花进行了亮化，成了岛城一道十分靓丽的风景线。入夜，人们可以在公园的山坡上席地而坐，喝着青岛啤酒，听着悦耳的音乐，悠闲自得地赏着"夜樱"寻欢作乐了。光照"夜樱"，花瓣纷飞，年轻恋人们在花丛里穿梭跳跃，相拥呢喃，幻化出最令人难忘的动人画面和美好时光。徜徉在夜色低垂的中山公园樱花大道上，眼望着道路两旁的射灯，五光十色，缤纷绚丽，我和夫人尽情地欣赏着，用相机捕捉着精彩的镜头，不知不觉中，就完全沉浸在绽放着的"夜樱"景色上了，由此，更加体味到了樱花的璀璨烂漫，楚楚动人。是啊，这与众不同的"夜樱"，怒放于夜色阑珊处，夜风过处，樱花随风起舞，化作点点花雪，让人不忍落足，怎能不让人油然生起一种怜香惜玉的伤情之感呢？

其实，我父亲家的院子里，也有一棵生长多年的双樱树。樱花季节，娇嫩的樱花从开放到凋落，能有半个多月的花期，先是在枯枝中露出粉红色的小点，接着初开，零零落落地，非常孤寂，其中一朵盛开了，旁边的花朵跟着，形成一个花团。渐渐地，整棵树都是花了，枝条纵横，花团锦簇，望上去，低垂的粉色花瓣，俨然就是一片片晚霞般的轻云，绯红娇艳。半月余，风吹花纷落，花瓣掉尽，树枝又回到开花之前的光秃，可这时候，已是绿意浓浓，树叶摇曳了，一片绿色代替了花容。

是呀，一年一度春樱盛开，每年花开各有不同的心境。樱花花开花落，花期甚短，有顽强生长着的花儿，也有惆怅凋零的，风雨中花雨会纷纷落下，悄然融入了芬芳的泥土之中。由此，我万分感慨人生的短暂，欲把人生比做灿烂的樱花，在火一般热烈的盛开期，发奋努力，开拓进取，让火红的青春像绚丽的樱花那样灿如云霞，迎风怒放。

山里，那桃花正艳

深山老林，春暖花开，桃花伴我守边防。

——题记

春风荡漾，街边的桃树绽开了花容，艳丽、清新，令人心旷神怡，这不由使我想起了当兵时我在泰安麦黄山麓看见的山桃花，它野性、美丽，给人一种神秘莫测的感觉，更是令人神往……

当兵前我就想象过 1600 年前桃花源里的桃花，隐士陶渊明所描绘的"中无杂树，芳草鲜美，落英缤纷，屋舍俨然，鸡犬相闻"的桃花源虚幻缥缈，雾失楼台，月迷津渡，桃源望断无寻处；执起书卷，眺望前方景象，不觉心生感叹。当兵后驻扎在深山老林里，哨所旁有一棵几十年的老山桃树，每年花开满树，红艳艳一片，陪伴我在大山中站岗放哨守边防。

这棵老山桃树虬枝苍劲，花开时节高高的花棚掩映，小河岸边的垂柳已经抽芽，时常引来山中的黄鹂歇息欢唱，哨所前面的石桥下溪流潺潺，勾勒出一幅淡雅明丽的山村风情画面。黄昏，我在桃花红鸟鸣翠柳的诗情画意里站岗，心中的桃花源在盛开怒放。女兵婷婷沿着山里的小径向我的岗位走来，步履款款，姿态窈窕，春天里的女兵更是英姿飒爽，顾盼生辉。她走近我的岗哨，头上的五角星和鲜红的领章与盛开的桃花相映成趣，人面桃花，桃花女兵，女兵桃花在西下的夕阳里已是相映红了，婷婷在春风里显示出落落大方，楚楚动人之美。

刹那间，我脑海里蹦出了悠坐在南山，轻轻倚柳，闲静垂钓的陶渊明的形象……惟妙惟肖。是呀，梦里桃花源，拥有亘古不变的美，自古以来，人们向往美，追求美，所以有了"池上碧苔三四点，叶底黄鹂一两声，日长飞絮轻"的淡雅、纷呈。夕阳的霞光将一树桃花镀上了金色，艳红桃花闪着耀眼的光芒，晚风吹在脸庞仍旧如初的温暖。清风徐徐，柳枝摇曳，我仿佛看见陶渊明在垂钓时嘴角的浅笑，他手中薄薄的书卷翻起了阵阵书香，激荡着我的心，隐约间似乎相融着一种共鸣，桃花源怎能不美？

从小，就听蒋大为唱的《在那桃花盛开的地方》，在那深山老林桃花盛开的地方，也有我迷人的第二故乡，最难忘那军营的桃花。桃树下荡漾着战士们的爽朗笑声，桃花映红了女兵们的美丽脸庞。啊，战士的故乡，终身难忘的地方，桃花同我一起守边防，不忘当初离家乡亲人的殷切嘱托。桃花岁岁年年开放伴我成长，那一树盛开的桃花，将永远映照着我手握钢枪走天涯。望着夕照霞光，我铿锵站立哨所，仰望头顶的桃花，朦胧中好像又看到了古柳下仍在垂钓的陶翁，我愿意和他一起沐浴月光明，共赏桃花红。

顿时，我的心豁然开朗，明白在心底深处，其实桃花源离我们每个人都不遥远，只要你用心发现美，用心创造美，用心感受桃花牵引你心的旅程，带领你探索生活中的哲理，那么盛开的桃花就已经在我们心中生根发芽了，陶渊明千年之梦亦将在此瞬间绽开奔放，不再是永恒的神话。陶渊明笔下的桃花源是鸟语花香的人间仙境，令人无限憧憬，但在我心中也有一个属于自己的"桃花源"：那就是不负春光，自强不息，让生命像桃花般灿烂多姿。

是呀，桃花期短，人生苦短。正如我战友所说："桃花如人，人似桃花。而桃花将其香、其形、其实和其绚丽的色彩都奉献给了人类，不可谓不彻底；而人的一生，生老病死，亦无定数，然桃花默默地陪伴着人们，年复一年，花落花开，从过去走向未来，真是应了那句老话：'年年岁岁花相似，岁岁年年人不同。'年年春风，今又春风，桃花依旧，荡漾春风。"

你看，山里，那桃花正艳。桃花伴我守边防，有一些风景是可以改变人的一生的，或许这春日里又随风绽放的桃花，就是我心中那个神往的景致，就是一个让梦想可以落脚的地方。

走访华楼宫

鲁迅说：中国根柢全在道教。

——题记

再次走访华楼宫，感受不一样。第一次是观赏那里的自然风光，纯属走马观花雾里看景，这次却是有目的地鉴赏和了解这方道教圣地的来龙去脉及其中奥秘，是抱着学习观摩的心情前往的。

夏初，我们乘坐的汽车风驰电掣很快到了蓝格庄，过桥跑不远下车，我们一行便徒步向华楼宫奔去。一路上行山道蜿蜒，有树荫遮挡，走走停停，没觉得累就到了华楼宫。华楼宫是崂山道教宫观，就位于在青岛崂山北部的华楼山，濒临崂山水库，是由元代泰定二年（1325 年）道士刘志坚创建的，明、清、民国间均有重修。刘志坚是元代山东博州（今聊城）人，虽自幼不通文墨，但办事干练，曾为英王掌管鹰坊，兼办外务，人称刘使臣。后他看破红尘，至崂山出家，原在华楼山搭了几间茅庵静修。某夜，他背对"夕阳涧"打坐，不慎滚下深涧，竟然毫发未伤，于是名声大噪，称有神仙佑护。这段"神迹"使他得以募款于太定二年建成华楼宫。

华楼宫宫前为南天门，突岩兀立，东西南三面皆深壑，四面环山，俨然耸立，极为壮观。华楼宫是华楼山的主要建筑物，是一座建筑规模不大，但保存完好的道观。华楼宫殿宇坐北朝南，自东向西依山而列，分别为：道房、关公殿、老君殿、玉皇殿，均系砖木结构。老君殿背靠的"碧落岩"下有一泉，名"金液泉"，附近有"金液泉"等明代刻石。在碧落岩下刻有"离山老母作，修行不要意忙忙，常想心猿意马降，世事不贪常守分，外劳不动内隐阳，忘言少语精神爽，养气全神第一强，若是昼夜还不睡，六贼三尸尽消亡。大德二年云岩子上石"，向东不远处还刻有丘处机的诗句。在华楼宫庭院里停留期间，我向在院内乘凉穿着一身黑衣的道姑询问方知，依山面壑的华楼宫建筑面积278余平方米，占地面积2000余平方米，规模确实不算大，但小巧玲珑，因地势高爽，风水也不错。院内有两株参天古木是银杏树，据今已有近700年的历史了，是华楼宫历史沧桑变迁的见证。院内置元代大学士赵世延撰文石碑1座，宫外有"海上名山第一碑"，周围风光秀美，宫外有碧落岩、金液泉、翠屏岩、凌烟崮、玉女盆、岩子洞、南天门、聚仙台等名胜古迹。

华楼景区位于崂山风景区的西北部，华楼山因山巅的"华楼石"而得名。华楼景区是离青岛市区最近的一个风景区，这里以峰奇、岩秀、泉优、洞美见胜，景物集中，现在华楼景区是崂山的题词刻石保存数量最多的地方。明代山东巡抚赵贤所题"海山名山第一"就镌刻于此景区，崂山号称"海上名山第一"，此山并不是我们常说的巨峰，而是华楼峰，所以可以说，青岛崂山华楼景区海上名山的发祥地。华楼宫奉道教全真华山派，华山派属全真道支派之一，由北七真之一郝太古所传。郝太古，名大通，号广宁子，山东宁海（今牟平）人，其家富贵，为当地首户，其自幼好读易书，精研尤甚，又通阴阳律历之术，金大定七年（1167年）王重阳来宁海传道，于是便从王重阳学道，曾至昆仑山、华山等地修炼，传播全真华山派。元世祖时被封为"广宁通玄太古真人"。嗣法弟子有范圆曦、王志谨等传播华山派。平生著作有《三教人易论》、《示教直言》、《心经解》、《救苦经解》、《周易参同契简要释义》、《诗赋》、《杂文》、《乐府》，以及《易图》等号《太古集》凡十五卷行于世。另有宋代陈抟所传华山派，道教又称老华山派。

山势巍峨的崂山，谷深壑险，山海相映，云光离合，自古以来被人们称为"神仙窟宅"，是道家方士栖隐的"世外别墅"。华楼宫就是崂山九宫之一。我们自华楼宫向东走，发现两处洞穴，一处是"五祖洞"，另一处是"七真洞"，这是旧时曾供奉过道教全真派"南五祖"和"北七真"塑像的地方。从华楼宫往西向上有一个山头，名曰"灵烟崮"（又称凌烟崮），为华楼山十四景之一，即使在在崂山奇峰异石中也颇负盛名。石崮虽不高，但崖壁陡峭难攀。抓住铁链脚踩凿出的石窝爬上去，展现在眼前的崮顶是一个平石台，约20平方米，有几十个大小不同的天然石坑，分别像锅、盆、碗、勺，摆列有趣。这里为观景佳地，上面风很大，向东望去石峰错落有致，竹树葱茏朦胧，隐隐露出庙宇殿角，深邃而清幽，与北九水群峰隔河相望遥遥不可及，漫山遍野的杏树已是果实累累令人垂涎欲滴。向西远眺群丘起伏连绵，层峦叠翠秀峰远近各不同，村落星罗棋布，视野显得辽远而开阔。放眼北方的崂山水库（俗称"月子口水库"）。绿波潋滟远山如黛，宽阔的水面上粼粼波光闪耀。南面的"夕阳涧"和"南天门"高山大壑互相映衬，山与山遥遥相对沉默无语，构成一道奇观异象。崮底部有石洞，为著名道士"云岩子"刘志坚之坟。洞门上刻"灵烟坚崮"、"永丘之坟"。门旁刻"云岩子、刘志坚、永丘门、三阳洞"。道士还在门前横置石条，上刻"元真人刘志坚遗蜕处"的字样。

　　天色不早了，下山来，我们吃着山里的甜杏，滋滋有味，我的思绪却在咀嚼着华楼宫的道教滋味，寻着全真派古人的足迹，去梳理这里面的博大精深和无穷无尽的奥妙。

观瞻南山大佛

游览山东境内的烟台市龙口南山大佛时，听人说在全国范围内，有"南有灵山大佛，北有南山大佛"的说法。站像的灵山大佛在江苏无锡灵山，坐佛的南山大佛在山东烟台。我查了一下，原有的说法是，东有江苏无锡灵山大佛，南有香港天坛大佛，西有四川乐山大佛，北有山西云岗大佛，中有河南洛阳龙门大佛的五方五佛特立耸峙而相呼应的说法。也许，山东烟台的南山大佛年头太短，还排不上号的缘故吧。

灵山大佛矗立在无锡太湖之滨小灵山上，反映了华东这一福泽宝地经济发展、文化繁荣、社会安定祥和，也是我国宗教信仰自由政策的重要体现，并象征和平与生命如青铜一样，亘古长青。南山大佛（释迦牟尼）——世界第一铜铸大坐佛，位于山东省烟台市龙口南山旅游区景色秀丽的卢山上，大佛高38.66米，重380吨，选材锡青铜铸造，由232件佛体、108块莲花瓣、302个发髻、共642块锡青铜铸件组合而成。这座举世罕见的锡青铜释迦牟尼大坐佛，堪称目前世界第一铜铸大坐佛。南山大佛融古今中外佛像铸造艺术的精华，使古老的青铜铸造艺术和现代科技成果融于一体，展现了佛教文化和现代文明的完美结合。

金秋季节，我和旅游团的团友们欣然前往，去瞻仰和参拜慕名已久的2000年4月8日落成的铜铸坐佛。南山旅游风景区是国家首批被授予187处AAAA级景区之一，景区内的南山禅寺、香水庵、灵源观、文峰塔、南山古文化苑等景点均系晋、唐、宋、元、明、清代遗迹，千年古刹，可谓圣地重光，更添新颜。徜徉在古建筑群中，观赏着亭榭廊塔，山林水系，感慨万千。依山构造的庙宇楼阁，古朴典雅，逶迤壮观，气势宏伟。大佛莲花座下建有功德堂、万佛堂和佛教历史博物馆。其中第三层规模巨大的功德殿，是铭记善信捐建佛、寺功德的殿堂。我看见，殿内有31块含124

个佛陀应化故事的紫金铜雕工艺壁画。

　　走进万佛堂内，浏览着陈列着9999尊造型逼真、栩栩如生的金铜佛像，使自身也融入进佛的境界，这众多的小佛与大坐佛共同构成了万尊佛像的宏大阵容，取"万佛朝宗"之意，故名万佛殿。在佛教历史博物馆内，展示了佛教文化兴起兴盛的历史及对中国传统文化文明的影响，营造出一个意蕴空灵、禅意独具的佛教。馆内还陈列展出了牟尼佛舍利等数十件文物和佛教文化艺术珍品。

　　中华历史文化园是以中国历史朝代为主线，以吉祥文化为辅线，通过建筑、文字、图片和高科技等系列手段来展现中国历史文化和吉祥文化，以满足人们了解中国古代历史文化发展脉络的需求。其中，为了更直接、更生动、更易于让游人接受这一历史文化，选取了大众最为喜闻乐见的，易于参与的吉祥文化为重点表现内容，使游客在喜闻乐见中受到爱国主义、历史文化及思想道德教育。

　　"稽首天中天，毫光照大千。八风吹不动，端坐紫金莲。"苏东坡的这首诗仿佛穿透了历史，成为南山大佛最为鲜活的真实写照，而这个集世界之最、佛教文化、壮丽景观于一体的佛像也是南山景区宗教文化之旅的标志性景点，在游客中享有"拜佛到南山，心比天地宽"的美誉。

　　在中国，高度22米以上的青铜大坐佛共有四尊：一尊是宋朝开宝元年铸造的22米高的河北正定隆兴寺大佛；另一尊是1918年西藏日喀则的扎什伦布寺铸造的26.2米高的"强巴大佛"；第三尊是1990年香港大屿山木鱼峰上耸立的高26.4米的"天坛大佛"。而"南山大佛"超过了"正定大菩萨"、"强巴大佛"、"天坛大佛"，是迄今为止世界上最高的青铜大坐佛。

　　南山大佛不仅在体量上成为名副其实的世界之最，而且大佛本身也正是佛教的创始人释迦牟尼的化身，具有精深博大的佛教文化背景。传说释迦牟尼是迦毗罗国王的太子，姓乔达摩，名悉达多，过着十分优裕的生活。可是悉达多看到人世间众人所经历的生老病死等种种苦难，决心寻求摆脱世界上这些苦难的办法。在6年苦行无获后，他毅然入尼连河洗净污垢，终于在伽耶城外的毕钵罗树下经过7天深思获得大彻大悟，成为佛陀，被后世称为释迦牟尼佛。

与巨大坐像近在咫尺时，我仔细观察过：南山大佛双目垂视睿智慈祥，充分体现出佛教艺术的精妙绝伦。而且，不论靠近或远离，他的眼神都在向你张望。我试了一下，随着人的靠近或远离，坐佛的眼睛仿佛在微微开合，忽闪着一眨一眨，靠得越近就愈觉得佛祖在关切自己一样。再细心察看，他的嘴角也似笑非笑，欲言而未语，使人倍感慈善与亲切。

看他的动作，大佛右手做招手之势，叫做"施无畏印"，表示拔除痛苦。左手放在膝上，掌心向上，叫做"施与愿印"，表示给予快乐，愿普天之下众生都无忧无虑。而莲台上的莲花则表示净土的莲花千瓣以上，让人由烦恼而至清净。原因是莲花开放于炎热夏季，炎热表示烦恼，水表示清凉，因而所有从烦恼中得到解脱而生于净土的人，都是莲花化生的，所以他们或坐或站，都在莲台之上，蔚然呈现出应有的尊贵。

滚滚红尘，一生有多少烦恼，遇有闲暇与朋友共赴南山。紫气东升峰回路转，仿佛看见南山大佛四周霞光映照，仰观大铜坐佛眼观六路耳听八方显法眼，感受慈善为怀静思佛语悟前缘。人生如梦淡薄名利，何不对酒当歌胜过活神仙。

观瞻坐落在群山峻岭绿色环抱的南山大佛回到青岛后，每每回想起看见的山上刻着的那几个硕大的红而鲜明的"福"字和"寿"字，我才真正体验出"福如东海"、"寿比南山"的深刻涵义。果真，这里才是名副其实的呀！

初夏，我悠在崂山

初夏，我悠在崂山。崂山初夏曼妙的主色调是浓妆淡抹总相宜的一片绿，翠绿色的树叶随风摇曳，嫩绿的青草饱含露珠摇摇欲滴，山变成绿油油的地毯，水被染成青绿色的水镜，走进崂山的初夏触目皆绿，绿满青山秀水间，满目青川的山野呈现出一派生机勃勃的景象。

初夏的崂山是妙不可言的季节，漫山遍野林林总总中不乏几百年的种种知名古树，那些银杏、耐冬、柏树、榆树无不青翠欲滴，蓊蓊郁郁。水无山不俊，山无水不秀，山有多高，水有多高，夏日崂山的潺潺泉水从海拔千米的天乙泉发源，一路飞流直下，银瀑倾泻，形成崂山山脉的血脉之魂，给这青青世界平添了几分灵秀，陡增了几分风情。

九水十八潭是夏季崂山的主角。初夏，我游走在峰回路转中，一步数景，移步景换，人称"九水画廊"的北九水在林木郁郁葱葱之中，泉水淙淙，曲折宛转，每一水转弯处都是澄清如镜的深潭。看这一池池碧水，一溪溪清流，就是江南水乡也不过如此。这里秀丽宛如江南水乡的"九水明猗"，更是神似江南胜似江南了。仰望着喧腾壮美的"岩瀑潮音"和"龙潭喷雨"，令人拍案叫绝，堪称崂山双绝。再遥望那瀑布如匹练从山崖一泻而下，飘然落入幽蓝幽蓝的靛缸湾，水花四溅，激起万朵白莲，迸珠碎玉。难怪有人由衷赞叹：十里清溪千尺瀑，果然风景似江南。

待到七八月间，气重云低，云雾蒸腾，更是登上巨峰观赏崂山云海的最佳时机。若是宿雨初晴，更能见到巨峰彩球、狮岭横云的奇异景观，这便是崂山极其罕见的奇观胜景了。山依海高入云霄，海连天波光浩淼。当天风西卷在崂山，顿时千顷堆浪雪，万亩松涛吼，何处华夏之山海，堪比俊东崂？

初夏，我悠然在崂山，纵目远眺，山是纵的远方。我喜欢山，喜欢走向山的远方。有山梦的人心中都会有自己的远方，就像哥伦布的远方必定是茫茫的大海彼岸，徐霞客的远方必定是重重的大山深处，我会步他们的后尘，不懈地去寻找自己山的远方。崂山，就是我心中的山。我喜欢山海相依的崂山，连绵的山依海更俊俏，浩瀚的海傍山犹妩媚。我站在夏日崂山的山巅上游目骋怀，似乎能看破世间的万丈红尘……

夏风习习，我游荡在山涧，用心领略着山的秀丽，山的峻拔与广袤，仔细揣摩山的大度，山的沉默与喧闹。走在夏日的大山里，那些严峻的石头向我显示远古的沧桑，那些娇艳的夏花让我感叹生命的力量。山，亘古至今，看似默默无言，但能包容一切，任你在山里喜怒哀乐，鬼哭狼嚎。

在山林中默默穿行，踏着山路上早已返青的青草，我常常让思绪信马由缰，任由其思念或遐思与水之应和，与树之应和，有谁会不为之感动？除非是铁石心肠。初夏，我们野爬崂山，登上峰顶疯狂，人就应该比山还高，树雄心、立壮志。更多的时候，我们在河谷和山间穿行，和一语不发的山交融对话。我想，仁者乐山，不正是因为山塑造了仁者，仁者和山有太多的相似之处——沉默、冷静、包容吗？

河流是山的血脉，崂山山区中部呈放射状扩展分布的 23 条河流，为壮美的崂山注入了生生息息的活力。向西流入胶州湾的白沙河我们的母亲河，每次路过看见它都有一种血脉贲张的感觉，还有我们熟知的李村河、王哥庄河、晓望河、刁龙嘴河、泉心河、流清河和八水河等等，这些河的特点都是源短、流急，属季节性的河流，且大多都直流入海。

初夏，我悠然走在崂山山路上，向着自己的远方。虽然，最后仍要回到起点，但我的心已经去了远方……

父亲家的白玉兰

阳春三月，父亲家的那株白玉兰又绽开了。

周末，我和夫人回父母家看望老人，丽日蓝天在父亲家的庭院里再一次目睹了白玉兰的芳容。仰头望上去，满树俏丽的白玉兰花迎风绽放，镶嵌在碧蓝的天空中格外惹人喜爱。

这棵白玉兰树的树干已有碗口粗了，是在 20 年前我和父亲一起种下的。那年我刚从部队转业，在父亲家等着安排工作。正好是清明时节，一天父亲从中山公园处运回来两棵小白兰树苗，我便和父亲一块儿挖坑、培土、浇水种在庭院里。两棵白玉兰树一棵没有嫁接过，后来长得花朵很小，另一棵就是现在蓬勃生长每年都花开怒放的白玉兰树。

我看见，这棵品种优质的白玉兰树花朵在晴空中盛开绽放，一树擎起满蓬的繁华，上百朵白兰花齐齐地开着，叶瓣很大，阳光下叶体通透，看上去显得那么圣洁又是那么飘逸。啊，真是太美了！我沉醉中禁不住叫出声。此时，我的心完全融入到这白雪般的生机勃勃里。满树繁花的白玉兰一片洁净素白，尚没有一片绿叶，只有傲气的枝干，在四周绿树的映衬下，分外醒目。细细端详，千枝万蕊的玉兰花莹洁清丽，朵朵向上，如削玉万片，晶莹夺目，散发着阵阵清新、淡雅的幽香，令人心旷神怡。

忍不住，我叫来家人一起观赏，在暖阳中赏花欢畅。看呀，白玉兰花开在枝头，在白日里显得朦胧温馨，白玉兰的每条枝上都长满了胀鼓鼓的嫩绿的芽苞，玉兰花似乎不愿意跟那些绿叶一起出现在树枝上，刻意守护着自己特有的一分清高。那一尘不染的纯白，总让人不由自主地想起一个身穿白色上衣走在路上的女孩的优雅姿态和清纯微笑。

看上去高贵纯洁的白玉兰是落叶树，春天先开花、后发叶，花朵盛开时看不到一片绿叶。遐思之余，我发现夫人手托下巴，出神地凝望那一树繁茂的美丽的玉兰花儿，正端着数码单反相机构思着拍摄角度呢。

我格外喜欢这种白色玉兰花儿，它呈白微碧，花形奇特，开在梢端，含苞待放时酷似鹅卵倒垂，将开未开时雪白一片，煞是美丽。看着眼前的白玉兰花让我的心灵有所洗涤，她给我们的生命带来希望，把生活装扮得如此绮丽，让我生发出莫名的激动。记得我每年在白玉兰盛开的时节，都要如期来父亲家问候和观赏这棵白玉兰树，在微煦的春日里陶醉于这温馨的情调，感动于这浪漫的色彩，痴迷于这绰约的风姿。她每年一次，每次开花好像都在一天内完成，仿佛要把生命的灿烂在刹那间呈现，每一朵玉兰花仿佛都在歌唱。我想，有谁会像白玉兰这样尽力的燃烧生命呢？她是这么美，这么芬芳。我和父亲当年种下的白玉兰树没有辜负我们，让我多年后始终能看见这亭亭玉立的树和这美丽的花儿……

一阵春风吹来，这棵白玉兰树蓬上的玉兰花随风摇曳，玉兰花环绕的金色光环使白色更显得卓然清纯，于一旁的那柔柳翠枝相扶相伴，相宜雅致。忽地，几只鸟儿闻香飞临，唧唧喳喳站立枝头欢快地低吟鸣唱，突然带来几分温馨醉人的惬意，倒也增添了不少情趣，像是给身处繁华闹市弹奏快节奏乐章的人们捎来一丝轻松与快乐……

是呀，每到春天来临的时候，我就格外想来父亲家看玉兰花开。每当看到这棵白玉兰树花开时，我的心里就像照进了灿烂的阳光，阳光里这棵白玉兰树开满的玉兰花，柔柔的花瓣仿佛软软的白色丝绸，硕大的花朵缀满一树，树下站着欣赏她的人儿，赏花人的心情也随之芬芳起来。有时，母亲会把绽放的花朵花瓣摘下来，将肥厚嫩白的玉兰花瓣裹仔细清洗干净，放在果盘里摆着闻香。

岁月如梭，又是一个春天里望着这一树白玉兰，我的心底先是掠过一束清爽，又滋生出对她们的敬仰——多么圣洁的花儿，她们始终将头颅高高昂起，朵朵都是那么硕大丰满，她们的美丽是那样淡雅高洁，她们圣洁的面颊只向着蓝天，或许只有白云明白她们的心愿。

是呀，这冰清玉洁的花朵儿，无论开的还是没有开的，朵朵向上，似乎她们有约定的目标吧？似梦似幻，看，那盛开的花朵像是在笑，她们为明媚的春天而歌唱，所有的花朵看上去都那么明艳，或许她们明白她们拥有的春光短暂，所以她们应该尽情享受生活的真谛。

忆校园的紫藤萝

初夏，岛城大街小巷的墙头上、石棚架间挂满了茂盛的紫藤萝。风吹过来，阳光下晶莹的藤萝花随风飞舞，看上去更像是山涧紫色的瀑布……

母亲节那天，我和爱人去父母家看望两位老人，我捧着康乃馨花束，爱人提着香瓜、香蕉走在清风中的小巷，看见一座老式建筑的庭院墙头上飘飘洒洒荡漾着紫藤萝飞瀑，美极了。饭后一定来拍照一番。爱人说。爱人喜欢摄影，平时总是随身带着相机。母亲收到鲜花非常高兴，一大家子有说有笑这顿饭吃的很温馨。吃完饭聊了会儿天，父母需要休息，我俩便告别父母去拍紫藤萝。

猛拍了一阵子，下午爱人还要去老年大学上摄影课，就将相机留给我先走了。我举着"炮筒子"开始扫街。沿着一条小巷走下去，路上一座座小洋楼的庭院墙头上还真有不少紫藤萝探出墙外，紫色的藤萝花在盛开怒放着。我目不转睛盯住选好的一个景致，等风一停就是一阵子扫射。心想照多了总能选出一两张好的吧。边走边照，不知不觉来到海大老校的大门前。我本来想上小鱼山的，看看中午头日头挺高的，干脆就上海大的校园里转一转吧，我知道里面很幽静的。这样想着，就径直进了海洋大学的校门。

海大校园里果然很清静，偶尔看到有几个女生抱着洗脸盆光脚穿着拖鞋朝浴室走去。我发现路边桃树和双樱树上的桃花和双樱花已经枯萎，但却意外看见围墙上和石棚架上的紫藤萝却朝气蓬勃，欣欣向荣。我选好角度扭曲着身子好一阵疯狂拍摄，尤其是有阳光透过来的地方都不同方位拍了许多张。我在校园里七拐八拐，一路走下来，看见这校园里的紫藤萝还真是很多，心想我这次的拍摄主题就是紫藤萝啦！不时，有男生拍打着篮球三三两两从我身边走过，他们是去篮球场打球，这不由使我霍然想起我在大连上大学时难以忘怀的紫藤萝情结……

　　当年，我在大连上大学时的校园就在南山的山坡上，靠近教学楼的围墙上一到初夏便开满了紫藤萝花。我那时是校队的篮球队员，每到校园挂满紫藤萝的时节，学校都要联系和外校的篮球比赛。那些日子也是气候最适宜、花美月圆心情最佳的时候。篮球场旁边的围墙上，就挂满了密密匝匝的紫藤萝，黄昏时分在月光下看过去，紫藤萝影影绰绰，更增添了不少妩媚和神秘的色彩。夏风徐徐吹拂着，紫藤萝花儿微微地颤动起来，似流水般叮咚作响。有时风稍稍大一些时，密如繁星的花朵便相互碰撞在一起，紧接着紫色的花瓣便大片大片地飘落，花雨如同飞花碎月般的撒满一地。甚至紫藤萝花的盛开期，也伴随着它的衰败时，无论是盛开着或者是洒落时，紫藤萝花都诠释着一种轰轰烈烈的美，这就是紫藤萝的与众不同之处。

　　那天下午是我们大外和大工的篮球比赛，我打前锋，在球场上左突右抢，三步上篮，急停跳投，生龙活虎地异常活跃。加油！加油！我知道这是我的球迷柯薇在喊。她和我一样来自济南军区，上大学前是通信总站的电话兵。巧的是我到大连外院报道时，从泉城乘火车到烟台，一脸天真幼稚的柯薇就坐在我的对面。看她小小年纪穿着军装，还以为她是小文艺兵呢。后来一问才知道，我俩是大外的校友，她也是去学校报到。聊着聊着就熟了，原来都是部队大院的。在烟台乘夜船到大连后，我俩一起报了到，我分在一班，她分在三班。在球场上，柯薇都是我最忠实的拉拉队员。

　　和大连工学院的篮球比赛我校取胜了，我请柯薇在学校附近的小饭店吃饭以示祝贺。饭后我俩回到校园天色已晚，夜风习习，一轮明月挂在一棵大槐树的树梢上，明亮的月光洒在周围紫藤萝的枝叶和花朵上，景色异常迷人。多美的夜色呀，再在校园里多走走吧。我说。我俩便向南山坡那边走去，走到最上面，就在一排攀檐附架的紫藤萝下坐下来。呵，真美哟！柯薇抬头瞅着紫藤萝花不无欣喜地说。我顺着她的手指处看去，明媚的月光下，那一朵朵的紫色小花，如一串串随风摇曳的蓝精灵，在夜色里一闪一闪晃动着，时而零零散散飘落下几片紫色的花瓣，仿佛在夜空中飘摇着跳舞。

　　我在家里时就喜欢紫藤萝，我家院子里就有很多的。柯薇说。呵，是嘛，我住的大院里紫藤萝也不少，我也十分喜爱这种花，灵动、俏丽，又不失神秘。我应答道。哈哈，我就是这样一个喜欢紫藤萝的女孩。当兵前每年春天紫藤萝花开的时候，我总会静静在坐在缀满紫藤萝的花架下赏花，紫藤萝花散发出一股淡淡的清香，和熙的阳光披在花串中使花朵晶莹剔透，那珍珠般的花瓣，一片接着一片，呈现着深深浅浅的紫色。柯薇的脸上带着淡淡的微笑，说这话时露出两个甜甜的小酒窝。在校园里，柯薇也喜欢陪我坐在长满紫藤萝的架下，这时只见她双手托腮，出神地凝视着远方。不远处教室的灯光静静地泻出来，和着柔和的月光仿佛一层白雾，在她扎着小辫的头顶上幻化成神秘的光环。

　　我试着问她：想什么呢？她悄然说：发呆呢！我说：你就像一个傻傻看海的紫藤萝女孩。嗯，毕业后咱们就去看海，看紫藤萝花开。她似有远见地说。喔，真希望紫藤萝花就这样永远盛开着。我在感叹时光的流失。呵呵，紫藤萝花谢了，明年还会再开，只要心里有美，每天就能感受到紫藤萝花的存在，又何必在乎花期的长短呢？没想到柯薇说的还挺有些哲理呢。

　　流年似水，沧海桑田，人们的青春是美丽和短暂的，就像那随风而舞的紫藤萝花瓣，然而，花落后紫藤萝的叶子会长得更浓密，来年的紫藤萝花不是会开得倍加灿烂吗？柯薇信心十足地说。

　　我被柯薇的乐观感染着，激动着。不早了，回宿舍吧！柯薇说。我俩站起身并肩走在紫藤萝棚的林荫道上，有些意犹未尽地慢慢地往回走，尽情享受着夜色朦胧藤萝花开的温馨与宁静……

　　已经坐在回家的车上了，校园里那一串串难忘的紫藤萝仿佛仍随着汽车的颠簸在我眼前久久晃动，更像是摇响青春的一个个风铃。

苹果熟了

在栖霞牟氏庄园参观完，旅游团大巴开出十余公里来到苹果熟了的程柳村果园。金秋十月，晴空万里，公路两旁的一大片一大片的红富士苹果果树林已是果实累累，错落有致，只是挂在树枝上的苹果还大多没有熟透。

我此行的任务一是从树上直接摘苹果吃，二是拍一些摘吃苹果的照片。很快，旅游大巴来到果园公路旁，团员们纷纷下车沿蜿蜒的山路，头顶着艳阳走向红富士熟透了的果林。路边有不少山枣，摘一粒放进嘴里，酸酸甜甜，滋味不错。有团员眼看着红澄澄的大苹果，已经难忍肚子里的馋虫子了，几次跃跃欲试要伸手采摘果枝伸向路边的苹果，都及时让青岛导游王小姐制止了。"千万别乱摘，马上到指定的果林随便摘，随便吃。再忍忍！"

不多会儿，前面就是一大片美丽的果树林了，果然我们就要在这里大开杀戒了。团体们早就按耐不住了，一人发了一个白塑料袋，便撒欢般的一窝蜂冲进果林边摘边吃将起来。一时间偌大的果林里熙熙攘攘，说笑声连天。我没有立刻下手和下口，原因是我要先寻找好拍摄的目标，在开吃之前先鼓捣几张自己比较满意的"作品"再说。我站在果林旁四周扫视了一阵子，发现果园西南头有几棵苹果树上的苹果又大又红又多，便毫不迟疑跑过去从不同角度拍了半天。拍累了，我便开始寻思着从那里下手摘苹果吃。

我发现，个子高挑的江团长竟然这么半天也还没有品尝到苹果的滋味。只见他叼了一支香烟，眼睛却直勾勾地瞅着苹果树梢上的红苹果，若有所思。我想，他是在琢磨，应该从哪个苹果开始下手？这是个问题。果不然，当香烟袅袅升腾那支烟就要燃尽的瞬间，江团长果断地扔掉烟蒂，踮起脚尖左手扳过来一个树枝，右手伸长胳膊将树梢上的一个又大又红的红富士苹果一下子就拧下来，我分明看见，江团长笑了，他擦也没擦，就在红里透黄的大苹果上来了一大口，"真甜真甜"江团长咂摸咂摸嘴，赞不绝口。同时我看见青岛王导就不是这样了，个头挺高的她专拣低处的苹果摘着吃，可能她觉得这样不费劲儿，反正都是一棵树上的苹果，没有什么好坏之分吧。

我一连吃了4个大苹果。从树上摘苹果吃感觉就是不一样。新鲜，水分大，又脆又甜。返回的路上，团员们已经是一人几大袋苹果，一个个肚子圆滚滚地兴高采烈满载而归了。

相反，江团长就买了9个红苹果，称为仙苹果，据说都是从最高的苹果树梢上精心采摘下来的，回家后孝敬他母亲。

随李太白游崂山

　　诗仙李白一生游遍祖国的大好河山，并且留下了众多的不朽诗篇。李白是我最崇拜的浪漫诗人，他斗酒诗百篇，充满气吞山河的豪气。

　　崂山以山海奇观著称于世，两千多年来，历代的名人雅士和达官贵人，慕名到崂山游玩，留下了许多诗词文赋和轶事传说。昔日，许多文人墨客游历过名山大川，李白在其中尤为突出，中国的众多名山都被诗圣李白豪迈地踩在脚下。

　　也许，恐怕是因华山之险，力不从心，我没有听说李白到过华山，自然他也就无缘见到西岳之险竣，之秀美。但是，李白到过海上崂山。那是唐代天宝年间，诗人李白与友人同游崂山，这是李白平生第一次见到大海，也许是对海的喜悦，对神仙的向往超过了对山的豪情，在离开崂山不久，便用回忆的形式写下了"我昔东海上，劳山餐紫霞。亲见安期公，食枣大如瓜。中年谒汉主，不惬还归家。朱颜谢春晖，白发见生涯。所期就金液，飞步登云车。愿随夫子天坛上，闲与仙人扫落花。"《寄王屋山人孟大融》的诗句。

　　此诗镌刻于崂山梯子石 500 级处之巨石上，刻石之诗与《李太白全集》所载相同。《全唐诗》中，"亲见安期公"为"亲见安其生"；"飞步登云车"为"飞步升云车"。李太白崂山寻仙不辞远，他虽然游历了诸多名山大川，但在崂山面对一望无涯的大海，看到了海天相连，波涛汹涌，气吞日月，包容万象的景象。山，拔海而立，在碧波中沉浮，尤其每天早晨，海面上升起的紫气云霞，构成一幅壮美的海山风光。开心时刻，诗兴大发的他并没有一挥而就立刻写下心中的激荡，而是在其后腹稿完全成熟水到渠成时才写了以上《赠王屋山人》的诗。在上清景区的这一诗刻中的安期生是琅琊人，传说中年得道成仙，从此失去行踪，后来秦始皇、汉武帝为寻求长生不老药到处找他，但始终没有找到。

王屋山在今河南省济源市西北，自古为道教圣地，号称"清虚小有洞天"，位居道教十大洞天之首。开元年间，唐玄宗在王屋山为道教上清派宗师司马承祯敕建阳台观，司马承祯是李白的诗友，可能是应他的邀请，天宝三年（744年）的冬天，李白同杜甫一起渡过黄河，去王屋山，他们本想寻访道士华盖君，但没有遇到。可能是这时他们遇到了一个叫孟大融的人，志趣相投，所以李白挥笔给他写了这首已经酝酿早已胸有成竹的诗。所以，李白在劳山（"崂山"在古代的另一个写法）时并没有当场吟诗，而是在离开崂山之后不久，才以回忆的笔调写的。有趣的是，唐朝的大部分皇帝都仅仅因为自认为是道教创始人李聃的后裔而把道教奉为国教，尊老子为"太上玄元皇帝"。更加有意思的是，李白仅仅因为也姓李而去凑这个"道教至上"的热闹。他之所以去崂山，是因为唐朝另一位老道吴筠的怂恿。吴因为进士不第而学道，在744年遇到李白之前，已经去嵩山和茅山修炼过多年。李白到了崂山，印象更深的是海，而不是山，所以，他先说"东海"（东边的海，泛指，而不是现在作为专有名词的"东海"），然后说"劳山"。

人以食为天，饮食文化是中国文化的重要组成部分，或者说是核心部分。所以很多事物，或者说很多对事物的体验，都是用饮食来比喻。"餐紫霞"典自颜延年的诗句"本自餐霞人"。这里李白将紫霞比成了食物。这个比喻一般方人看来可能不好理解，且有些不雅。但在中国，因为饮食就是一种文化，而且是高雅文化，什么都可以吃，意味着什么都可以用文化的方式解释。所以，李白在崂山上大张着嘴，做咀嚼紫霞状，不是什么刹风景的举动，反而增添了不食人间烟火的仙气。接下来，还是写吃。李白采取了惯用夸张法，曾经有"燕山雪花大如席"这样的狂譬，把枣子比成瓜虽然不是那么张狂，但也够夸大的。有人从现实主义的角度辩护说，崂山土肥水富，枣子真有鸡蛋般大的。这样的辩护不仅没有必要，而且是对李白创作风格的误解。如此看来，如果是出自李白之口，那么，说"劳山枣子大如鸡"，都是可以的。

更况且，这个比喻典自有关安期公的传说。据《史记》说，安期公吃的枣子大得像瓜。"安期公"本来是琅琊郡的一位隐士，在海边以卖药为生，老而不死，后来得道成仙，被称为"千岁翁"。他是传说中的人物，吃的是传说中的枣子。一个一千岁的人吃的枣子即使没有100年的生长期，恐怕也有几十年吧，几十年的枣子长得像个鸡蛋，就不足为奇了。

秦始皇分天下为36郡，其中之一为琅琊郡，那时，别说是崂山，连青岛都属于琅琊。秦始皇东巡的最后一站就是琅琊，曾经召见过这位比彭祖还寿长200年的安期公，密谈了3天3宿。安期公离开时，给秦始皇留言，"千年之后，求我于蓬莱山下。"因此，有一种传说认为，秦始皇派遣徐福等人入海去求的就是这位"千岁翁"。李白到了崂山，当然会听说或想起这位道教传说中的神仙，但说他"亲见安期公"，是绝对不可能。于是，又有人圆场说，李白所见的是另一个叫"安期公"的人。这样的解释也很牵强，李白自己说"亲见"就一定是亲眼所见了吗？未必也。《梦游天姥吟留别》曰："空中闻天鸡。"难道天空中真地出现了一只鸡，李白真地听见了它的啼鸣？就像有人非得皓首穷经地去统计"李白斗酒诗三百"是哪三百首诗，或去考证"白发三千丈"中的"丈"是唐朝的计量单位从而证明"三千丈"是实指，这些都是陋儒的思维，这样的思维与诗人的思维有天壤之别。

唐朝人避尊者讳，也是为了免祸，讽喻当朝时，常以汉代唐，"汉主"实指"唐朝皇帝"。白居易《长恨歌》起篇就是"汉皇重色思倾国"。瞧，"俺嘲讽的不是你李隆基，而是汉朝的某个昏君。你可别找我的麻烦，让我吃文字官司啊。"这等于给文字狱打了个预防针。李白所拜谒的皇帝就是唐玄宗李隆基，拜见的时间是742年，当时他已经41岁了，所以说是"中年谒汉主"。李白坚信自己是天才，而且坚信"天生我才必有用"。所以，他是抱着很大的抱负奉召入京的。但到了长安，他发现根本不是那么回事。唐玄宗自己此时已沉湎于声色犬马，只想让李白当词臣，给他歌功颂德、粉饰太平，所以只给了一个翰林院的虚职。李白是何等人，哪受得了这等窝囊气，因此，他感觉颇为"不惬"。他在长安的酒肆、青楼赋闲，荒唐等待了3年之后，绝望了，也厌倦了。他跟唐玄宗说，自己想还乡。唐玄宗知道他去意已决，同时知道他未必真想回老家，而是想纵情山水，所以给他写的手谕是"恩准赐金还山"。纵情山水的人是把山水当成家的，所以"还山"就是"归家"。

眼看自己年纪大了，仕途不再有望。于是，李白的济世之志转为出世之思。《抱朴子》说，人服了金液就可以成仙，就可以腾云驾雾。在上古，就有神仙以云为车的传说。诗写到这里，李白已经沉醉于自己的想象，连车子都为自己准备好了，连在天上的工作都为自己找好了，跟仙人们一起扫扫落花而已。多么轻松、惬意、逍遥。

唐玄宗是李白诗歌的"粉丝"（fans），李白离开了长安，但他的诗通过各种渠道及时地传到皇帝的耳朵里。这首崂山诗激发了唐玄宗对崂山的浓厚兴趣，4 年之后，他派遣几名道士前往崂山采药，并将崂山命名为"辅唐山"，简直把崂山视若左臂右膀了。上行下效，崂山因此而出了名。这不能不归功于李白的诗篇。

崂山海拔 1132 米，是中国内地海岸线上最高的山峰。崂山拔海而起，以顶峰为中心，5 条山脉向 5 个方向延伸，其中 4 条都伸向大海。崂山有400 多平方公里，山上布满了形状各异的花岗岩巨石，坚硬无比，因此当地人最早称它为"牢山"。后来一些道家方士，见崂山山势险峻，谷涧清幽，适合采药炼丹，因此常常攀崖而上，寻求长生不老的丹药。由于山道崎岖，登上崂山极为辛劳艰苦，便改称它为"劳山"。直到 17 世纪初，山东有位叫黄宗昌的进士，他在修《崂山志》时，感到劳字不雅，于是加了个山字旁，崂山才有了它今天的名字。

我想，当初李白结伴爬崂山时，一定也是豪情万丈吧。当时是天宝年间，大诗人李白与道士吴筠及"竹溪六逸"孔巢父、韩准、裴政、张叔明、陶沔等是一齐由徂徕山东行游琅琊之后，乘船至崂山太清宫等处游览的。在太清宫北山之阳蟠桃峰下有一块巍峨形奇的大石头，传说这块石头是当年的太白星上一块小石块陨落于此，故名太白石。李白至此地，当得知这块石头的名字与自己的名字相同，遂大喜。便和朋友们提着酒登上太白石顶狂饮唱和，并言他与崂山有缘，又见其峰顶王母瑶池巍峨神奇，于是趁酒兴之机，与吴筠席地即兴，作歌一首，名曰《清平调·咏王母蟠桃峰》，随之传给太清宫道士。此曲从宋代以后成为白云洞、太平宫、斗母宫和明道观等内山庙沿用至今的《步虚》——崂山韵殿坛经韵曲牌。此举太清宫曾有碑记，后毁于明代佛道之争。李白和吴筠这次至崂山，是以一个虔诚的信道者前来参访的。李白和吴筠等受到太清宫道长的盛情款待，李白与吴筠深受感动，便将南派大型经韵曲牌《三涂五苦颂》传给了太清宫道长詹兆升。此后，崂山的百姓和诸庙道士们便将李白饮酒于太白石传为佳话，流传至今。

因此，在崂山论"道"的今天，能随着李太白游崂山，并解读他的"崂山诗篇"，从而进一步了解一些崂山文脉的来龙去脉，不正是给这座海上仙山重新注入一种人文精神和历史深邃吗？

青春澎湃的日子

2009 年 12 月 8 日是我们战友 1969 年入伍 40 周年的纪念日。为了重温昔日血染的风采，延续战友间的深厚情谊，不久，我们战友就要相逢在入伍地济南了。战友情深，相逢是一首歌，一首热情洋溢的歌，一首激情澎湃的歌。

在这乍寒还暖的初冬时节，八大关深秋的银杏树依然金黄一片，霜染的火红枫叶还没有完全褪色，秋光秋色仍旧明媚，秋风依然遒劲，秋雁晴空高翔，在这预示着成熟和收获的日子里，战友的相会使我们心潮澎湃，热血沸腾，欢欣鼓舞，急不可待。此时此刻，我的心情像大海的波涛般澎湃激扬，无比激动。

40 年前，我们 69 兵怀着赤子之心、报国之志，怀着青春梦想，踌躇满志，离开家乡，一大群热血男儿从城市、从乡村，从野战部队等地，先后来到泉城，相聚在济字 238 部队。从此，我们身着戎装手握钢枪，肩负着父辈的期望，担负起保家卫国的神圣使命。从那一天起，我们的生命就有了不同的含义，就融入了国防绿的绿色，人生就有了特殊的轨迹。

忘不了，在那火热的军营里，我们有过追求也有过退缩，有过欢乐也有过忧愁，有过喧闹也有过孤独，有过欢欣也有过惆怅。总之，我们饱尝了人生的酸甜苦辣，我们经历了人生的风风雨雨，军营留下了我们飒爽的英姿，军营留下了我们难忘的岁月，军营凝聚着我们诚挚的友谊。

回首往事，历历在目。还记得，新兵训练时夜晚紧急集合的哨音，月色中背着背包穿行在夜暗中；还记得训练场上整齐划一的步伐，铿锵有力的口号，至今仍在耳旁回响；还记得射击场上靶中 10 环的喜悦，令人终生难忘；也忘不了训练队的紧张学习，更背负着早日奔赴工作岗位实现崇高理想的重任。训练队的学习记录了我们的成长历程，紧张有序的生活磨练了我们的意志，现在回想起来我们依然自豪，记忆犹新，永远为此骄傲。

最难忘的还有，漫长的拉练路上，我们从繁华的城市走进沉寂的大山，我们用青春献身国防，立志扎根山沟。艰苦是我们最好的老师，我们在南山、在大会，以坚韧不拔的精神不畏艰苦，努力工作，默默无闻，甘于寂寞。为了我军的技术侦察事业，我们甘愿流血流汗，不计名利，兢兢业业，埋头苦干。至今，我们无怨无悔，倍感欣慰。昔日革命军人时刻听从召唤，甘洒热血写春秋；今天为实现小康社会义无返顾，拼命苦干！

悠悠40载，弹指一挥间。战友们，在40年的人生旅途中，也许你仍在军营建功立业，也许你已躬耕农田；也许你搏击商海，也许你入仕从政；也许你人生如意，也许你失意彷徨……不管如何，在我们心灵深处，都有着一片无瑕的圣地，那就是我们做不完的军营梦，挥不去的战友情。随着岁月的流逝，我们之间的思念之情将与日俱增，万古长青。

"从来没有忘记，时时都在想起"，我们渴望相聚，我们渴望重逢，因为我们整整等了40年。今天我们终于又相聚在一起，我们每个人都披着跋涉的征尘，带着生活的积累和事业的成就，面对高山大海日月笑谈人生。此时此刻，我们兴奋不已，我们感慨万千，我们激情万丈。被浓缩了40年的战友情似开闸的激流，被沉淀了40年的战友情如喷涌的岩浆，月亮在大海中燃烧，激情在我们的心中涌动，战友的情谊，更似一坛陈年美酒，滋润着我们的心田。让我们借着青岛的红瓦绿树青山绿水，滋润着济南战友给予的涓涓泉水情谊，纵情表达我们对军营的怀恋，忠心表示对战友的衷心祝愿吧！

今天，让相逢来组合成最美好的音乐，歌唱昨天难忘的岁月，歌唱明天美好的期待，歌唱生活的多姿多彩，歌唱人生的点点收获。

亲爱的战友，人生中有一段当兵的岁月，一辈子不后悔，永远值得怀念！战友们用患难凝结的情谊，南山作证，永远值得珍惜！如今，我们虽然告别了军营，但不告别青春；虽然告别了战友，但不告别真情！让我们永远记住战友，记住情谊，记住济字238部队，共同在人生绚丽的舞台上继续谱写我们最辉煌的篇章，迎来自己的人生的第二个春天吧！

最难忘，那些青春澎湃的日子哟！

第二辑 心灵剪影

梦回南山

在寒风漫烈、苍山如海、人烟罕见的南山，我真切地体味到了"夜阑卧听风吹雨，铁马冰河入梦来"的豪迈与壮烈。面对耸立云端、平淡无奇的眉黄山峰，我更理解了"卫国戍边，奉献青春"的深刻含义。

从入伍穿上绿军装踏进泰山山麓南山的第一天起，我就和所有的战友们一样，深情地爱上了南山这片的土地，并默默地为她奉献着。近3600多个日日夜夜里，我们驻在茫茫的大山里，盛夏满身汗水，隆冬身披雪霜，我们为祖国放哨站岗。10年来，我们曾有幸接受过军区司令员的视察和接见，最难忘那激动人心的幸福场面，首长鼓励战士们眼观六路，耳听八方，永握手中的钢枪，激励的话语让女兵们热泪盈眶……

往事并不如烟。转业来到青岛以后，20年来，多少次梦中又回到了那曾经使我魂牵梦绕刻骨铭心的南山，怀念那段激情燃烧的岁月，怀念共同战斗过的战友们。多少次，黄昏我散步走在青岛海边的木栈道上，融进柔柔橘红色的海天之间，仿佛在梦中，脑海里浮现的却是戎装时南山那难忘的绿色记忆。

夜空中，记忆里南山的月亮哟，你属于我们当兵的人的月亮；皎洁的明月下，多少个夜晚，夜幕中我们为祖国站好每一班岗，矫健、伟岸的戎装身影溶化进月华的光辉，星光闪烁，红五星、红领章与天上的明月辉映闪亮。

哦，多么难忘的战友哟，多少次，你悄然真真切切走进我的梦里，恍惚中，声无息，我却又突然离你而去。难忘的战友情哟，总让我们难舍难离，风雨中仍回荡在你我心底。也许，你会问，有没有打扰我的梦呓？我会说，战友情的寄托正合我意。

呵，这么难舍的战友哟，你还会不会再悄然离去，天上的云朵告诉我，会哭泣云雨的喜泪，会滋润干渴的大地，哺育你我的心意。真诚地道一句：战友们珍重！我们珍惜战友的绿色情意，你我的心动，永永远远不息。

是呀，军中的绿色是我们永远不变的追求，咱当兵的人不正像一棵树？风吹树叶哗哗地响，那就是军人奏出的一串串优美音符，军营里的绿色旋律，不正是我们用心绝唱的人生交响？

当兵40周年，就要重返南山了，我已经迫不及待，济南的战友们，你们还好吗？

战友，你好！

南山，你好！

参拜南山玉佛

山东烟台龙口南山风景区内，一是坐落着高达38.66米的世界第一铜柱释迦牟尼坐佛——南山大佛，其次就是坐落着我们此次参拜的弥足珍贵灵气通天的南山药师玉佛。

南山的旅游景区分为东西两部分，东部以南山大佛为主线：南山禅寺、香水庵、灵源观院、文峰塔等；西部则是药师大玉佛：中华历史文化园、石窟、热带雨林植物园、观音洞及观光索道缆车等。走进山中，我发现两个景区隔山并不相望，必须绕行才能各观其尊容。

南山药师玉佛殿依山势而建，从外面看它更像是一座科技馆，2005年5月份建成。由玉佛大殿、药师坛城、舍利殿三部分组成，面积2.6万平方米。我们乘自动扶梯经过舍利殿进入金碧辉煌的玉佛殿，据说殿内有各种玉石精雕而成的玉佛3000多个。玉佛大殿里供奉的药师如来是用缅甸玉雕成，像高13.66米，重达660余吨，是目前国内最大最高的玉佛造像，同时这里也是国内唯一的药师佛道场，佛教中药师如来佛是消灾、延寿、增福、生财的东方佛国之主，拜佛到南山，心与天地宽。

来为主尊而建的金胎合曼药师坛城是人们修证药师忏法，求长寿，求富贵、求安康的理想之所，佛偈有云：

药师如来琉璃光，焰网庄严无等伦。

无边行愿利有情，名遂所求皆如意。

如能以虔诚之心，崇敬供养礼拜药师玉佛及药师坛城。定能增福添寿、合家平安。

自从药师玉佛开光后，原先名不见经传的此处迎来了无数中外游客，所到之人无不为其宏大、肃穆而感到无比震撼。

　　为表示我的虔诚，我特意在药师玉佛殿里请了"护身符"，并刻上了我的大名。我想，一直存放在大玉佛身边的护身符，每天都在开光，有佛祖保佑，我一定会一生无忧，幸福无边的。我双手合十，极为虔诚地在大玉佛前许愿，信则灵，心诚则灵，佛在心中，世界永远都是美好的。

　　我留意，眼前的玉佛细腻光滑绝美，玉佛的表情端庄、慈善、安详，她以自身博大的胸怀俯视并关爱着世间沧桑……

　　阿弥陀佛，阿弥陀佛！

游平度茶山

  以往去平度主要是到大泽山吃葡萄或游天柱山著名的魏碑，所以当山友紫衿说去平度茶山采风，我就不知道是怎么样个茶山了。几辆小车一大早就从青岛市内开拔了，路上我才知道，这原来是一个 2004 年才开建的平度茶山风景区。

  一路上汽车上青银高速穿插到同三高速，听老马聊斋海阔天空，受益匪浅。车经平度向北行进在笔直的公路上，但远远已能望见那绵延起伏的山脉。"这都是大泽山山脉，很快就到茶山了吧?"我问。"应该是。"司机笨笨回答。正说着，我们已经来到山脚下。看看表，两小时有余就顺利到达位于大泽山山脉的平度茶山风景区了。该景区位青岛平度市城北 20 公里处，北接大泽，东邻崮山，最高峰三茶峰海拔 560 米，占地面积约 10 平方公里，俨然是一个集生态观光、旅游朝圣、动感体验和度假休闲等主要功能为一体的天然大观园。金秋时节，以海歌为首的采风小分队 12 人中午时分已抵达景区，便不顾骄阳的炎热从仿长城景区入口先乘上登山电瓶车。

  这段长城是仿嘉峪关建造的，传说春秋时期齐国大将军宁戚领兵来到此地，见这里四面环山，进可出奇制胜，内可成兵操练，是屯兵戍军的好地方，于是便在这里驻扎下来，在山口建了用于防守用的长城，现在看到的长城便是在原遗址上修建而成的。长城上的茶山风景区几个苍劲有力的大字是我国著名的书法家欧阳中石题写的。从茶山风景区入口到般若寺全长 2500 米左右，我们一直上到茶山般若寺牌坊，节省了一大半路程。

  我坐在电瓶游览车上一边不停地拍照一边浏览。据导游小韩不停地介绍，茶山工程已初具规模，6 月份以来开始试营业。我听着介绍，眼睛盯着的确是路边的涓涓细流，竟然有点仿佛到了崂山的北九水，心想只要有山有水，有佛有庙，有绿色植被，有曼妙山花，应该就是山水胜地了。

眼前茶山的山，果然是纯粹的山。看那怪石、林木、野花、洞穴、溪流，全部顺山势自然形成，就连登山的路也看不出人造痕迹，真是野趣横生。茶山四周群山环绕，地势相对较低，山水流下来，汇成一个个大小水潭，大的水潭可以称之为湖了。这让我不由想起了九寨沟里的五彩池和梯次的钙化池了。设计者在水流深而广的地方，筑起一道大坝，上部是一条桥，下部接连两级石阶，水流从桥洞飘然流下，遇阶跌宕而下，形成自然地水帘洞景观，平添情趣。水流到达河底，变得平缓而清澈，看上去令人赏心悦目。

电瓶车一路行进在登山的水泥路上。小韩接着介绍路边的植被多是天然的板栗、柿子、桃和山杏等。我眺望着早已是绿叶成荫的满山坡，心想如果待到深秋，这里也一定是一片斑斓的锦绣吧。我遥望着那远山的青翠，决定过一段时间一定再来，绝不能与如此美的山景失之交臂呀。

山上的景色真的很美，电瓶车带着我们经过了关帝庙、儿童水上乐园、滴水观音、茶山广场、自然风光兼野外拓展区等人文景观之后，沿路主干道两旁的溪流顺着长长的深山峡谷弯弯曲曲、时急时缓、奔腾而下，途中随处可见的象形石景观亦是惟妙惟肖、千姿百态。旁边的木栈道依山而建，栈道下水流潺潺，欢歌笑语。"快看，右边潋泷河对岸的山峰上有一块奇石，你们看像什么？"导游突然发问。众人坐在车上还没有反应过来，"那个侧身躺在那里的，就是济公醉卧石。"经他这么一说，我越看越像，有鼻子有眼的，还有那只破扇子，这不正是醉酒正酣的济公吗？真是栩栩如生，毫不夸张。

儿童水上乐园里硕大的紫砂茶壶是茶山的象征，竹子做成的连接可以把茶壶里的水引到小岛上的水井里。右边这个微拱的用七根树干作为桥墩的桥，名为心远桥，源于陶渊明《饮酒》诗文中的"问君何能尔，心远地自偏"。另外一个意思就是宁静致远，茶山人愿以此景带您远离城市喧嚣，还您一份宁静祥和的休闲天堂。下面的回廊为人工雕琢，水流直下给回廊装点了美丽的水帘，远观水雾飘渺，由此得名"梦幻迷雾"。人们在水帘洞中休闲赏景，别有一番韵味。

最值得一提的是远处右面山坡上的大地艺术——滴水观音，据说正在申请吉尼斯世界之最。令人惊讶的是，滴水观音的造型竟然是由栽种的常青树塑造出来的。观音菩萨从字面解释就是"观察世间民众的声音"的菩萨，是观音菩萨、文殊菩萨、普贤菩萨、地藏菩萨四大菩萨之一。她手持净瓶杨柳，大慈大悲，普救人间疾苦，具有无量的智慧和神通。眼前这位"滴水观音"手指惟妙惟肖，阳光照耀下宝瓶白光闪烁，实在是不可多得的一件大地艺术奇观。

由于车行太快，许多地方导游来不及介绍。我们乘车很快上到步行30分钟路程才能到达的茶山般若寺牌坊，开始步行登山。一路上我就纳闷，说是茶山，怎么到现在也没有看见一棵茶树呢？经询问，导游小韩告诉我：茶山原名叫东山。是块风水宝地，得到西王母的青睐，西王母派了山神化作道士在这里建立了寺庙，也就是现在般若寺旧址。还在"状元井"边上栽种了三棵茶苗，茶苗得到了天地精华和茶山泉水的滋养后，枝繁叶茂，高度比普通茶树高出数倍，茎干要几个人才能抱住，茶树的树荫就有数十亩地，是天下一大奇观；茶叶的香味很浓郁，茶山的溪水也清冽甘甜，茶叶顺着溪流而下，茶香四溢，闻香味者身体健康，饮茶水者耳聪目明，因此远近都称好，口碑也非常好，因此东山改为"茶山"。但是这茶树的神奇引起了坏人的非分之想，想把茶树据为己有。茶树有灵蛇守护，坏人在蛇饮水的路上倒插利刃，毫无察觉的雌蛇不幸腹部被利刃划开，雄蛇用茶末为它的妻子疗伤，茶神显灵救了雌蛇。雄蛇觉得人心恶毒贪婪，怜惜茶树会受到伤害，灵蛇就拔去了三棵茶树，但茶树的根部化作了三茶峰，这成为了茶山的主峰。

哦，原来如此。山友骑马看海马上建议，既然叫茶山，何不找个平缓的洼地，种上几片茶田，岂不美哉？小韩答曰：已经种了，还培育了茶树的新品种。哈哈，这就对了嘛，我也觉得这样还差不多。

途径状元井，我们纷纷在那里拍照留念。这是一个古老的景点，状元井由状元峨冠而来。站在寺前广场看这石头状若官帽式样，人们称其为"状元帽"又名"状元峨冠"。就这个貌似普通的状元帽，相传盘古开天辟地之时，12条火龙跑来茶山作乱。茶山一片火海，万物生灵难以存活下去。巧遇八仙之首的铁拐李到茶山修行，见这里生灵受苦，便只向天庭借来一口如意神钟，仙咒一念，钟里传出美妙的乐曲。12 条火龙挤到钟下看稀奇，这时只听"咣当"一声，他们被扣在了钟下，之后茶山才恢复了宁静。许多年以后，有一个糊涂皇帝来茶山游山玩水，听到这个故事感到好奇，他不管人们的灾祸，强行修了吊钟台，想把神钟吊起来听仙乐。可这钟太大了，谁也移不动，他便下旨将京城的新科武状元召来，吩咐说："你要把这口钟高高举起，吊在亭子里，寡人要听戏。"武状元说："启禀万岁，钟内有 12 条火龙，一旦举起，火龙势必逃出，茶山必将变成一片火海，百姓定会生灵涂炭，臣难从命。"昏君见武状元抗旨，恼羞成怒，要治重罪。武状元见皇帝如此昏庸，便摘下状元帽子，扣在神钟上，辞官回家去了。昏君看众怒难犯，只好作罢。所以直到今天，山门北坡岩上仍像官帽子式样，人们不忘替百姓着想的武状元，把他放置帽子的地方称"状元帽子"。从此，这口井就叫做状元井，在海拔这么高的地方，这口水井细水长流，常年不干。我在井口向下看了一下，很清澈，据说井水清冽甘甜，冬暖夏凉。相传在这饮过水的学子大部分都能金榜高中，因此取名状元井。就这口井的来历还有个传说。相传，寺庙建成后，百事如意，唯有用水困难，到了春天缺雨的时节，僧道往往要走几里地才能取到水，王母娘娘听到禀报，顺手从头上拔下仙钗在庙前一剜，撅出一口水井，水井深不可测，泉水常年从井口汩汩流出，解决了当地的用水之需。

　　一直往上，我们爬了不到半个小时终于来到茶山般若寺。这是山东省海拔最高的佛教寺庙般若寺，般若全称"般若波罗蜜"，梵文意为"智慧"，不是我们日常所说的"聪明智慧"，而是指洞视彻听、一切明了的无上智慧。为了跟普通的智慧相区别，所以用音译而不用意译。茶山般若寺始建于唐初，名三藏庙，历代重修。现在的庙宇是在清道光八年（1828 年）重修的基础上恢复而成，占地面积 50 余亩。般若寺背靠三茶峰，依山而建，主体建筑有三门殿、天王殿和大雄宝殿，大雄宝殿左右两侧有东西两殿。般若寺的建筑为仿清代的木结构宫殿建筑，气势宏伟。

　　我们进去依次看到的是三门殿，因为寺院的大门，一般都是三门并立，中间一大门，两旁各一小门，所以称为三门殿。佛寺三门殿内，在门的两旁塑两大金刚像，他们手持金刚杵，是印度古代十分坚固而又锋利的作战武器。他们是保卫佛国夜叉神，又名执金刚，是守护寺庙的两位门神，又称哼哈二将。

继续往上走，我们看到的东西两侧的是右边的钟楼和左边的鼓楼，常说晨钟暮鼓，按寺庙的制度，每天早上和晚上都会听见敲钟，听到这钟声可以解脱人的 108 种烦恼，钟楼供奉地藏菩萨，鼓楼供奉伽蓝菩萨。

再往上，便是天王殿，这是三门内的第一重殿，殿前楹联为：右联是深具慈忍力大肚能容容天下拂逆境上难容诸事，左联是广结欢喜缘满腮合叹笑世间名利场中可叹人。殿中间供弥勒菩萨，弥勒菩萨名"阿逸多"，是释迦牟尼佛的弟子。山中无佛便无魂魄。茶山的佛便是弥勒佛，还有一尊就是用葱绿树木顺山势栽植而就。"大腹能容，容天下难容之事；慈颜常笑，笑世间可笑之人"此种胸怀需要山水助一臂之力吧！捧一壶山茶，烧一柱佛香，世俗杂念一一抚去，只有"佛祖心中留"，清袖兜风，灵魂岂不超脱？虽然仅仅片刻，也足以安心一生。庙宇建在半山坡，要我说不如不建，"地做床褥天做被，醉卧天地间，我自逍遥"岂不乐哉？

我们再继续往上走，天王殿和大雄宝殿之间有个九龙壁，巧合的是，左边的松树，刚好三株合抱，右边石阶上的杏树恰好也是三棵，九龙壁里面的那不是三棵树，是一棵树一分为三，与三茶峰不谋而合，实在是妙。所以，整个寺庙与三茶峰融为一体。大雄宝殿即是正殿，是对佛主至高无上的尊称。大雄正殿前的楹联：右联是本来佛身清净圣凡一体菩提道当下圆成，左练是如是妙相庄严主伴齐彩灵山会严然未散。大雄宝殿基本采用了花岗岩，朴素，端庄，有中国传统的建筑风格翘角飞檐，草龙飞舞，看上去非常的精致灵巧，并且也融入了道家思想；主殿供奉的是释迦牟尼佛，释迦牟尼佛是佛教的教主，2500 年前印度释迦族的一位王子出家成佛，建立了佛教，所以称为释迦牟尼佛。释迦牟尼佛像旁的是两比丘像，一年老，一中年，这是佛的两位弟子。年老的名迦叶尊者，中年的名阿难尊者。佛涅槃以后迦叶尊者继领徒众，后世称为初祖。迦叶涅槃以后，阿难尊者继领徒众，后世称为二祖。两侧供奉的是十八罗汉像，这是因为佛在涅槃以前，嘱咐了十六位大阿罗汉，让他们不要涅槃，常住世间为众生培福德。

走到大雄宝殿的后面，便可以很清晰地眺望三茶峰，这分明就是茶山的主峰了。其真正得名是因其有三个山峰，又名三叉峰。我们发现最左边的山峰，中间有个缺口。最神奇的传说是，二战时期，美国的黑寡妇战斗机从航空母舰上起飞轰炸日本东京后返航，因燃油不足没法返回太平洋上的航空母舰，只能横过黄海在中国寻找降落地点，在没有找到合适地点就已燃油耗尽，撞在山峰上，形成了这个缺口，附近村民在状元井边上竟发现过飞机的残骸。

下山后，我们先坐了一段观光电瓶车，便下车游览刚才上来时错过的一些景点。在茶山广场旁，我抬头看对面起伏的山峰，导游说这叫卧佛山，卧佛山的最高点是两座卧佛头对头的地方，从最高点往左看，就像一个睡佛正在用右手抚摸着自己的肚皮，鼻子的轮廓也很清晰。通过右边的林荫小道我和水老师、紫衿来到"茶山黄龙"，听说如果再晚些时候，这里板栗树将是硕果累累。"黄龙"的意思是四川有个黄龙景区因其自然水景的奇特闻名，而在这儿引用这个名称是说茶山的水景也可以与黄龙相媲美。果然沿路我们所见的水景多少还是让我们感觉到了茶山黄龙的美景。茶山水源来自茶山水库，沿着桃花涧形成茶山特色的水景，水流时缓时急，时而瀑布倾泻，时而形成深潭，简直是美轮美奂。

走着走着，路右边"茶神"两个大字豁然映入眼帘。原来，眼前的"茶神"二字是唐朝玄宗年间的陆羽所写的。大家知道茶神是谁吗？陆羽自幼聪敏好学，诙谐善辩。他与名书家颜真卿，诗人张志和等结为好友，也有数首诗歌流传至今。陆羽生平嗜爱喝茶，精于茶道。他游历天下名山巨泽，遍尝名茶名泉。曾撰写《茶经》三卷十篇，备述各种茶性及采茶、制茶、煮茶、饮茶之法。陆羽因此被后人尊为"茶圣"，供为"茶神"。

茶山缘石刻位于茶山景区入口左侧，为中国海洋大学丁玉柱教授撰写。全文共 128 个字，介绍了茶山的由来。"天柱东南，泽山之阳。王母巡游，植茶山冈。三茶合围，高逾数丈。山民沉疴，求茶祛恙。歹人觊觎，灵蛇守防。雌蛇回家不幸刃剖肚腹之下，恶徒利刃原来密伏蛇道之上。雄蛇为妻敷茶疗伤，茶神显灵护生回阳。叹人心恶贪，怜茶树无双，王母灵蛇拔树去，其根化为三茶峰。念吾乡民祈愿，仙赐茶籽再生。众生得福，茶山成名。"

边往回走我边想，既然是新开发的景点，当然少不了人造痕迹。但是，在这里的人造景点看上去尽量顺其自然，使人文景观和自然景观高度谐和统一。譬如山与山的巧妙连接，仿造的长城拍照会以假乱真；光秃秃的大石上凿眼、搭棚，并栽上藤类植物，既好看又遮荫；巨大的茶壶、草棚、木屋等，既古朴又自然，既典雅又形象，徜徉其中或观后，让人身心放松，神舒意爽。

在鸟语花香中穿梭，在崇山峻岭中散步，让人完全忘记凡尘中的无端烦恼和苦闷，人与自然之美的共鸣让人心情激动，而人性美的无穷魅力更加影响有同样感触的人并使其受益终生。

寺边松树茂盛葱绿如海，风过时树声汹涌如怒涛澎湃，站在庄严的般若寺内观庙里的香火旺盛，看来往的善男信女络绎不绝，人们有的微微喜悦，有的轻轻惆怅，悠然，怡然，超然，物我都融合了，都诗情画意了。笨笨提醒，我也信则灵拜一拜，这也许就是外静内闲的美妙境地吧。

游完茶山，我们在平度茶山风景区伊启平总经理的接待下，在翠景苑生态餐厅品尝了当地丰盛的农家宴，大家频频举杯庆幸有缘欢聚。这家主营野菜、野味、家常菜的生态餐厅风格设计构成了茶山独特的风景，集中体现了传统艺术与现代艺术的和谐统一，山水之间融合生态园林之最，让游人在亲近自然、融入自然中尽享美食。我们就要离开茶山了，但这里的山石、山泉、山花、山寺，给我留下深深的印象。茶山象形山石栩栩如生，惟妙惟肖，移步变景，远近高低各不同。茶山泉水溪流沿着长长的深山峡谷，弯弯曲曲，时急时缓，时聚时散。细水长流、绿掩溪声。茶山山花是春天的使者，百花争奇斗艳。

茶山地域辽阔，规模宏大，后期工程还有农牧场、山野疗养区、山地特色体验区、苗木种植培育区、体育活动休闲区、中高档接待区、接待公寓和高档别墅区等等。祝愿茶山日臻完善，早日声名远扬。

令我感叹的茶山哟，一尊占满整个山体的观音菩萨，一把硕大的茶壶，佛音缭绕，绿树成荫⋯⋯

青春澎湃的日子

第三辑

行者无疆

青春澎湃的日子

陶伯河上的罗腾堡

　　夏季的一个上午，我们上了慕尼黑出发的红色火车，一个车厢里就坐了几个人。我们买的是 5 人的小团体票，很便宜，只要不出拜仁州即可。

　　这是一个悠闲的旅途。我和夫人，外加一个来自湖北的英语老师一共 3 人成行。从慕尼黑到罗腾堡，需要 3 个小时，倒 3 次车，好在德国的火车时间非常准确，就算换乘车的间隔只有 5 分钟，我们倒车的时间也是绰绰有余，因为那里的站台号写的也很清楚，一般不会走错。

　　在空空荡荡的火车上，我或眺望着窗外的原野，或眯上眼睛遐想一会儿，抑或合上眼睛小憩一阵子。总之，舒坦至极。打开车窗，外面的空气非常新鲜，遥望蓝天白云，辽阔宽广。

　　心情愉悦，时间就流逝的很快。随着一声鸣笛，只有 3 节车厢的小火车便到达了我们的目的地罗腾堡。罗腾堡位于莱茵河南面支流陶伯河东岸的高台丘陵上，海拔为 425 公尺，周围散布着许多绿色小丘，在一片绿意盎然中，这座由城墙完整环绕、城内尽是深深浅浅橘红色屋顶的中世纪城镇，老远就吸引了人们的眼光。

　　我们先找到游览图，吃了点东西，就开始了一天的古城罗腾堡之旅。罗腾堡的出现在历史上的时间并不明确，但确知在 12 世纪时此地已建有两座小城堡，一座是皇家的居所、一座是一位伯爵的宅邸，但当时坐落陶伯河畔高地上的罗腾堡仍是一个不起眼的小村庄。直至 13 世纪时，城市开始扩展，但是原有的两座城堡，却于 1356 年毁于一次地震中。罗腾堡今日的模样，包括外围的城墙和城内大部分建筑，就是在这场天灾之后，才陆续筑建形成。宗教改革后，罗腾堡也由天主教廷脱离，成为新教的支持者，甚至因而卷入 17 世纪初的 30 年战争中，以致于弄得城市贫穷不堪，使其在 17、18 世纪时无力对城市的扩展几乎毫无进展。但是，这个城市却也因而得以完整保存中世纪的风貌。

徜徉在慵懒、静寂的城镇小巷里，谁又能知道罗腾堡经历过的灾难。那是二次世界大战中盟军的猛烈轰炸，使全市陷入一片火海，而后成为一堆断瓦残垣，完全丧失其傲人的容颜。战争结束后，罗腾堡人站在陶伯河对岸、含泪看着面目全非的城市，誓言要完全恢复此地令他们骄傲的昔日模样。他们做到了，今天的罗腾堡是德国人创造的一个奇迹。由此，世人可从中了解到，这些看起来一板一眼的日耳曼民族，内心拥有的是如何澎湃的情感。

今天，一个完整的中古城堡摆在我们面前。这个一瓦一石完全依原样重建的城市，如今是德国最美丽的城市之一，是一个浪漫、温馨的小城。走在铺满石板的大街小巷，浏览着造型优雅迷人的各种建筑，罗腾堡真是令人流连忘返了。

这里卖风光明信片的小店很多。我喜欢这些东西，便走进去欣赏，被其中一张介绍德国旅游景点的明信片中迷住了。这张明信片上的画面是：被柔和灯光点缀的街道上，一座似积木搭成的房屋上覆盖着皑皑白雪，尽管看不到行人的身影，可照片里的世界却显得分外宁静、祥和与温暖。这个像在童话世界拍摄的照片一下子就让人记住了，它就是陶伯河上的罗腾堡。我自然欣喜地挑了好几张买下来收藏。还有，这里的点心也很受欢迎，大大圆圆的摆在橱窗里，五颜六色，看着就让人眼馋，我们买来一尝，果然味道颇佳，甜而不腻。同行的姑娘叫童芳，是我女儿的朋友介绍和我们同行的。来前她专门研究了罗腾堡。她告诉我们：从前出于战略上的考虑，整个古城建在陡峭的山坡上方，除受过轰炸外，得天独厚的地理位置使罗腾堡城在历史上从来没有从这里遭受到过攻击。延绵的陶伯河像一条玉带一样包围着古城。在此，我们沿着陶伯河沿边的小路行走，仍能看见一些以前当地人的生活痕迹，如保存完好的水力磨坊，这里的磨坊是过去谷物加工的天然动力来源。我想，如果晚上能住在小镇上，我们一定会来河边静静地倾听河水流动的声响，悉心体味这里的缠绵与神秘。

集市广场自古至今都是这座小城的中心，无论从城里哪个角落行走，只要知道方向，就肯定能走到集市广场。不知道方向也不要紧，抬头看一下，总能看到广场上市政厅高耸的塔楼。我们走到那里时，我发现广场上有一群游人仰头向上看着似乎在等着什么，一问才知道，他们是在等待市府大钟左右两边的小窗户打开。每天 11 时至 15 时之间的整点和晚上 20 时、22 时整点时分，这两个小窗户里便会自动打开上演历史剧"海量酒客"的剧情场景：老市长双手抱着一只大酒杯，一口气喝光了三又四分之一的法兰克葡萄酒，与此同时，皇家步兵统帅看着他惊讶得目瞪口呆。民间传说罗腾堡市在 1631 年 10 月 31 日这天就要毁于一旦，因为老市长的"英勇行为"而使这个可爱的小城免遭毁城之灾。而拯救了全城的老市长因此而昏睡了 3 天 3 夜。故事虽然是杜撰，但却完全符合了德国人的豪爽性格。

我们乐此不疲地穿行在小街小巷，这里虽小，却布满各种各样的博物馆及画廊，玩具博物馆、中世纪犯罪博物馆、德国圣诞节博物馆等等，值得一提的是，这里的博物馆除了重要节日休馆外，其余时间全年开放。我觉得，这小城的本身，就是一幅精美的明信片。看那些巧克力色的半木结构房子、四周种满的鲜花，总让人觉得这一切似乎都不太真实，更像是神话的世界。最喜欢铺满整个古城的鹅卵石路，原来它们并不都是建城以来就在那儿。由于战争的原因，炮火的轰炸曾摧毁了约40%的市区，不过热爱家园的罗腾堡人很快就重建了这座美丽的城堡。其中不规则的鹅卵石是以前人们用手打造的石卵，规则的自然就是现代机器的产物了。

走在街巷里，我看见有很多水井和水池，童芳一问当地人才知道，自古以来大大小小的火灾亦使这个小城饱受风霜，由于房屋密度极高，而且都是半木结构，"火烧连城"的景象在过去时有发生。即使是现在，大型消防车也因为城门太窄而不能驶进古城，所以在大街小巷的水井或者水池到今天仍然使用。即使在旅馆房间里，也印有特别的火灾逃生路线及方法，安全措施做到万无一失。

据说，中世纪时期的罗腾堡就已经成为德帝国的直辖城市，拥有独立的防卫和司法权。各项商贸活动繁荣，发展至 19 世纪已成为德国最富有浪漫情调的城市。我发现，这里现在仍保留着昔日的城墙，城门分别于 13 世纪和 14 世纪重新装修过。现在罗腾堡的 1 万多居民中，仍有 8000 人住在中古时期的土墙房舍中呢。这可真是一座古老的城市，随便一座教堂、一处长廊、一座喷泉、一个雕像，少说都有七八百年的历史。你看，那一道又一道拱形的城门，充满传奇色彩和古老印迹的护城墙，大大小小有 36 座之多的塔楼，汽车能从肚子里穿过的教堂，上了年纪各具特色的店铺招牌，外墙色彩缤纷并砌上了朱古力色花纹的半木房子，这一切都让我着迷，实在是太可爱了。

我还发现，在这里你永远也不会迷路，任何一条小巷都可通往中央市集，来来回回走几趟下来，那些本来陌生的小巷也似乎变得熟悉起来，高高低低的鹅卵石街道也变得更加亲切了。我想，街道两旁的未被损坏的歌特式和文艺复兴式的建筑，那弯弯曲曲的长廊，那一座座钟楼，那一个个巷口，仿佛无一不藏着一段古老的故事，更是一段历史的延续。我们登上高高的古城墙，沿着圆形的城墙一直走下去，偶尔从古城墙炮口上望过去，连绵不断的陶伯河似练，薄雾似纱，朗月清风，暗香盈动，有种越走越深越走越远的感觉，宛如时光倒流。

走累了，我们坐在遮阳的红伞下就餐，我们要了德国人制作的火腿和香肠，这是当地的特色，外加有些苦涩的德国啤酒品将起来，味道不错的香肠越嚼越香，杀头很大的啤酒愈品愈拿不下口，香醇无比。

啊，别了，陶伯河上的罗腾堡，你不愧为"中世纪宝石"的美名。

黄昏站上凯旋门

　　法国巴黎的凯旋门在我的心目中还是有位置的。我对小个子拿破仑还是挺"崇拜"的，打小就听说过他的故事。凯旋门，很多国家都有，它有一种象征性的意义，代表了胜利凯旋，它是巴黎的一张重要的名片，记录了拿破仑在奥斯特里茨战役中大败俄、奥联军的辉煌。

　　我们从协和广场经过著名的香榭丽舍大街前往凯旋门。早在 17 世纪，自从凡尔赛城堡的风景画家法国勒诺特于 1640 年请人在卢浮宫和杜伊勒宫的延长线上种下了一排树以来，香榭丽舍大街只是一个还未城市化的区域中心的一个长长的散步场所。它目前的轮廓成形于 1724 年，它延伸了杜伊勒花园的视线。半个世纪以后，它的西部通过目前巴黎的大街以及纳伊的戴高乐大街延伸到塞纳河，但是不久之后，重新把它界定在星形广场。从 1828 年开始，巴黎市政府对它进行了修整，建成了最早的人行道。1838年，某建筑师对香榭丽舍大街加以规划，包括如今依然保存的路灯。

　　香榭丽舍大街位于巴黎八区，城市的西北部。起始于协和广场，广场上矗立有方尖碑，大街由东向西延伸 1915 米，前半段较平坦，接着有一段上坡直到戴高乐广场，广场中心屹立着凯旋门。它笔直的街道让我们可以看到很远的地方：卢浮宫和它里面的金字塔、小凯旋门、杜伊勒花园、方尖碑、凯旋门，以及在西边更远处，巴黎城外的德芳斯大拱门。这是巴黎西边的历史轴线，是巴黎的骄傲与浪漫。香榭丽舍大街的前半段被绿地和一些建筑包围着，在它的高处，有很多奢侈品商店和演出场所，如电影院、香榭丽舍剧院等，还有许多著名的咖啡馆、面包房和餐馆等，我们在街上的长椅上休息时品尝了巴黎的有名的糕点。走在这条世界上最有名的美丽的街道上，人们会很自然感受到一种时尚、古典的气质和氛围。大街精品商店林立，我们时不时进去饱饱眼福，翻看一下那些精美但价码高得惊人的名牌服饰。据说，香榭丽舍大街是希腊神话中众神聚集之地，是传说中的极乐之地。它代表着奢华的生活、最新的时尚、处处给人意外的惊喜。这一条商业街浓缩着城市的历史与文化，彰显并代表了民族的传统与个性。

仔细观察，从协和广场一直延伸到凯旋门的香榭丽舍大街上到处都是尽人皆知的巴黎的象征和标志。我知道，这里见证了法国史上诸多的重要事件，如在庄严肃穆的气氛中送还拿破仑的骨灰，告别雨果的葬礼，欢庆巴黎解放，戴高乐将军穿行整条大街，庆祝世界杯足球赛法国国家队的胜利，等等。今天戴高乐将军的塑像骄傲地护卫着香榭丽舍大街。每年 7 月 14 日，这里都会有士兵游行庆祝法国国庆，我们去时正巧是国庆日前夕，大街两旁的路灯铁杆上挂满了法国国旗。目前，已有 110 多位国家元首在这条大街上被授予过荣誉。正如香榭丽舍大街总代表多米尼克罗代女士所说：一条街，若能标志着某种理念和自由的交换，那它就体现了其伟大。放眼全球，几乎所有的著名商业街都是它所在城市的象征与标志。

在落日之前，我们边走边逛，终于走到久仰的凯旋门前。诚然，凯旋门是巴黎最著名的建筑物之一。它位于巴黎夏尔戴高乐广场中心，是为纪念拿破仑在奥斯特里茨战役中打败俄、奥联军于 1806 年始建的，直到 1836 年落成，高 49.54 米，宽 44.82 米，厚 22.21 米。走到近前观察这个庞然大物，我发现它四面有门，中心拱门宽 14.6 米。外墙上有巨型雕像，以刻在右侧石柱上的《出征》浮雕最著名，是雕刻大师弗朗索瓦吕德的不朽杰作。门内侧刻有曾跟随拿破仑出征的 386 名将军的名字。门下有无名战士墓，并设有"长明火炬"，我看见不时有人站在前面默默祈祷。12 条林荫大道从广场辐射延伸，使整个凯旋门显得更加雄伟壮观。

凯旋门复古的全石质建筑体上布满了精美的雕刻。凯旋门中心拱顶内装饰着 111 块宣扬拿破仑赫赫战功的上百场战役的浮雕，它们与拱门四脚上美轮美奂的巨型浮雕相映成辉，使人感觉它不仅是一个古老的建筑，更是一件精美动人的艺术品。在它面向香榭丽舍田园大道的门楣上有两个著名的花饰浮雕：右侧门柱上的那个展翅的自由女神后跟随着朝气蓬勃前去出战的战士的雕塑是"志愿军出发远征"即著名的"马赛曲"；另一个"拿破仑凯旋归来"，表现了拿破仑大捷归来后举行庆祝胜利仪式的欢腾场面。这两个不朽艺术杰作在世界美术史上都占有重要的一席之地。

面向万军林荫大道的门楣上是由昂图瓦纳艾戴克斯雕塑的"共和国"和"和平之歌"大型浮雕。在这些巨型浮雕之上一共有六个平面浮雕，分别讲述了拿破仑时期法国的重要历史事件：奥斯特利茨战役，马赫索将军的葬礼，攻占阿莱克桑德里，热玛卑斯战役，强夺阿赫高乐大桥及阿布奇战役。门楣上还刻有由拿破仑波拿巴指挥的所有大型战役的名字及法国革命战争的名字。随着岁月的流逝，凯旋门这个曾经的拿破仑帝国军队的标志，现已成为今天法国爱国主义的标志，同时也身兼纪念性建筑的职责。

天边一片晕黄，美丽的黄昏即将来临。似乎那昔日战火的弥漫在空气中渐渐聚集，诱惑着我们决意要快些登上凯旋门。凯旋门的拱门上可以乘电梯或登石梯上去，石梯共273级，上去后第一站有一个小型的历史博物馆，里面陈列着介绍凯旋门建筑史的图片。另外，还有两间配有英法语言解说的电影放映室，专门放映一些反映巴黎历史变迁的资料片。每年的7月14日，法国举国欢庆国庆节时，法国总统都要从凯旋门通过；每当法国总统卸职的最后一天也要来此，向无名烈士墓献上一束鲜花。据说这座凯旋门还有一个奇特的地方，就是每当拿破仑波拿巴周忌日的黄昏，从香榭丽舍田园大街向西望去，一团落日恰好映在凯旋门的拱形门圈里。我们买票后沿着狭窄螺旋上升的楼梯上行，一直上到凯旋门的顶部平台，从这里可以鸟瞰巴黎名胜。

哈，我们终于站上了大名鼎鼎的凯旋门上面。黄昏里，12条林荫大道成放射状呈现在我们眼前，向四面八方伸展的放射形大道上的五彩的车河，就像一根根血脉在喷涌流淌，川流不息的车灯于夕阳相辉映，勾勒出一幅日落黄昏的动人景象。黄昏的霞光，染色了天空，给周围的建筑物都染上金色的光芒，我的思绪也融入到落日余晖的迷人景色中。

在某个傍晚的黄昏日暮，我站在凯旋门观日落，仿佛有一种"流水漂花杳然去，萋萋芳草向黄昏。兵戈直下凯旋门，贝当有负铁血魂。"的意蕴，我的黄昏登高计划实现了，满目的奥斯曼式建筑把我带到那逝去的巴黎旧时光中，千年的巴黎历史就这么在我的眼前静静流淌……

下了凯旋门，我和在凯旋门下准备国庆阅兵的法国大兵合影留念，他们很热情地摆出挺酷的姿态与我配合，留下难忘的纪念。

登临艾菲尔铁塔

法国巴黎的艾菲尔铁塔闻名于世，很早就想目睹它的丰姿，不久前终于有机会登临这座一直傲视群塔的大铁家伙，心中不由万分激动。

女儿去法国巴黎拍婚纱照，首选便有耸立在巴黎市区塞纳河的南岸的艾菲尔铁塔。这是一座闻名遐迩的"A"字型钢铁建筑，白天，它高大、庞然挺拔的身躯直插云天，夜晚，万盏彩灯挂在塔身，璀璨闪烁巍峨壮观。站在巴黎市区的任何角落，无论白天与夜晚，都能看到它伟岸的身影。

那天拍完婚纱照，我们决定登上艾菲尔铁塔一览巴黎的整个市容。买了 7 欧元的票，是那种爬到三分之一再坐直上的电梯的。我踏着这个大铁家伙的旋转阶梯，一级一级往上爬，不一会儿就冒汗了。啊，越登越高了，我不敢往下看，有些晕旋。看来我多少还是有些恐高症吧。终于登到电梯口，这下子轻松多了，能装 30 多人的大电梯一眨眼工夫就升上塔顶，上面已是人满为患。

听说 1886 年，为了纪念法国资产阶级大革命 100 周年和迎接世界博览会，法国政府决定在巴黎建造一座标志性建筑。在应征的 700 多种方案中，法国政府看中了工程师古斯塔夫·艾菲尔的建塔方案。就在决定建造这座铁塔时，却引来了国内的一片抗议、反对声。法国一批文学艺术家、建筑家极力反对在巴黎市区建造它，称它是"毫无意义的怪物"，破坏了市区的建筑美。法国短篇小说之王莫泊桑甚至扬言："铁塔建成之日，就是我出走巴黎之时，我要远离法国。"但在一片抗议、反对声中，法国政府坚定地支持艾菲尔的建塔方案，认为他的方案富有创新精神。

1889 年 3 月 31 日下午 1 时 30 分，历时 27 个月，艾菲尔铁塔终于建成了，全巴黎为之震惊，为之振奋。铁塔高320米，有1711个台阶，有高度57米、115米和276米的三层平台可供游览，第四层平台高度300米，设气象站。顶部架有天线，为巴黎电视中心。这个大铁家伙耗用钢铁7000吨，虽是钢铁建筑，但显得那样地轻盈，毫无笨重之感，并与周围的巴黎景点融为一体，产生一种协调美。在那激动人心的时刻，艾菲尔兴奋无比，他手持法国国旗，一鼓作气地登上塔顶，将法国国旗升起在塔顶上。为了纪念他的成绩，特将铁塔命名为艾菲尔铁塔，并在塔下建起了一尊艾菲尔青铜像。在抗议、反对和责难声中建造起来的艾菲尔铁塔，逐渐为世人所认可、接受，如今成了巴黎的著名风景点和标志性建筑，成为巴黎的象征，法兰西的骄傲。

这是一个晴朗的午后，当我兴致勃勃地登上了向往已久的艾菲尔铁塔举目远望时，心潮澎湃，热血沸腾。不管怎么说，这是一座世界上最为著名的铁塔。日本的东京塔我爬过，但没有这次激动。站在铁塔上瞭望，眼底是美丽的巴黎景色，美丽的塞纳河在静静地流淌，一桥飞架，来来往往的车辆川流不息，只是小得像一个个火柴盒。耳旁是浩荡的八面来风，巴黎的夏日还是很凉爽的，这可能与环境的绿化大气纯净有关。蓝天白云下显得天空高远、深邃……

最下层瞭望台面积最大，相当宽敞，设有会议厅、电影厅、餐厅、商店和邮局等各种服务设施。在穿梭往来的人群中，好像置身于闹市，而忘记这毕竟是57米的高空。从这里观赏近景最为理想。北面的夏洛宫及其水花飞溅的喷水池、塔脚下静静流过的塞纳河水、南面战神校场的大草坪和法兰西军校的古老建筑，构成了一幅令人难忘的风景画。我在这里拍了不少全景照片，简直是美极了。

中层瞭望台离地面115米。有人说，从这一层向外张望可以看到最佳景色。的确，淡黄色的凯旋门城楼，绿荫中的卢浮宫，白色的蒙马圣心教堂都清晰可见，色彩斑斓。傍晚登塔，则见夜色如画，繁灯似锦，翠映林荫，那些交织如网的街灯，真如雨后珠网，粒粒晶莹。这一层还有一个装潢考究的全景餐厅，终年都是顾客盈门。此时，心中是奔腾的激情潮水，身临其境触景生情，我不得不深深赞叹铁塔的厚重雄伟和艾菲尔坚韧不拔的毅力。

具有创新精神的艾菲尔，顶住了巨大的压力，建造了这座举世闻名的铁塔。无独有偶，我在德国游览新天鹅堡时，听说当时的路德维希二世花巨资修建新天鹅堡时也遭到众人的非议，但他义无返顾地建起了新天鹅堡，如今成了到德国必游的旅游胜地。由此我想到，一个新生事物的出现，开始总会引来一些非议。但是世界若总是墨守成规，没有发现，没有创新，那世界如何前进？因此，开拓、创新永远是人类前进的动力，是社会发展的不竭源泉。

在铁塔上饱览了风景如画的巴黎风光后，我夫人来到铁塔二楼的小邮局，在此精心挑选了一枚印有铁塔邮资图和铁塔全景图的邮资封，书写好地址姓名后盖上铁塔图案的邮截寄出来。我则挑选了艾菲尔铁塔的一套明信片和 DVD，留着回来慢慢欣赏。返回时，我回望塔身为钢架镂空结构的铁塔，有些恋恋不舍，如果说，巴黎圣母院是古代巴黎的象征，那么，我认为艾菲尔铁塔就是现代巴黎的永恒标志。

近些年来，巴黎市政府对铁塔进行了大的维修。从 1985 年圣诞节起，铁塔改用碘钨灯照明，夜晚塔身呈现金黄色，使艾菲尔铁塔既节省电，也更加美观耀眼。

我欣赏浪漫的巴黎人给铁塔取了一个美丽的名字"云中牧女"，但愿显示出法国人异想天开式的浪漫情趣、艺术品位、创新魄力和幽默感的钢铁杰作，与日月同辉，永远彰显出无比迷人的魅力。

第三辑 行者无疆

见证比萨斜塔

比萨斜塔很早就听说了，但这一次亲眼见证。

闻名于世的比萨斜塔位于意大利中部比萨古城内的教堂广场上，是一组古罗马建筑群中的钟楼。这座造型古朴而又秀巧的钟塔，是罗马式建筑的范本，然而它使人们惊叹诧异的地方还远不止这些。当每年80万游客来到塔下，仰望塔顶，无不对它那"斜而不倒"的塔身深表忧虑和焦急，同时也为自己能亲眼目睹这一由缺陷造成的奇迹而庆幸万分。

其实，经过多年修固，这座举世闻名的斜塔已经大可无忧。但是，到了近前我还是没敢爬上去。并不是杞人忧天，眼看着倾斜的塔身，仍是心惊胆战地担忧站在上面的人会不会顷刻间随着塔身的倒塌而摔下来呢？

那天天气非常炎热，游人们都是短打扮。尤其是少女们都纷纷将上衣下摆撩缠上去，仿佛穿上了三点式。更多的人站在离斜塔的不远处，充分发挥着自己的奇思妙想，摆着各种各样的动作和斜塔拍照留念。有人是仅一指扶斜塔于倾倒之际，有人是推波助澜推斜塔似旋即倾倒，也有人伸出手掌轻托斜塔于掌心，还有人将一个小女孩竖起了倒立，更有甚者三人叠罗汉敢于斜塔试比高，不失大将风度。

当然，建塔之初塔体还是笔直向上的。但兴建至第三层时，发现塔体开始倾斜，工程被迫停工。塔体出现倾斜的主要原因是土层强度差，塔基的基础深度不够（只有3米深），再加上用大理石砌筑的塔身非常重，因而造成塔身不均衡下沉所致。这种情况的发生，完全是由于建筑师对当地地质构造缺乏全面、缜密的调查和勘测，使其设计有误、奠基不慎造成的。塔停建96年后，又开始继续施工。为了防止塔身再度倾斜，工程师们采取了一系列补救措施。如，采用不同长度的横梁和增加塔身倾斜相反方向的重量等来设法转移塔的重心。但由于建成的三层倾斜已成事实，所以，全塔建成后，塔顶中心点还是偏离塔体中心垂直线 2 米左右。600 多年来，因松散的地基难以承受塔身的重压，仍然继续而缓慢地向南倾斜。塔基南面已开始下沉。特别是近一个世纪以来，塔已向南倾斜了大约 30 厘米，斜度达到 8 度。1972 年 10 月，意大利发生的一次大地震使斜塔受到了强大的冲击，整个塔身大幅度摇晃达 22 分钟之久，极其危险。幸运的是，该塔仍巍然屹立。这种"斜而不倾"的奇特现象，堪称世界建筑史上的奇迹，使比萨斜塔闻名遐迩。

　　但是，在我看来，这座堪称世界建筑史奇迹的斜塔，不仅以它"斜而不倒"闻名天下，还因为 1590 年意大利的伟大科学家伽俐略曾在斜塔的顶层做过自由落体运动的实验，让两个重量相差 10 倍的铁球，同时从塔顶落下，结果，两球同时着地，一举推翻了束缚人们思想近 2000 年的希腊著名学者亚里士多德关于重量不同的物体其下落的速度也不相同的"物体下落速度与重量成正比"的理论。伽俐略开创了实验物理的新时代，被人们称为"近代科学之父"，而他用来做实验的斜塔也因而更加在世界上遐迩闻名了。

　　所以，到意大利去旅行的人，几乎没有不到比萨去的，因为比萨斜塔的名气太大了，而这名气并不是由于建筑艺术上的高超与辉煌，而是因为它的"歪斜"成了世界建筑史上的"绝笔"，以及发生在这个斜塔上、被记入了初中物理课本的一个科学故事。

　　伟大的比萨斜塔，你太牛了！

卢浮宫镇宫三宝

艺术无边境，神圣而辉煌。

——题记

从小就久仰的法国卢浮宫，不仅是它的建筑恢弘且富丽堂皇，其收藏的镇宫三宝，更是令世人瞩目。这就是最著名的爱神维纳斯、蒙娜丽莎和胜利女神尼姬。

卢浮宫坐落在巴黎市中心，是举世瞩目的艺术殿堂和万宝之宫。这座举世闻名的艺术宫殿始建于 12 世纪末，当时是用作防御目的，后来经过一系列的扩建和修缮逐渐成为一个金碧辉煌的王宫。直到 1981 年，卢浮宫被辟为博物馆，如今馆内收藏的艺术品已达 40 万件，其中包括雕塑、绘画、美术工艺、古代东方、古代埃和古希腊罗马等 7 大门类，可谓包罗万象，种类繁多。

来法国必参观卢浮宫，去卢浮宫必看镇宫三宝。我也是本着这种信念走进庞大的卢浮宫的。卢浮宫正门入口处是一个透明金字塔建筑，它的设计者是著名的美籍华人建筑师贝聿铭。卢浮宫整个建筑群和广场及草坪总共占地 45 公顷，展厅面积大约为 138000 平方米。卢浮宫收藏了人类艺术古代部分的精华，有着"人类文明发展的总索引"之誉。而就卢浮宫本身来说，她就是一件伟大的艺术品，整个的卢浮宫是一个有着美丽花园的新古典式宫殿，主体建筑带有长廊，廊柱间有精美的雕刻作为装饰，显得古朴端庄，精致典雅。

缺憾美的断臂维纳斯

维纳斯是古代罗马神话故事里集爱神、美神于一身的神圣女神，同时又是执掌生育与航海的神奇女神。据说世界之初，维纳斯是从海里升起来的。当时统管大地的该亚女神与统管天堂的乌拉诺斯结合生下了一批巨人。后来夫妻反目，该亚盛怒之下命小儿子克洛诺斯用镰刀割伤其父。乌拉诺斯身上的肉落入大海，激起泡沫，维纳斯就这样诞生了。

我信步走在卢浮宫的宽敞明亮的大厅里，信念执著地朝着断臂维纳斯雕像的方向奔去。边走脑海里边浮想着有关维纳斯的传说。古希腊有一个美男子阿多尼斯，令世间所有人在他面前都为之失色，但他对恋爱没有丝毫兴趣，只喜欢驰骋于山林之间打猎。一天，维纳斯偶然碰到阿多尼斯，一见倾心，便招呼他希望与其谈一谈，但不愿接近异性阿多尼斯一口拒绝了维纳斯的好意。维纳斯用尽一切甜言蜜语，但阿多尼斯最后还是用轻视的眼神望着爱神维纳斯。

想着想着，我已经来到了人头攒动中的断臂维纳斯。曾经多次在画面里见过维纳斯雕像，这次真正看见了真品维纳斯，我还是内心不禁一阵激动。不管怎么说，维纳斯在我的印象中都是美的化身，是一种震撼人心的缺憾美。维纳斯的早期形象多风华正茂，容光焕发，后常被描绘成裸体女性。最有名的是公元前 2 世纪希腊雕刻，又称米洛斯的维纳斯。雕像为大理石圆雕，高 2.04 米，由阿历山德罗斯雕刻，1820 年在爱琴海米洛斯岛的山洞中发现，现藏法国卢浮宫博物馆。雕像高贵端庄，其丰满的胸脯、浑圆的双肩、柔韧的腰肢，呈现一种成熟的女性美。人体的结构和动态富于变化却又含蓄微妙，雕像体现了充实的内在生命力和人的精神智慧，在风格上接近公元前 4 世纪古典主义盛期的作品，为希腊化时期所少见。

此时，我屏住呼吸，手端着相机挤在人群中从不同角度拍摄着维纳斯雕像。此雕像残缺的上肢的确构成了一种独特的美感。断臂的维纳斯雕像是希腊米洛农民伊奥尔科斯 1820 年春天刨地时掘获的。出土时的维纳斯右臂下垂，手扶衣衿，左上臂伸过头，握着一只苹果。当时法国驻米洛领事路易斯布勒斯特得知此事后，赶往伊奥尔科斯住处，表示要以高价收买此塑像，并获得了伊奥尔科斯的应允。但由于手头没有足够的现金，只好派居维尔连夜赶往君士坦丁堡报告法国大使。大使听完汇报后立即命令秘书带了一笔巨款随居维尔连夜前往米洛洽购女神像，却不知农民伊奥尔科斯此时已将神像卖给了一位希腊商人，而且已经装船外运。居维尔当即决定以武力截夺。英国得知这一消息之后，也派舰艇赶来争夺，双方展开了一场激烈的战斗，混战中雕塑的双臂不幸被砸断，从此，维纳斯就成了一个断臂女神。

　　直到 2003 年 8 月 5 日，著名雕塑作品维纳斯的神秘断臂终于找到了！人们猜测了很久的这对手臂据称是在克罗地亚南部的一个地窖中重见天日的，而惊人的是近乎完美的维纳斯竟然长着一双丑陋的"男人手"。人们将断臂火速送往巴黎的卢浮宫，它们与维纳斯的雕塑拼在一起结果竟然惊人的吻合。多年来，艺术顾问们设想了多种断臂的姿态，如手举苹果、灯、衣服或是手指指向各个方向。但经过商讨，如果把手接上，维纳斯就再不是一件艺术品了，成为一件搞怪的普通雕塑，所以最后并没有接上。

　　我认为，断臂维纳斯这种独特的缺憾美，在现今社会仍能引起人们的共鸣。因为，我们的生活不就是这样吗？虽然看上去并不完美，但正在不断地日臻完美中。

蒙娜丽莎永恒的微笑

观赏完断臂维纳斯，我的下一个目标就著名画像《蒙娜丽莎》了。《蒙娜丽莎》是一幅享有盛誉的肖像画杰作。它代表达芬奇的最高艺术成就，成功地塑造了资本主义上升时期一位城市有产阶级的妇女形象。画中人物坐姿优雅，笑容微妙，背景山水幽深茫茫，淋漓尽致地发挥了画家那奇特的烟雾状空气透视般的笔法。画家力图使人物的丰富内心感情和美丽的外形达到巧妙的结合，对于人像面容中眼角唇边等表露感情的关键部位，也特别着重掌握精确与含蓄的辩证关系，达到神韵之境，从而使蒙娜丽莎的微笑具有一种神秘莫测的千古奇韵，那如梦似的妩媚微笑，被不少美术史家称为永恒神秘的微笑。

我终于随着人流来到了《蒙娜丽莎》画像前。本来以为这幅画像很大，但其实真品比想象中的要小得多。隔着画像拉着红线绳，全神贯注观赏《蒙娜丽莎》的人群离开一定距离围成了一个半圆，大家纷纷用相机拍照，观赏的人走了一批又来一批，始终保持了有上百人在那里围观欣赏。

我知道，达芬奇在人文主义思想影响下，着力表现人的感情。在构图上，达芬奇改变了以往画肖像画时采用侧面半身或截至胸部的习惯，代之以正面的胸像构图，透视点略微上升，使构图呈金字塔形，蒙娜丽莎就显得更加端庄、稳重。另外，蒙娜丽莎的一双手，柔嫩、精确、丰满，展示了她的温柔，及身份和阶级地位，充分显示出达芬奇的精湛画技和他观察自然的敏锐。

500年来，人们一直对《蒙娜丽莎》神秘的微笑莫衷一是。不同的观者或在不同的时间去看，感受似乎都不同。有时觉得她笑得舒畅温柔，有时又显得严肃，有时像是略含哀伤，有时甚至显出讥嘲和揶揄。在一幅画中，光线的变化不能像在雕塑中产生那样大的差别。但在蒙娜丽莎的脸上，微暗的阴影时隐时现，为她的双眼与唇部披上了一层面纱。而人的笑容主要表现在眼角和嘴角上，达芬奇却偏把这些部位画得若隐若现，没有明确的界线，因此才会有这令人捉摸不定的"神秘的微笑"。

我终于挤到《蒙娜丽莎》画像红线后中央位置，便用相机猛拍了一阵子。我站在那个位置停留了很久，心想来欣赏《蒙娜丽莎》画像的人，和我一样都是冲着蒙娜丽莎的名气来的，外行看热闹，也许真正的艺术家才能体味到蒙娜丽莎的永恒艺术价值吧。我眼前看到的《蒙娜丽莎》是棕褐色调，略带些青绿色相，色彩简洁而沉静，朴素而凝重。

《蒙娜丽莎》是法国巴黎卢浮宫的镇馆之宝，历史学家们一直为达芬奇名画《蒙娜丽莎》的原型众说纷纭，争论不休。尤其是画中人脸上神秘的微笑是人们猜测的不解之谜。一个名为谢文纽兰德的美国教授声称，他已经发现了《蒙娜丽莎》微笑背后的真正秘密。《蒙娜丽莎》脸上之所以永远带着微笑，是因为画中的主人当年在做达芬奇的模特儿时正好怀了身孕，是一个母亲对新生命即将诞生时产生的那种神秘的微笑。

达芬奇名画《蒙娜丽莎》是卢浮宫最负盛名的艺术品，据统计，卢浮宫 90% 的参观者都不会错过这个"微笑"。人们过分地喜爱她，总是无止境地探讨她那难以觉察的、转瞬即逝然而亘古不变的微笑，那洞察一切而又包容一切的眼神，那端庄沉稳的姿态，高贵而朴素的装束，以及无懈可击的完美构图，不厌其烦。就这样，蒙娜丽莎带给人们无限美好的遐想。这是一个神话，它与达芬奇无关，完全是后人制造的。神话像雪球，随着时间的推移不断滚动，无限膨胀，最终连神话的制造者也被吞没。

诚然，《蒙娜丽莎》是世界上拥有最多发烧友的一幅不朽名画，大名鼎鼎的戴高乐总统每当心绪烦躁时，必驱车前往卢浮宫欣赏《蒙娜丽莎》，出来后便满面春风。而蓬皮杜总统则公开承认无法克制对《蒙娜丽莎》的心驰神往之情。世纪伟人邱吉尔可谓是曾经沧海了，可他晚年有幸亲抚《蒙娜丽莎》时，竟无法控制颤抖的手指。铁娘子撒切尔夫人亦对《蒙娜丽莎》情有独钟，无缘享有真迹，就收藏了 4 幅赝品。据说，当年拿破仑得到《蒙娜丽莎》，为了将它装进现成的镜框，竟裁去了画面左右各 3 厘米，原先的画上两侧石柱现在看不见了，反而拓展了人物身后的风景画面空间，又很好地烘托了人物内心世界，人物形象也更为突出。

如今，蒙娜丽莎端坐在卢浮宫一处显要的位置，隔着厚厚的防弹玻璃，每天以我们熟知的、神秘而永恒的微笑迎候数以万计的来访者。这些朝圣般的观众心中装着各式疑问，他们渴望通过这一张温柔娴静的脸庞读出答案，然而离开时却将更多的问题带走。

毕竟，《蒙娜丽莎》是一幅画，一幅美丽的肖像，我们只要带着美好的憧憬，无需猜测那些疑问，去尽情地欣赏她，这就足够了。

胜利女神尼姬

胜利女神尼姬我以前不熟悉，但她亦是卢浮宫镇宫三宝之一。她的形象是长着一对翅膀，身材健美，像从天徜徉而下，披挂单臂的衣服，裸露了一个乳房，衣袂飘然。她所到之处胜利也紧跟到来。

无疑，胜利女神是胜利的化身，她是提坦帕拉斯和斯堤克斯的女儿。她的罗马名字叫维克托里亚，还是宙斯和雅典娜的从神。在提坦战争中倒戈向奥林帕斯并助其获胜。

这座胜利女神雕塑位于卢浮宫显要的位置，我走在参观大厅很远的地方就看见有一大群人围绕着她。走上近前一看，才知道雕塑胜利女神又称"萨莫德拉克的胜利女神"，是由原雕塑等比例缩小而来的。她产生于公元前3世纪，是古希腊的著名石雕刻，高3.28米。公元前305年，统治着小亚细亚的德米特里乌斯，在一次海争中大败统治着埃及的托勒密。胜利者在萨莫德拉克的海边悬崖上，置立了这尊美丽而富有气势的胜利女神像，以示纪念。我们现在看到的胜利女神像虽然已经头手残缺，但从保存完好的躯干中，仍能感悟到女神英勇、飘逸的气势。两支张开的翅膀和轻盈飞扬的衣裙，让人感到女神在空中腾飞，有着一种强烈的运动感。丰满躯体在薄衫下透露出力量和健康，表现了胜利和与之而来的喜悦。

当年在2004年雅典奥运会，2008年北京奥运会的奖牌的正面用的正是胜利女神雕像。

现在，保存在法国国家艺术宝库卢浮宫的这三件镇宫之宝，仍以其瑰丽的艺术价值和深邃的文化内涵向世人展示着无与伦比的巨大魅力。

水城威尼斯见闻

　　早就仰慕意大利的水城威尼斯，那是从知道《威尼斯商人》开始。意大利之行的最后一站正是这座向往已久的美丽水城。

　　威尼斯位于意大利东北部，是亚得里亚海威尼斯湾西北岸重要港口。威尼斯人口有 34.3 万，房屋主建于离岸 4 公里的海边浅水滩上，平均水深达 1.5 米，由铁路、公路桥与陆地蜿蜒相连。从住的酒店乘上公交车，很快直接就到了威尼斯水城。欧洲的一些城市夏季黑天很晚，我们一行当地 8 点 30 分到达那里，正好才是漫天飞彩霞的黄昏。夕阳下，一座座教堂和建筑物漂浮在水上，游船或快艇溅起雪白的浪花频繁往来穿梭着，形成了一幅曼妙旖旎的水上画卷。

　　第二天，我们继续游览由 118 个小岛组成的水城威尼斯，这座名副其实的水城以 180 条蛛网一样密布的水道、378 座桥梁联成一体，以舟相通，外形像海豚，整个城市只靠一条长堤与意大利大陆半岛连接，素有"水上都市"之称。其实，威尼斯水城早在公元 452 年起就开始兴建，这个城市，一度曾握有全欧洲最强大的人力、物力和权势，8 世纪曾为亚得里亚海贸易中心。当时，威尼斯地方上的农民和渔民，为逃避酷嗜刀兵的游牧民族，转而避往亚德里亚海中的这个小岛。10 世纪曾建立城市共和国，中世纪为地中海最繁荣的贸易中心之一。新航路开通后，因欧洲商业中心渐移至大西洋沿岸而逐渐衰落，1866 年威尼斯并入意大利王国。水城威尼斯工商业发达，有炼铝、化学、炼焦、化肥、炼油、钢铁等工业，并以生产珠宝玉石工艺品、花边、刺绣等著称。我们穿梭在热闹非凡的街头小巷，看见了琳琅满目的各种珠光宝气的工艺品，但价格都不菲。陆上的马尔盖拉港是重要油港和客运港，我们坐在游艇上沿海岸线观赏一路风光，看见

169

许多停在岸边的私人大型游艇，有的游艇上还停着直升飞机。这座驰名的水城旅游胜地，每天的游客都络绎不绝，据说每年有300万游客。

古老的圣马可广场是城市活动中心，广场周围耸立着大教堂、钟楼等拜占庭和文艺复兴时期的建筑物。站在偌大的中心广场上，观赏着可爱的鸽子飞来飞去觅食，和人们密切的接触，有的竟大胆地飞到人的头顶、肩头、胳膊或手上。离岸2公里处的线状沙洲至利多是欧洲最著名的海滨浴场，那里海滩辽阔，一望无际的地中海海面上空云朵变幻万千，光照透过云层放射出万丈光芒。沙滩上许多穿比基尼的美女在晒日光浴，海风习习，沁人心脾，那一顶顶红色的遮阳伞点缀的整个浴场显得异常浪漫、温馨……

威尼斯是一个美丽的水上城市，她建筑在原本最不可能建造城市房屋的水上。所以，威尼斯的风情总离不开柔情似水的"水"。徜徉在人潮流动的水城，蜿蜒的水巷，流动的清波，她就好像一个漂浮在碧波上浪漫的梦，诗情画意久久挥之不去。我们一边走一边浏览，听说这里建筑物是先在水底下的泥上打下大木桩，木桩一个挨一个，这就是地基，打牢了，铺上木板，然后就盖房子，这儿的房子无一不是这么建造的。所以有人说，威尼斯城上面是石头，下面是森林。当年为建造威尼斯，意大利北部的森林全被砍完了。这样的房子，也不用担心水下的木头烂了，它不会烂的，而且会越变越硬，历久弥坚。此前考古者挖掘马可波罗的故居，挖出的木头坚硬如铁，出水后见了氧才会腐朽呢。

沿岸的近200栋宫殿、豪宅和7座教堂，多半建于14至16世纪，有拜占庭风格、哥特风格、巴洛克风格、威尼斯式等等，所有的建筑地基都淹没在水中，看起来就像水中升起的一座艺术长廊。威尼斯有毁于火中又重生的凤凰歌剧院，徐志摩笔下忧伤的叹息桥，伟大的文艺复兴和拜占庭式建筑，世界上最美的广场之一的圣马可广场，有美得令人窒息的回廊，大师安东尼奥尼电影中最美的段落有一些就事在这里拍摄的。而且，这里是文艺复兴的一个重镇，产生过历史上最重要画派之一的威尼斯画派。德国音乐大师瓦格纳在这里与世长辞……

欧洲的天气一天中忽晴忽阴，刚才还是晴空万里，一阵乌云飘来，突然间瓢泼大雨就劈头盖脸淋下来，水城威尼斯也是这样。正走着，刚刚头顶上蓝天白云，西边的那一大片乌云就黑沉沉压过来，紧接着大雨滴砸下来，一阵电闪雷鸣，狂风夹杂着暴雨冰雹便狂泻在地上，我们随人群赶紧躲进屋檐下避雨。不少元宵般大小的冰雹砸落在水面上，溅出一朵朵漂亮的白色水花。骤来的狂风暴雨将停泊在海上的那些风雨飘摇的风桅吹得东倒西歪，剧烈摇摆不定。

过不多久，风过了，雨停了。天空仍是艳阳高照，晴空中更显得天高云淡，碧蓝通透。我们的游兴更加高涨，目标的重点开始转向那些颇有些味道的雨后小巷。岛上的小巷古色古香，清幽恬静。水道的小巷中，一艘艘高高翘起的装潢华丽的尖头船，在划桨人的掌舵下，从著名的叹息桥下优雅划过，仿佛穿越时空让我们又回到了鼎盛时期的水城威尼斯。

水城威尼斯，这个古老城市昔日的光荣与梦想，正通过保存异常完好的建筑延续到今天，她独特的气氛和天然风光令游人乐而忘返。

北京城最后的王府

恋恋不舍地走出四合院，雨已经悄然停了下来。我和夫人继续上了红包车，师傅拉着我俩穿过一个个胡同，七拐八拐，来到了坐落于北京市西城区前海西街 17 号的恭王府。恭王府始建于 1779 年，最早为清代乾隆朝大学士和珅的私宅。咸丰年间成为恭亲王奕䜣的王府，由此得名为恭王府。熟悉北京历史的人，都知道这么句话："一座恭王府，半部清朝史"，是北京现存规模最大最完整的王府，包括府邸和花园两部分，总面积达5.7 公顷呢。

恭王府里住过的人，除了和珅和恭亲王奕䜣，是不是还有其他什么人？这里又是不是曹雪芹《红楼梦》中贾府和大观园的一个缩影呢？这明清两代京城 100 多座王府中，保存最完整、最有典型意义的最后的王府，经历了老北京城的多少风风雨雨和历史坎坷，徜徉其中我仿佛看到了第二次鸦片战争的风云，更仿佛目睹了"辛酉政变"时奕䜣把慈禧扶上了"垂帘听政"的宝座……

细雨蒙蒙，走在如梦如烟的恭王府里，踏在齐整光滑的石板路上，历史的烟云掠过心头，不由感慨万分。石板路上偶有青苔夹杂其间，阳光透过树枝投下来，路面上光影斑驳，保持了古朴风格。我和夫人在雕梁画栋的屋宇回廊里穿梭，在不知穿过了多少个回廊之后，突然发现一个导游停了下来，一脸神秘："你们看那道墙！"顺着她手指的方向，我看见在葆光室东西两侧山墙处，有一道中间似乎被挖掉的黑墙。"这就是传说中的藏宝墙！"导游解释说。原来这道黑墙原本是"夹缝墙"，是在修缮之初发现的。当初建房子时通过山墙旁的一个回廊，巧妙地把墙给遮住了，让人误认为是回廊的一面墙。"你们猜里面藏了什么？"导游卖起了关子。大家七嘴八舌起来，"美女!""大炮!""玉玺!"……见人们越猜越离谱，导游忍不住笑道："怎么没有人猜是银子呢？是10万两黄金啊!"大概是游人都想沾沾"宝气"，从夹缝墙里走过的时候，墙上留下了不少人的手印。

徜徉在恭王府，最让我惊喜的地方还是恭王府的标志性建筑银安殿。推开头宫门，恭王府最主要的建筑银安殿就在眼前。银安殿是王府里最重要的建筑，用以举办重大庆典，如过年、过生日等。1921年元宵节时，因烧香失火，银安殿连同东、西配殿在内全部被焚毁，几年前还是一片废墟。新建的银安殿呈现出恢弘气势，殿顶铺设绿色琉璃瓦，飞檐之下彩绘金龙。专家介绍，由于银安殿相关史料缺乏，现在人们看到的大殿是多位专家根据遗留地基，加上历史资料而确定方案建造的。

过去的人靠读书长知识，现在呢，看电视剧养学问。譬如大贪官和珅，原本并没有多少人知道，毕竟是两百多年前的人物，可电视剧里一戏说，几百年前的那些起伏跌宕的故事就全记住了。和珅当年倒台，与高邮的乡贤王氏父子狠狠参了他一本有关。用如今时髦的词，就是关键时刻，王念孙王引之父子联手告了御状，提交了一个致命的弹劾案。文化人手上的笔，用好了就是一把刀，一刀封喉。结果"和珅跌倒，嘉庆吃饱"，史料记载，抄和珅家获得的赃物，是清政府一年的财政总收入呢。

恭王府是北京现存60余座清王府中唯一保存完整的一座，作为"王府文化"的珍稀标本，恭王府见证了中国最后一个封建王朝的兴衰荣辱，曾经的府主和珅、恭亲王奕䜣是当时声名显赫、权倾一时的权势阶层，对清朝历史产生过重要影响。作为清代介于皇宫和一般四合院之间的一个特殊阶层的载体，恭王府建筑群包含了丰富的文化遗存，是故宫、颐和园等皇家建筑之外的另一种中国古代建筑类型的典型代表。其中，既包含了先人留下的物质文化遗产，也包含了非物质文化遗产的丰富信息。经历31个月的修复，恭王府及其周边典型的老北京四合院保护区"金丝套胡同区域"，与5里以外的皇城故宫遥相呼应，形成层次分明的"皇室文化"、"王府文化"和"市民文化"景观，完全可称之为"清代中国社会的缩影，同时也是现今世上最大的四合院。

晋代书法家、文学家陆机的《平复帖》为恭王府"镇府之宝"，清代末年，遗失海外，后几经周折被爱国收藏家重金回购，如今藏于故宫博物院。

出了恭王府，我和夫人想找个地方吃点京城的特色小吃。打听当地人，一个老北京说，住在什刹海边，从来不会为哪里有美食发愁，只会被林立的酒肆食府而弄得眼花缭乱，难以取舍了。这里有百年老字号的烤肉季、颇具南方水乡风情的孔乙己酒楼、家庭作坊式不起眼的小餐馆东兴顺爆肚张、与小凤仙旧址一步之遥的帅府饭庄等，更不用说那些穿插其间数不胜数的风味小店了，真是比比皆是，应有尽有。

于是，我和夫人在恭王府附近一家老北京餐馆点了京酱肉丝、麻豆腐、酥饼和炸酱面等，我还专门要了北京的燕京啤酒，两个人吃得津津有味，美美地饱餐一顿。晚上，我俩又乘车跑到京城有名的秀水街，浏览着琳琅满目的商品，选择着那些物美价廉的所谓名牌，好好过了一把讨价还价的瘾。

当拖着一天的旅途劳顿躺在宾馆的床上时，京城里的这座风土气息浓郁古韵犹存的最大老四合院恭王府，却始终在我的脑海里闪现……我想在中西方文化对撞的今天，这种民族的文化才更具有不可磨灭的魅力。

坐红包车逛京城四合院

京城的夏雨下了一天，而且愈下愈大了，没辙，我和夫人钻进了京城特有的红包车。师傅说好了去逛逛京城的四合院。

好吧。那就去京城最知名的大金丝胡同甲33号吧！师傅说。这个33号的四合院，就坐落在这条悠长胡同的北折深处。周姓师傅边在前面蹬着三轮红包车边介绍着京城四合院的来历和门庭等级，沿路说得头头是道。红包车外雨哗哗啦啦没有停下的意思。坐在红包车里，我仿佛穿越在皇城根下的时间隧道里，走进了几百年前的紫禁城。这红包车，同时也让我想起了电影《骆驼祥子》里拉黄包车的张丰毅，颇感觉出一些京城的遗风古韵。

一路上，一辆辆红包车的车队迎面而过，看来串胡同、逛四合院的人流还真是络绎不绝。到大金丝胡同了，很狭窄，甲33号的宅门亦很小，一位姓张的老北京将我俩领进院内，里面豁然开朗，果真如刚才周师傅所说，方方正正的京城典型四合院。

四合院的主人老张将我俩带到东厢房，续上茶，便口若悬河地介绍起这个四合院来。他说：据《北京文物古迹辞典》记载，该四合院始建于明天启年间，距今已有400余年历史。明称静海寺，清代为槐宝庵，明清两代均为皇家寺庙，是什刹海边众多寺庙中的一个。清末成为民居至今。此院原为三进院，现33号为其中之中院。院中三间带廊北房保留完好，原为本院正殿、东西厢房和倒座各三间，并有东西耳房及跨院。占地面积约500平方米，其中建筑面积约300平米，院子面积约100平米。

伫足院中，仰视北房，黄绿相间的琉璃瓦在阳光照耀下与蓝天白云相得益彰、分外醒目。廊下近观，历经时光侵蚀的褪色横梁上，彩绘金龙仍依稀可辨，给人一种穿越历史、返璞归真的感觉。院内按照传统的四合院特色布置了天棚、鱼缸，种植石榴树、葡萄、竹子、爬山虎等绿色植物。主人巧用院中挖掘出的太湖石、试金石、旗杆石、柳叶石，布置出石桌等物品，既具观赏价值，又富生活气息。如果有人想和几百年前的历史亲密接触，这座古四合院还可以居住，让人慢慢体会老北京人日常生活中的点点滴滴。

在东厢一房里，院主老张别出心裁地把它布置成传统的新婚喜房。红色的蜡烛，大红的喜字，老式的炕床，龙凤雕花的古家具，这些细节中都传递出民俗的无比魅力。老张让我和夫人扮成新郎新娘，我戴上了大红花，夫人蒙上红纱巾，在我俩还在含羞脉脉的工夫，大老张按下了照相机的快门。

如果是两个结伴而行的朋友，东二房的标间布置会让来者满意。房间里放置着绿色植物的条案，传统的中国国画，给人一种清新自然的感觉。独行大侠来到此，也有居住的场所，可以安静地呆在这里一个人整理自己的思绪。独居房间院主精心挑选了具有中国传统特色的牡丹花被面，立式大古柜。当一个人静静地躺在传统的炕床上，相信一定会有别样的感受。我选择了一个可以看到整个院落全景的位置，屏气按下相机的快门，将京城里这地地道道的四合院的宁静之美拍摄下来。

浮山穿越

青岛浮山，位于青岛市区并跨市南、市北、崂山三区。浮山九峰排列峻峭秀拔，有着"浮山九点"的美誉。浮山为崂山向青岛市区的延伸部分，山体脉络呈东北至西南走向，东西长达5公里。

古人云：不识庐山真面目，只缘身在此山中。即所谓，远看山，近观景。我以前爬过浮山，是从此山的北坡，说是爬过，只不过刚上到浮山余脉的半腰，浮光掠影罢了。从浮山后六小区眺望冷俊孤傲的浮山，但见她九座山峰的整座山脉络呈自东北而西南走向排列，一脉相连，峻峭秀拔，九把利剑，直插云霄，又被称作"九峰山"。

其实，我认为，看山，远看有远看的意境，近观有近观的妙趣。原来的我的脑海里，浮山虽然近在咫尺，但一直听说浮山陡峭险峻，始终没有开发，有些地方很难攀爬。因为我除在浮山北面走马观花看过一次她的外表，并不知道她藏在闺中的真容。所以对我而言，应该是不识浮山真面目，只缘不在此山中。这次，我们要从南坡走进她，掀开其神秘的面纱。

浮山，顾名思义，就是浮在海上的山。它坐落于青岛市东部，市区的南面，为崂山向西南延伸的余脉，东西长5公里，南北宽2公里，总面积7平方公里，山脉一直延伸至青岛市区，最后断然止于胶州湾。海拔368米的浮山主峰，山虽不甚高，却常有云雾盘绕。站在山下，时常能看到"浮山戴帽，大雨来到"的山雨欲来风满楼的景象。

5月3日登临那天，恰是一个晴天，但雾气较重，不过远远望去浮山仍然依晰可见。浮山不算是一座很高的山，但很精致秀气，它紧邻着黄海，向北守护着岛城。我们一行沿青岛大学和海洋大学之间的青大一路往北走，很快就来到了浮山南麓进山的路口。一进山顺山路上行，满目的绿色扑面而来，树木和植物散发出阵阵清新的气息，我们就像来到一个绿色的天然氧吧，空气纯净，景色怡人。

边爬边赏景，越望上爬树木的枝叶越浓密。天有些闷热，紧走了一阵就大汗淋漓。我们坐在一块青石上歇息，在四周的青松和刺槐伸展开的枝叶掩映下，不一会儿就凉爽多了。石头旁开满了白色的野花，香气沁人心脾。

登上山坡，左前方的山丘上可以看到一个陈旧的白色圆顶楼阁。我小心翼翼地登上去向西南方眺望，在雾气中勉强能够俯瞰大楼林立的市容。此时的高楼大厦，一座座就像浮在仙境的海市蜃楼，朦胧飘渺，别有一番梦境。走下来开始向第一个山头挺进。我看到，与浮山山谷里和山腰以下的山梁生长着茂密的槐树不同，而在高处的山岭和山峰上却处处可见苍翠的黑松。起初，顺着山路走较平坦好行，但走了没多久，上山的山路就变得陡峭崎岖，险象环生了。有些地方，已不能称其为路，只是在岩石之间攀登了，有时还得手脚并用。

第一个山头就给了我们一个下马威。大家气喘吁吁地爬到离山峰还有几步之遥的地方，看到人们要大登上峰顶，必须穿过一片嶙峋峭立的山岩，那些陡峭的山岩张牙舞爪，两边是令人目旋的沟壑。我看见一些小青年毫不畏惧，一个个艰难却很灵巧地跳跃过去，他们凌峰而览，令人羡慕。我们几个老胳膊老腿的，为安全起见只好作罢。

我们在这里席地而坐，吃了些随身带的水果，补充了一点儿体力，便从这个山峰的南侧绕过去，很快，第二个山峰就展现在面前。一路上，风起云涌疑为山在晃动，树梢滴露恰似珍珠晶莹落雨，忽闻山涧欢声笑语，抬头张望却难觅人影萍踪。

越过山梁，我们想，这个山头我们不能错过了。大家顺山梁前行，北坡上，看到大片曾经被大火劫后余生的黑松，现在仍是一片焦黄的景象，令人触目惊心，像是对人们警示着大火无情，防患于未然，防山火重于泰山。好在这个山峰都是圆滑的岩石，虽然没有侧路，但凭我们的体能爬上去还是没有什么大问题的。一阵手脚并用，终于站上山巅。极目远眺，顿感天高地迥，身轻漂浮，惊叹宇宙之变幻无穷，倾身转觉离天近，举目回望万岭低，只觉得离天三尺三，山在足下，我只身在其中，此时穹天、高山与人妙趣融为一体。

第三个是仙人洞峰，仙人洞峰的山颠有两块巨石相倚而立，中间形成过山的通道，"仙人洞"因此而得名。我们从这里一过，虽然成不了神仙，但我看那些成年累月爬山穿越仙人洞的人们，练就个好身体是没有任何问题的。

不过，好容易爬上这两个山头，我们就只能在那里呼哧呼哧的喘粗气了。一路上，五一节来爬山的人还真不少，男男女女络绎不绝，大家三个一群，五个一伙，大多数是同学，有的是一家子，其中中老年人不占少数。他们许多人经常爬山，而且在长期的爬山锻炼中结成的"登友"。还有很多人在挖山野菜，看来可能就住在附近吧。远处，传来了喊山人长啸当歌"嗷——嗷——嗷——"的声音，受他们的感染，我们也情绪高昂，跟着敞开喉咙"啊——啊——啊——"地喊叫起来，尽情抒发满怀的豪情，同时也借此宣泄一下胸中的积郁。这时，山峰峦之间，喊声此起彼落，一阵阵啸喊在山谷峰峦中久久回荡……

第四峰危峭峰，山上怪石众多，有的估计达几百吨甚至上千吨。最引人注目的是在一处山峰的顶端，悬落着一块巨大的椭圆形石头，看上去有很大部分是悬空的，真可谓一触即崩的危石。该峰的北面，有一面高100多米，宽三四十米的直上直下的悬崖峭壁，如刀劈斧削。站在悬崖旁边往上往下一望，立觉眼晕腿颤。看来，从这条路线由西向东攀登浮山，步步为营，完成穿越不成问题。当我们鼓足干劲，奋力登上一个山峰后，再下来就会有一段山腰上比较好走的山岭小道，然后前方会又有一个陡峭的山头再等着我们征服。

如此这般循序渐进，当我们一连登上或越过几个山头后，终于又爬上了一个山顶。虽然，涔涔汗水浸透了衣衫，累得我们一个个上气不接下气，但看到浮山的山峰一座座被我们踩在脚下，这种爬上山峰"一览众山小"的兴奋，还是让我们像个孩子似的快乐。我忘情地骑上一块酷像飞马的青石，快马扬鞭，留下一幅天马行空、独往独来的雄姿，颇有些"魏武挥鞭"的豪气呢。这种优哉游哉的心境，久坐在办公室里是找不来的呀！

　　爬山途中，最令人陶醉的还是浮山的奇峰。一脉相连的浮山九峰，耸立的山峰，峰峰皆奇绝，而且她的奇绝浑然天成，没有丝毫的人工雕琢。再攀登上第五个山峰，回望黑风口的峰顶，巨石耸立，造型奇特，因5块巨石就像人的手指，所以有人又叫它"五指峰"，相当于第四峰，其山间有一块巨石就像倚山斜立的观世音，脚下是一只仰头爬山的石龟，栩栩如生，惟妙惟肖。在各峰之间的奇石中，形象千奇百怪，有的像俯卧的骆驼，有的像巨大的龙珠，还有些上面坑坑洞洞，像是穿越大气层时被燃烧而成，又被人命名为"天外来客"。浏览着浮山上的这些奇峰怪石，我不能不赞叹大自然的造物魔力，也不能不钦佩大自然的鬼斧神工了。在山峰上，我们石板做桌，天当餐厅，摆上了丰盛的午餐。这时，天空中飘来一阵凉风，略见铅灰云长的天上，悄然飘来一丝丝毛毛细雨。喝着罐装青岛啤酒，品着酒肴，眺望着远处山峰青黛明晦，座座山峰笼罩在云霭之中，清晰可见。

　　当我们又奋力攀登上一个山峰时，我看到在其东面的山峰中，霍然屹立着两座像巨大石笋的山峰，直上直下，犹如擎天的石柱直指苍穹。人们称之为"天柱峰"，从西往东排列为第七峰。天柱峰就是浮山的主峰，海拔300多米。在相当陡峭的主峰上，用肉眼也可以看清，两个小青年手扒峭岩，勇敢地登上峰巅，在山巅上直立着手搭凉棚远眺，此时让我感到了宇宙的浩瀚，人类的渺小，此情此景，也让我倒吸一口凉气，替他们捏着一把汗，当时幸亏没有什么风，要不可真太危险了。在天柱峰的脚下，有一座很破旧的小寺庙，据说，凡是攀登天柱峰的人，都要先到小庙里拜拜神仙，祈求平安、幸福。

　　在峭壁悬崖上，处处可见顽强的黑松盘石而生，根深枝繁叶茂，亭亭伸展如盖，使人感到一种苍劲、冷峻和古朴。在山上，雾气渐渐淡了下来，翘首眺望东面的崂山，雄伟奇绝，傲然矗立，远处山海相连，海天相接，天海一色。遥遥望上去，在天与海的连接处，隐约中闪耀着一条很长很长的水平线的淡蓝明亮的光带，一直向南方延伸开去。瞭望南面的浩淼黄海，蔚蓝色的波涛万顷，分不清大海与天际的界限。诸如大公、竹岔、小麦诸岛，以及航行在海上的巨轮，洋洋洒洒散落在一望无垠的广阔海面上，这些斑斑点点在淡淡的云雾中时隐时现。放眼西面的市区，一座座崛起的高楼大厦，鳞次栉比，错落有致。再看北面浮山后的这一大片新区，在群山峻岭的环绕中，一片片住宅楼排列整齐，浓绿中的红色瓦顶星罗棋布，四通发达的公路纵横交错，远远望上去恰似一幅美妙的图画。

下山途中，青山新雨，莽莽苍苍，满目翠微，山林里翠鸟鸣啼，婉转曼妙不绝耳畔，山涧里清流潺潺，"哗哗"的水声在小溪中欢响流淌，悦耳令人心旷神怡。我想，在时常受干旱困扰的青岛，市区的浮山为何就常年林木苍翠，泉水淙淙呢？原来是浮山的云雾变成露滴雨滴，滋养着林木花草，渗透进山的缝缝隙隙，整个浮山才始得如此苍郁滴翠，加之大海的水气蒸腾变幻为云霭，源源不断飘然而致此，这才有了浮山云雾不竭的源泉呀。所以，漫山遍野云雾的常年缠绕，也正是浮山得以涵养的巨大水源。在庵前和两侧山涧里，有许多人在汲水，浮山的泉水清冽甘甜，周围一些居民每天都用它煮饭和沏茶。我们便用喝完的矿泉水瓶子满满地灌了几瓶子，回家煮开泡茶，岂不乐哉？

这时，天色放晴，浮山的云的变化越来越美。眼看着山峰之间云缠雾绕，就像给山峦披上一层银白色的面纱，给人一种极其神秘和飘逸欲仙的感觉。浮山的云非常美，美在它的变幻与流动，一朵朵、一缕缕雪白的云絮，轻盈曼妙，从山峰、山腰间徐徐飘过，亦梦亦仙。进而，当整个山峰被云雾笼罩住的时候，我们就只能看到云的静谧和优雅。过不多久风来云动，只要在山上身临其境，就能感受到流云的飘动。云气会从人们的身边，从黑松树的针叶间，从嶙峋的山岩旁，或贴紧山梁，或沿着山坳，随风飞速地飘荡，乱云飞渡，从从容容。

下山来到公路上，恋恋不舍地回望浮山山峰，座座山峰依旧是那么静寂孤傲，直插云天，一层浓浓的云雾笼罩着，山势更显峻峭冰冷，淡淡的青霭显然是由大海飘来，为九座山峰披上洁白的纱衣，雄姿傲然，妩媚动人。哦，天地悠悠，情趣悠悠，今日方知浮山真面目，恰如仙境无限好，来日约定到此再攀登，旖旎风光花枝俏。

天幕城的欧陆风情

　　盛夏的一天黄昏，应夫人之约来到岛城辽宁路上的天幕城，果然凡响不一样。这里浓缩了青岛最具代表性的欧式老建筑，所到之处到处透着浓郁的欧洲风情。走在天幕城内，忘记了白天还是黑夜，天空的那一片蔚蓝呈现出既神秘又浪漫的气息，让人心情豁然开朗仿佛进入童话般的世界。

　　音乐流水般地荡漾在耳畔，徜徉在天幕城，一种前所未有的美妙感觉涌上心头，切身感触着视觉的剧烈冲击。在幽雅环境里的建筑更显别致，美轮美奂的"天幕映像"连续不断地放映，妙趣横生的画面给人以心灵上的震慑，让人享受到这视觉景观的饕餮大餐。青岛天幕城位于市北区城区的中心地带，总长达 528 米，总建筑面积 10 万平方米，其中天幕面积 8900 平方米。它与夜幕下热闹的青岛啤酒街相毗邻，与之共同构成市北新的文化地标。这里历史上就有"清溪庵"的地脉和老东镇的人脉，悠久的传统文化共同塑造了天幕神韵。

　　徜徉其中，切实感受到天幕城奇特与魅力。大胆创新的欧陆风格独具特色，并采用大跨度、穹形天顶全封闭建筑方式，使城街融合，城中有街、街中有城，欧式的建筑风格比比皆是，西式的洋房，彩绘的外墙，黑漆的铁栏杆，更增添了浓郁的异国文化气息和浪漫情调。走进室内，精美的装修又不乏雕梁画栋、古色古香的民族风情神韵，确是一座中西合璧、集合多种建筑元素的艺术之城。

　　这里，视觉艺术引导着都市休闲的前卫时髦潮流。从正门入城，首先映入眼帘的是象征吉祥如意的火炬和几组立体造型，那些以汉白玉为材质雕刻的生龙活现的浴女，体态丰盈、婀娜多姿，恰似出水芙蓉，在喷泉与水电光交相辉映下，营造出温情妩媚的艺术风情。在它的正面，一个雕塑般的古铜色人像一动不动地立在那里，我刚想给他拍照，他突然很神秘地眨了一下眼睛，却将我吓得浑身一哆嗦，啊，原来是个大活人呀！一旁用高科技制作的老榕树，赋予了生机勃发的"气根"生命活力，树枝自由伸展着，枝繁叶茂生机盎然，既彰显着历史的沧桑，又象征着吉祥长寿，是一个很理想的摄影佳处，我赶紧让夫人以此为背景，给自己留下寓意着幸福美满的身影。

我边走边抬头翘望，辽阔的天幕上繁星似锦，点缀着飞天祥云，以古希腊神话题材描绘的一幅轻盈多姿的少女形象映入眼帘，顽皮可爱的女童伴在她的身边，活泼可爱。突然，我觉得一个银白色的庞然大物从头顶一掠而过，惊咤之余，又发现蔚蓝色的天幕空中，一架架飞机迎面飞来，就像小时候戴着墨镜看过的立体环形电影，触目惊心，非常逼真。在入口内侧晶莹剔透的水幕墙上，天水相连的蒙蒙细雨，飘飘洒洒犹如天女散花般飘洒下来，从天而降的"花雨"汇成温馨曼妙的淙淙细流，酿造出江南春雨多情思的心泉乐曲。

沿街漫步下去，胶澳总督府、亨利王子饭店、青岛市民大礼堂、胶澳帝国法院、八大关花石楼和大港火车站等20多处青岛著名历史建筑融入到步行街的造型里，让游人不由想到眼前这一座座建筑，都承载着百年青岛的文化历史，其背后都有着饱含辛酸与风情的传奇，那一段难忘的殖民统治将成为永久的历史。天幕城里充满了文化气息。一组组的乐器小合奏，有男有女，既有西洋乐器黑管、长笛等，又有传统的小提琴演奏，旋律悠扬，气氛热烈，那天籁般的音乐，幽谷般的宁静，美幻般的景致，使人们远离城市的喧嚣，为忙碌奔波的人们营造了优雅从容的意境，将游人带进艺术的海洋里畅游享受。

人以食为天。天幕城以国内高端餐饮业为主导，吸纳国际特色餐饮，荟萃了国内及世界各地的名店、名厨、名菜、名宴。我发现，在这些名店里就餐的客人络绎不绝，甚至人满为患，听说吃的东西主要有：名列全国餐饮百强第三的小尾羊、扬名江南的淮扬菜、海润香港老饭店的粤菜、精致味美的上海菜、峰记港式火锅、喜来涮重庆火锅、西亚风情的新疆菜肴、天赐食府酒店的鲁菜和欧式菜，等等。这里还有港台式的中西合璧的茶餐厅和各式酒吧、咖啡厅，人们可以在红烛的艳光里，优雅地呷着"马哆利"、"干邑"，同时品尝着茗茶醉人的清香，又能喝上刚出锅的味道极醇的青岛啤酒。

走着走着，看到前面围了一大帮人，原来是一个艺人在"玩火"，只见他双手执火把，一仰头一股烈火从他口中喷出，熊熊燃烧。路边还有画像的、做陶器的、捏泥人的，一应俱全。再往前走，看见天幕城"红叶红"大剧院门前张灯结彩，音乐声铿锵震耳，听说里面5000平方米的天幕演艺大厅就要上演形式多样、丰富多彩、高雅健康的节目。看节目单上有歌舞、模特表演、小品、杂技和绝活等，据说观看者也可以抱着吉他、贝司或拿着话筒跳到台上，和演员一起尽情歌唱，又可无拘无束随着节拍狂歌劲舞，现场互动，激情狂欢，体现出"动感、时尚、火爆、娱乐"的热烈气氛。

如今，灯火闪烁的天幕城已成为青岛的"百老汇"和"欢乐谷"，使游客们在品尝天下美食的同时，还能感受到青岛独特的城市魅力、文化内涵和欧陆风情，成为令人倾慕并向往的魅力之城。

二十四桥寻源

杭州有个西湖，扬州有个瘦西湖，瘦西湖里有个二十四桥。一到扬州就听人这么说。但为什么叫二十四桥呢？这个疑问一直在我心头萦绕。

到了瘦西湖，本想荡舟湖中，有人提醒，如乘舟还怎么有时间去游览著名的二十四桥？对呀，也是的，来瘦西湖不游二十四桥岂不冤枉?! 于是，便一边按人的指点前行，一边听着导游小姐的讲解。追根朔源二十四桥的来历有两种说法：一种说法二十四麻桥。据沈括《梦溪笔谈·补笔谈》，唐时扬州城内水道纵横，有茶园桥、大明桥、九曲桥、下马桥、作坊桥、洗马桥、南桥、阿师桥、周家桥、小市桥、广济桥、新桥、开明桥、顾家桥、通泗桥、太平桥、利园桥、万岁桥、青园桥、参佐桥、山光桥等二十四座桥，后水道逐渐淤没。宋元佑时仅存小市、广济、开明、通泗、太平、万岁诸桥。现在仅有开明桥、通泗桥的地名，桥已不存。另一种说法：桥名"二十四"，或称二十四桥、念四桥，又即廿四桥。据李斗《扬州画舫录》录十五："二十四桥即吴桥砖家，一名红药桥，在熙春台后。"红药桥之名出自姜夔《扬州慢》："二十四桥仍在，波心荡，冷月无声。念桥边红药，年年知为谁生?"吴桥砖家在扬州西郊。梁羽生采用此说，所写扬州竹西巷谷啸风家就在此桥附近，出处可见梁羽生《鸣镝风云录》。后来，扬州新近修复了二十四桥景区，它由玲珑花界、熙春台、单孔石拱桥及望春楼四部分组成。看来，这一新建景区是采用桥名"二十四"之说修建的了。

"青山隐隐水迢迢，秋尽江南草未凋。二十四桥明月夜，玉人何处教吹箫"。这首诗已流传了 1000 多年，可谓妇孺皆知。诗因桥而咏出，桥因诗而闻名。唐朝诗人杜牧的一首咏二十四桥诗，引起了历代许多人的追寻，这是一个有趣的文化现象。现五亭桥西面，即二十四桥之所在。单一个桥名，就引动多少文人学者打了 1000 多年的笔墨官司。《扬州鼓吹词》说："是桥因古之二十四美人吹箫于此，故名"。原为吴家砖桥的二十四桥，周围山清水秀，风光旖旎，本是文人欢聚，歌妓吟唱之地。唐代时有二十四歌女，一个个姿容媚艳，体态轻盈，曾于月明之夜来此吹箫弄笛，巧遇杜牧，其中一名歌女特地折素花献上，请杜牧赋诗。传说是优美和曼妙的，也有野史说成是隋炀帝的作为，二十四桥即炀帝以歌女人数而改名，但无以稽考，只能留给后人鉴赏。宋代沈括是以严谨著称的，他在《补笔谈》中，对二十四桥一一考证，论证扬州确有二十四桥，证明了扬州无愧于"桥乡"的称号。曹雪芹在《红楼梦》中借黛玉思乡之情，特别提到："春花秋月，水秀山明，二十四桥，六朝遗迹……"。文学家朱自清也曾满怀激情地追忆故乡"城里城外古迹很多，如文选楼、天保城、雷塘、二十四桥"。

现在的二十四桥代表作为单孔拱桥，汉白玉栏杆，如玉带飘逸，似霓虹卧波。该桥长 24 米，宽 2.4 米，栏柱 24 根，台级 24 层，似乎处处都与二十四对应。洁白栏板上彩云追月的浮雕，桥与水衔接处巧云状湖石堆叠，周围遍植馥郁丹桂，使人随时看到云、水、花、月，体会到"二十四桥明月夜"的妙境。我信步从桥上走过，脑海里想着的却是遥远年代里杜牧当年的风流韵事。我沿石阶拾级而下，桥旁即为吹箫亭，小亭临水边桥畔，小巧别致，亭前有平台，围以石座。我想，若在月明之夜，清辉笼罩，波涵月影，画舫拍波，有数十歌女淡妆素裹，在台上吹箫弄笛，婉转悠扬，天上的月华，船内的灯影，水面的波光融在一起，定会使人觉得好像在浩瀚银河中穿行。听吧，桥上箫声，船上歌声，岸边笑声汇在一起，此时再咏诵"天下三分明月夜，二分无赖是扬州"，你定会为唐代诗人徐凝的精妙描写抚掌称绝了。

扬州位于长江与京杭运河交汇处，自隋唐以来就是中国繁华富庶的文化与商业名城，可谓物华天宝，人杰地灵。自古扬州出美女，比如"二十四桥明月夜，玉人何处教吹箫?"里的"玉人"和"吹箫"，应该就是美女们的展示舞台了。这些昔日二十四桥的风月事，又有多少姑娘沉湎于幽幽烟雨中……

晚霞中的红蜻蜓

　　入秋了，雨后总会看见美丽红蜻蜓的身影。梦幻般的晚霞里，轻盈的红蜻蜓漫天飞舞，一个漂亮的转身，一个优美的滑翔，花迷醉人眼，情舒意满怀……晚霞中的红蜻蜓／请你告诉我／童年时代遇到你／那是哪一天／提起小篮来到山上／来到桑田里／采到桑果放进小篮／难道是梦影／晚霞中的红蜻蜓呀／你在哪里哟／停歇在那竹竿尖上／是那红蜻蜓。

　　这天雨后在海边散步，看到了在草地上空漫天飞舞的蜻蜓，豁然想起这首日本民歌。晚霞中，一只美丽的红蜻蜓在风中飞舞，薄翼带着草叶淡淡的芳香，带着露珠清新的气息，带着欢欣的愉悦，在鲜花和绿叶间翩翩婆娑。

　　这首充满童趣温馨而浪漫的民谣，是我在大连外国语学院读书时学会的。当时教我们的是一位年轻漂亮的女老师，她的声音清脆纯情，同学们很快就被清纯而欢快的旋律所吸引住了。记得我班的三个女同学，一个叫狐狸，上海人，长得就像狡猾的狐狸，一个叫狗狗，成都人，平时憨厚得就像狗狗，一个叫猫咪，北京人，是一只充满智慧的猫咪。她们三人的嗓音都很好，就被老师选来组成女生多音部小合唱，春节时登台在全校的舞台上演唱，博得台下雷鸣般的掌声。从那时起，我班的这三个女生和《红蜻蜓》这首歌就被刮目相看并情有独钟了。

　　其实，在自然界里，蜻蜓种类最多的还是我们常见的黄蜻蜓，见多了习以为常，好像就没没什么稀罕了。我的印象中蓝蜻蜓也比较少见，故而也挺令人青睐。前不久登山，我在八水河边有幸看见了花蜻蜓，个头不大，基本上呈蓝色色调，感觉很美。但是，我心目中最喜欢的还是这一见钟情情有所寄的红蜻蜓。直到现在，我还经常在梦中梦见她那美丽娇媚的身影：晚霞中，明媚的霞光闪烁，一只精巧的红蜻蜓向我飞来，它低低地飞到花团锦簇的万花丛中，扇动着一双美丽动人的透明翅膀，妩媚妖娆，楚楚迷人……啊，看见红蜻蜓的时候，我总是很珍惜，它给我带来欢笑，虽然红蜻蜓很少见，但我觉得它始终围绕在我的身边。

那年夏天的黄昏，也是刚下过雨，我在一家栈桥海边的向日葵酒吧和朋友听着音乐，喝着"蓝山"咖啡，透过大大的玻璃窗，看见这座老房子的后面是一块很大的空地，有一排翠绿的冬青墙，一大群美丽的红蜻蜓在周围飞来飞去，有的在空中自由飞翔盘旋，有的飞舞中急停轻轻落在枝叶上。

这时，我突然发现，吧厅里流淌的音乐，正是小虎队唱的《红蜻蜓》：飞呀，飞呀，看那红色蜻蜓飞在蓝色天空，游戏在风中不断追逐他的梦，天空是永恒的家，大地就是他的王国，飞翔是生活，我们的童年也像追逐成长吹来的风，轻轻地吹着梦想，慢慢地升空。红色的蜻蜓是我小时候的小小英雄，多希望有一天能和他一起飞，当烦恼愈来愈多，玻璃弹珠愈来愈少，我知道我已慢慢地长大了，红色的蜻蜓曾几何时，也在我岁月慢慢不见了，我们都已经长大，好多梦正在飞，就像童年看到的红色的蜻蜓，我们都已经长大 好多梦还要飞，就像现在心目中红色的蜻蜓。

听着听着，我动情地随着歌曲的旋律哼唱起来。眼前，是多么壮观而罗曼蒂克的动人景象啊！我忍不住走出去，站在冬青树旁，仰起脖子，任一群群红蜻蜓围着我盘旋飞舞。在我的眼里，这夜空中飞舞的红蜻蜓，在栈桥路灯的照耀下显得又大又红，像一架架红色的小飞机，盘旋着上升，盘旋着下降。灯火的余辉在他们飞速振动的翅膀上抹了一层夺目的金色，每只红蜻蜓都像是笼罩在一层神秘的光环中。朋友们也被这奇妙的景象吸引住了，一个个纷纷跑出来，仰着脖子一直看到脖子酸痛得受不了了。

哦，这是一个缤纷绚丽的黄昏，这是一个痴醉痴迷的夜晚，晚霞中的红蜻蜓在飞旋舞蹈，雨后海边的傍晚能遇到红蜻蜓这些小精灵，也是一种无比的幸福和幸运，红蜻蜓那舒展飞翔的的美丽景象，至今令我浮想联翩呢。

秋游花果山

2007年10月27日到28日，青岛的部分战友在李江东的赞助下，由吕兴藻带领从敏、老邢、宗鲜、高海峰和李岩等战友在连云港寻访花果山上军营旧址，并畅游了焕然一新的花果山风景区。

27日下午3时许，青岛战友乘车到达连云港市"鱼水情"宾馆，并先后有济南方向的张天民、于永盛和无锡的姜永强会合。当天晚上，原花果山部队老政委田彭涛在宾馆设宴招待了来自各方的战友。席间，战友们畅叙昔日在部队的友情，感慨万分。忆当年战友都风华正茂，把人生最美好的青春年华献给了部队，献给了可爱的花果山。如今，战友们已是年过半百，两鬓斑白，飞逝的岁月将沧桑刻在了额头上。

第二天上花果山，汽车沿着盘山路蜿蜒上行，周围的山景映入眼帘，秋天的景色绿中寓黄带红，一派江南山峰的峻秀。我们一行就先来到花果山山顶的"军魂永驻战友情长"石碑前，认真地读着石碑上刻着的那一行行熟悉的战友名字，并在石碑前拍照留念。

来到战友们工作过的工作房，李江东特意在里面留下了珍贵的照片，对曾经的工作情景仍记忆犹新，难以忘怀。在曾经住过的那一排石头房子前，李江东感慨地说："当年清早一起床，只要天气晴朗，我们向东方眺望，一轮红日从海面上冉冉升起，灿烂的朝霞映红了整个大海，景象非常壮观绚丽。"

参观完战友们昔日战斗过的地方，我们游兴未尽，仍然颇有兴致地游览了名气越来越大的花果山。花果山位于连云港市南云台山的中麓，原名苍梧山，亦称青峰顶。因吴承恩创造神话小说《西游记》取材于此，故名花果山。其绝顶玉女峰海拔625米，为江苏最高峰。云台山原为黄海中的一列孤岛，于清康熙五十年（1711 年）前后成陆地，在云台山诸脉的共157 峰中，花果山尤为有名。花果山的水帘洞瀑布如银河倾泻而下，水珠如帘，恰似高山流水遇知音，印心石屋伴灵泉，雾中的水帘里人影晃动，时隐时现影影绰绰，站在下面仰视着这动人心魄的景象别有一番韵意在心头。

据说，早在 5 万年前，就有人类在连云港这一带活动，锦屏山南麓的桃花涧，就是旧、新石器时代遗址。花果山是连云港最具特色的风景区。若值阳春三月，"看红杏著花，绿丝映带，尤幽艳增媚。"我们是在秋季来的，山上的树木已经由绿在渐渐的变黄掺杂着些许红艳，呈现出秋的壮丽与成熟之美。入得山来，边走边看，真是处处有景，景景有神话传说。啊，多少年来，有多少游客怀着美好遐想，结袂联翩深入"洞天福地"，领略这富有神话色彩的诱人风光呀。

现在，花果山的盘山公路已可直达玉女峰，由登山梯道步行攀援亦甚方便，各处景点经过整修均已旧貌变新颜，花果香飘四季，游人络绎不绝。《西游记》这部杰出的小说勾画出孙悟空基本的性格轮廓，后人重新塑造悟空，无论如何变化，几乎都能在《西游记》中寻到源头。花果山的主庙三元宫的楹联是这样写的："一部西游未出此山半步，三藏东传并非小说所言"，踏替吴承恩老先生清清楚楚地诉说着花果山的"神韵"与"古奥"。

漫步山中，花果山上的各色花果漫山遍野，大小猴子神出鬼没，犹入无人之境。哦，这次回老家省亲，一种回归大自然的心旷神怡，更为俺增添了无尽雅兴和旅游的情趣。风光无限好，美景在天上，不由我想起了宋代苏东坡的诗句："郁郁苍梧海上山，蓬莱方丈有无间。旧闻草木皆仙药，欲弃妻孥守世寰。"

哦，花果山的明天会更好。回返的路上，战友们回望花果山仍淹没在烟波浩渺之中，我相信随着连云港经济建设的飞速发展，连云港的整个面貌也会日新月异，花果山的名气也一定会与日俱增，迎来更多来自五湖四海的客人，扬名世界。

虎丘解读

游苏州定园，顺便逛虎丘，岂不乐哉。

宋代大文豪苏东坡早已在 1000 多年前就说过到苏州而不游虎丘乃是憾事。

千年以来，大名鼎鼎位于苏州古城西北，距阊门 3.5 公里的郊外的虎丘山依托着秀美的景色，悠久的历史文化景观，享有"吴中第一名胜"的美誉。

虎丘又名海涌山、海涌峰、虎阜，海拔 34.3 米，占地约 20 公顷，山体为距今一亿五千万年的中生代喷发的岩浆凝结而成的流纹岩。据称远古时代，虎丘曾是海湾中的一座随着海潮时隐时现的小岛，历经沧海桑田的变迁，最终从海中涌出，成为孤立在平地上的山丘，人们便称它为海涌山。"何年海涌来？霹雳破地脉，裂透千仞深，嵌空削苍壁。"宋人郑思肖的诗句形象地道出了虎丘的由来。

如今，虎丘虽已远离大海，人们依然能感受到海的踪影，海的信息。对于我们这些来自大海故乡的人来说，来到虎丘却根本见不到大海的影子，虽未踏进头山门，可就分明看到隔河照墙上赫然嵌有"海涌流辉"四个大字呢。

我和秀才王一边悠闲地逛着虎丘，一边体味着这里曾经沧海桑田的巨变。入虎丘后，沿山路而上，一路可见著名的虎丘十八景。

进山门后，一座石桥跨过环山河，桥被称作"海涌桥"，上山路旁的一些怪石，圆滑的石体是因为海浪冲刷而致，憨憨泉因为潜通大海，又被称作"海涌泉"，拥翠山庄月驾轩内立有清代学者钱大昕书写的"海涌峰"

石刻。据说，虎丘曾有过望海楼、海泉亭、海宴亭等胜景。在历代文人笔下，如白居易的"海当亭两面，山在寺中心"，顾瑛的"宝刹近城郭，峰从海涌来"，王鏊的"尝疑海上峰，涌起自天外"的诗文，无不表现出虎丘与海的历史渊源。

一路游览，一路询问着虎丘的来龙去脉。导游告诉我们：风景幽奇风光如画的虎丘，已有2400多年历史。《吴地记》曰之："山绝崖纵壑，茂林深篁，为江左丘壑之表"。宋朱长文《虎丘山有三绝》为："望山之形，不越岗陵，而登之者，风见层峰峭壁，势足千仞，一绝也；近邻郛郭，蟊起原隰，旁无连续，万景都会，四边穹窿，北垣海虞，震泽沧州，云气出没，廓然四顾，指掌千里，二绝也；剑池泓淳，彻海浸云，不盈不虚，终古湛湛，三绝也"。明代可流芳《虎丘有九宜》是"宜月、宜雪、宜雨、宜烟、宜春晓、宜夏、宜秋爽、宜落木、宜夕阳"。所以无论春夏秋冬、阴晴雨雪，各有致趣。

听着看着，可真是受益匪浅。公园里有许多名胜古迹，春秋时吴王阖闾葬在这里。这里最著名而首屈一指的是虎丘塔，也称云岩寺塔，为国家级文物。虎丘塔是建于宋代（961年）的平面八角砖塔，共7层，高47.5米。由于地基的原因，塔身自400年前就开始向西北方向倾斜。据初步测量，塔顶部中心点距中心垂直线偏离已达2.3米（世界著名的意大利比萨斜塔，其塔顶偏离4.4米）。1956年在塔内发现大量文物，其中有越窑莲花碗等罕见的艺术珍品。

远观虎丘塔最美，正因为它也是个斜塔，在我的眼里，它比举世闻名的意大利比萨斜塔有过之而无不及，且早建二百余年。现以查明，虎丘塔下地基为浮土，土下为岩石，岩石自然倾斜。因土石受力不均，年深日久，石不以为然，土却承受不起了。经特殊处理，塔虽不能扶正，起码可维持现状，不再继续倾斜。我想，如果不然，有朝一日像西湖雷峰塔一样倒塌了，那可不是杞人忧天啦。呵呵，看来，我是多虑了吧。所以如今游览虎丘，当年的寺宇殿堂大多荡然无存，唯有千年古塔岿然屹立，更好似一支巨笔，既自成一景，又点活了整个虎丘，因而引人入胜，令人流连忘返。

在千人石正北石壁上，镌刻着四个大字："虎丘剑池"。据说这四字出自唐代大书法家颜真卿的手笔。另有传说，现在的虎丘二字已非颜氏原书，而是后人补书刻上去的，所以在当地有"真剑池、假虎丘"的说法。所谓剑池是在崖壁下有一窄如长剑的水池。吴王阖闾墓可能在这里，相传当时曾以鱼肠剑和其他宝剑 3000 为吴王殉葬，故名剑池。我非常喜欢这里，并以剑池为背景拍照留念。

山上有一石井，传为唐代陆羽所挖，称为"陆羽井"。陆羽是我国第一部茶书《茶经》的作者。据《苏州府志》记载，陆羽曾长期寓居虎丘，一边研究茶叶，一边著作《茶经》。他发现虎丘山泉甘甜可口，被评为"天下第五泉"。此外，还有断梁殿为省级文物，梁的中间为两根梁断开接起来的，可以看到断缝。

虎丘山经历代名人在山上营造，规模宏大、日趋完美、亭台楼阁、园榭轩馆，耸金叠翠，虎丘山寺宇均沿山而筑，名冠吴中，甲于江南。虎丘山虽小，而幽美的景色却能与锦绣名山大川相媲美。游览虎丘，古人有"九宜"之说。即春、夏、秋、冬、风、雨、雪、晴、四时皆宜游览。虎丘山历有前山十八景，后山十八景之称。头山门、海涌桥、断梁殿是虎丘山的入门三景。登临虎丘山沿途可见"憨憨泉"，吴王阖闾的"干将"、莫邪剑后试剑所致的"试剑石"、"真娘墓"、"千人石"、"剑池"、"二仙亭"、"点头石"等，每个景点都富含每个景点都富含着美丽的传说，巍巍耸立于天际的虎丘塔更有中国比萨斜塔的盛名呢。

我们一行在虎丘的前山转着，导游介绍：虎丘山有着"前山美、后山幽"的说法，前山虽然风景很美，但后山脚下有清清河水的环绕，河中水菱浮面、河旁古木参天，有大量的古树名木，如樟、杉、柏、松、银杏、玉兰等，其长势都非常茂盛。掩映在丛林中有分翠亭、玉兰山房和揽月榭等景点。"平坐游览遍天下，游之不厌惟虎丘"，就是人们对虎丘山最美好的赞叹。

　　就要离开虎丘了，真有些流连忘返，但也不能不返。恋恋不舍回望虎丘，俨然是一座孤山，独峙于苏州城下。若与北方群峰连绵、粗犷磅礴相比，虎丘实在是小巧玲珑、意趣隽永，不过，也正因此而誉为秀甲江南第一山。

感受西塘

感受西塘，这里不愧是人间的水乡天堂。重拾起孩童时失却的时空旧梦，悠然行进在历史长河里的交错光影之中，繁华与幽静，喧闹与淡然，驴友翩然行走在这光与影的世界里，也许是在一个不经意间，你就成了她的画中人，人在美妙的画中漫游，可真是悠哉悠哉，好不快哉呀。

听着这橹声悠远，江南千年的古镇西塘，她会为你打开尘封了多年的难忘记忆，向你展示其祖祖辈辈的生活空间，也许，你在这里会真切感觉到她是那么亲切，她是那么宽容和温馨，宛如你我孩提时游乐嬉戏过的悠然小巷。

我是在无限憧憬中走进她的怀抱，走进她的深情与博大的胸怀。也许，你早就厌倦了都市的风尘与喧器，也许，你早就被钢筋混凝构成的高楼窒息得喘不过气，如今，到了西塘，倘若你能在如诗如画的水墨意境里，悉心听到江南丝竹的乐声和潺潺溪流的水声，还能在斑驳碧波与繁华长廊里轻舞似水流年岁月，那么，这个非常迷人并令人向往的地方，便是水乡西塘了。

相传西塘古称胥塘、斜塘，又名平川，在春秋战国时代，曾是吴越两国相争的交界地，故也有吴根越角之称。现有居民1000多户，因而被称为"生活着的千年古镇"。深秋的西塘，午后的阳光暖暖的滑过眼眸，斜斜地抚过心坎，举目远望处，山影如岚，游人会很自然地溶入澄澈如洗的碧空；俯瞰眼前景，碧波荡漾，乌篷船在撑橹人的操作下悠然漂流。在这千年古镇里，长街曲巷，碎石铺地，黛瓦粉墙，飞檐漏窗，掩映在一堤如烟的绿意里若隐若现。听哟，桨声四起的流水隆隆，江南水乡女子洗衣的盥洗声阵阵，碧水欢跳着奔腾流淌；看哟，一拱如月的石桥，仿佛笼在婉转的旧梦里，以低调微吟的缱绻，在透明的时间里和屋前屋后的苍苔绿藤作着窃窃的私语。

我徜徉在悠悠的长廊，俯首欣赏廊下的绿波轻漾，临水当镜映丽人，轻舟柔橹穿清流，一路走着，观赏着漂流在水上的人家，如梦如幻，仿如人间仙境。西塘沿河而居的人家，用一根根圆木柱子撑起黑色的瓦棚，缓缓倾斜的姿式长达千余米，如一曲悠长的江南曲子，时而高扬层叠时而低回绵延，如此蜿蜒起伏而又和谐统一的廊棚在今天的江南古镇中尽显特色和丰采。

禁不住飘在水上乌篷船的极大诱惑，我来到船上，船在水中行，在绿荫掩映中穿梭，从水中走着的船上看岸上的民宅仿佛是它在移动，自然，我和乌篷船成了岸上人拍照的对象，岸上的人们不断用手中的相机镜头对准了我。相反，岸上的人也成了我摄影捕捉的目标。也许，在岸上，永远拍照不到从船上拍照的角度，这也是许多游人愿意上船一边赏景，一边拍照的缘故吧。

狭窄的弄堂是西塘古镇的生命脉络，维系着这里的人们生生息息在此繁衍、生存。西塘里有 120 多条弄，最宽的弄堂约一米开外，最窄的弄堂仅限一人侧身而过，很独特。所以，这里也是摄影爱好者经常选择的拍照景地。在这里，听不到都市的人声鼎沸，看不到马路上的车水马龙，熙熙攘攘。这里，孤独与怡然同时在心里盟生开来，静穆而空灵。穿行在宅弄深处，弯延曲折，光线暗淡，有时只有一线阳光乍现，令人遐思。两侧的青砖马头墙高高地立着，有些花草凌乱地顽强长在上面，迎风而动。扶着青砖墙缓缓行走，仿佛在记忆的峡谷里鱼贯穿行，有着些许迷惑的飘渺，当视线过处，眼前一片弥漫的悠长，像一帘幽梦飘过又消散，渐渐远去。

然而，水仍旧是西塘永远的梦，亦是西塘的灵魂，而让西塘人更魂绕梦萦的则是西塘的那些桥。那 104 座石桥，默默地倾听着千百年的流水轻吟、桨橹浅唱，阅尽了两岸旧事新人、繁华沉淀，并以沧桑亘古不变的雄姿，在青青碧水的温暖怀抱里，影动波摇，翩若惊鸿。西塘的那一座座石桥如同一部部饱含风风雨雨的古书，浸在潜移默化的变迁里，带着温文而雅的渴望，动情波动在河水的微微涟漪里。这些桥的造型各异，或如卧龙临波，或如彩虹飞架，每座桥都有着一个个感人的故事和动人的传说。

西塘的建筑，古朴、典雅而不张扬，我站在任何一座宅院门口，都看不出有丝毫的恢弘之气，这大概与西塘人平静谦和的心境与性情有关吧。西塘的古宅颇多，有的显然已经很破旧了，还有的也只是一个狭小而昏暗的小院，在阴暗潮湿的角落里，有一些枯败的小草，默默伏在地上，静静地将岁月守望成一段段过往旧事。但不管怎样，那些无处不在的古朴与宁静的气息，被柔和的风轻轻拂过，曾经的经历与尘封往事，随着那淡淡的风轻轻远去，渐行渐远。

现今，西塘的商家店铺依然云集，荷叶粉蒸肉的香气依然四溢，八珍糕的名气依然响亮，东街上的茶楼依然人来人往，川流不息，只是，往来的大多不再是四乡八村的乡邻，而是来自天南海北的游客，以或欣赏或寻梦或好奇的心境探访这个千年的镇落。我看到，坐在雕花木栅前抽着水烟的老人，闲话家常的老太太，以新鲜而又习以为常的目光打量着我们这些成群结队或三三两两的游人，时不时流露出善意和友好的微笑，在他们布满皱纹的记忆里，一定还会有西塘的一些有趣的旧事吧，那些趣事逸闻中的人们，是否也会如同他们一样，曾经舒舒服服地坐在自家门前任阳光暖暖地晾晒呢？

走着，想着，感受着，西塘景区已是夜幕降临，灯火辉煌的西塘更是让人着迷。灯火阑珊处，缠绵悠扬的越剧、婉转流畅的丝竹、咿咿呀呀的橹声，吸引着众多夜游的海内外游客。在游船处竟排起了长龙，夜游画中的水乡西塘只是因为她愈夜愈美丽，愈夜愈有趣。我想，能坐在那古朴的摇橹船上，眺望着两岸大红灯笼高高挂，红灯笼倒映在幽幽的水中，虚实交相辉映，亦假亦真，变幻莫测，那该是多么惬意的事呀。

啊，就要离开难舍难分的西塘了，酌饮几杯西塘汾湖黄鳝酿，浅尝几口水乡的白鱼青虾，月色如银，塘水潺流，夜西塘一如过去了千年的岁月，依旧静静地守持着它安谧而与世无争的姿态和风范。

再见了，我心中的江南圣地，轻轻告别夜色里朦胧的西塘，更不忍惊醒睡梦里西塘的宁静，唯一带走的是对水乡田园风光的依依眷恋之情。

走马趵突泉

趵突泉是济南的骄傲。我还在孩提时，就经常去游园和玩耍。这次去的比较唐突，作为一次我在济南寻找美好的记忆，来去匆匆可谓走马观花。

多少年来，趵突泉并没有太大变化。如今的趵突泉已经修成一个偌大的观赏公园，作为名泉之冠，并有"天下第一泉"的美誉，它自然有着其他泉水没有的霸气与权威。

趵突泉位于趵突泉公园泺源堂前。所谓"趵突"，即跳跃奔突的意思，反映了趵突泉三窟迸发，喷涌不息的显著特点。源源不断的泉水，从地下深层的石灰岩溶洞中涌出，涌泉堆雪，浪花四溅，势如鼎沸，形似莲花。站在涌流的泉边，我静下心，侧而倾听，仿佛觉得耳畔风声鹤唳，声若隐雷的音响滚滚而来，压过了游客们的喧哗声。

相传，当年乾隆下江南，出京时带的是北京玉泉水，到济南品尝了趵突泉水，顿觉清冽甘甜，便立即改带趵突泉水，并封趵突泉为"天下第一泉"。伫立趵突泉边，眼望着一池清澈透明的泉水，若不是冬季，我真想掬一捧甘露，品味这人间的"甘露"，体会这泉水的神奇。

徜徉泉畔，我细心咀嚼着老舍所说的趵突泉水"永远那么纯洁，永远那么活泼，永远那么鲜明"的意韵，仿佛那些石栏还有那冷冰冰的经过雕琢的石头也变得活了起来，充满盎然的生机。在我的眼里，偌大的趵突泉也显得有些气势壮阔了，世人喜爱的女词人李清照的才气与灵气也更加辉煌起来。

其实，早在宋代，文学家曾巩就曾评价道："齐多甘泉，冠于天下。"

元代地理学家于钦亦称赞说："济南山水甲齐鲁，泉甲天下。"我也早就知道，泉城济南城内百泉争涌，分布着久负盛名的趵突泉、黑虎泉、五龙潭、珍珠泉四大泉群，有美泉100多处，享有"七十二名泉"之美称。清冽甘美的泉水，从城市的地下涌出，汇为众多的河流、湖泊。盛水时节，在泉涌密集区，更是呈现出"家家泉水，户户垂杨"、"清泉石上流，鲤鱼水中游"的绮丽风光。

近年来，由于保泉工程的到位，号称"天下第一泉"的趵突泉一直持续喷涌，始终没有完全断流。看来，济南的泉水复涌，给济南人和游人带来的不仅是欢乐，更是激起了人们对美好未来的无限憧憬。

重游千佛山

济南千佛山，海拔 285 米，记得还是在我小时候曾经爬过。它东西横列在城南耸立如屏，峻山风景秀丽旖旎。前不久得空遂乘车前往，买门票从山北侧正门开始攀登。

冬日拾级而上，登山路盘旋蜿蜒回环，两侧松柏夹道而立，寒风凌厉疏枝摇曳。因时间紧迫，攀登时我一路小跑汗水涔涔，很快就登上山顶。山东境内著名的千佛山位于济南市南部偏东之处，离市中心不远。登峰眺望，千佛山峰峦连绵起伏，林木森森怪石凸立，恰似济南的一道天然屏障。

千佛山古称历山，亦名舜耕山。相传上古虞舜帝为民时，曾躬耕于历山之下，因称舜耕山。据史载：隋朝年间，山东佛教盛行，虔诚的教徒依山沿壁镌刻了为数较多的石佛，建千佛寺而得名千佛山。

我沿盘山道西路登山时，途中遇有一唐槐亭，亭旁一株古槐参天，相传唐朝名将秦琼曾拴马于此。半山腰还有一彩绘牌坊，名曰"齐烟九点"坊。当我兴奋地登上一览亭，凭栏北望时，不远处的大明湖闪闪如镜，隐约可见的母亲河——黄河玉色如带，高楼林立的泉城景色一览无遗。

千佛山上的石佛雕刻集中在兴国寺后的千佛崖上。兴国寺又名千佛山寺，始建于唐代，后经历代增建，规模渐大如此。寺门外西南上方的山崖上刻有"第一弥化"四个篆体字，每字约有 4 米见方。千佛崖上有隋代石佛 60 余尊，年代悠久，具有非常高的鉴赏与艺术价值。千佛山之东，佛慧山上也有雕刻石佛。其中主峰山麓有一佛龛，内有一尊头部佛像，高 7 米，

青春澎湃的日子

宽4米多，俗称"大佛头"，这是一种十分罕见的石雕。

兴国禅寺居千佛山山腰，内有大雄宝殿、观音堂、弥勒殿、对华亭。南侧千佛崖，存隋开皇年间的佛像130余尊。山崖上，由西向东，依次有龙泉洞、极乐洞、黔娄洞、吕祖洞。历山院，在兴国禅寺东侧，原是儒、道、佛三教合一的杂院，内有舜祠、鲁班祠、一览亭等。在千佛山北麓建有集中国四大石窟为一体的万佛洞，游人至此，可一瞻北魏、唐、宋造像之风采。

千佛山民风淳朴，每逢"九九"重阳节都举办山会，这种风俗已沿袭了好几个朝代，至今仍存。千佛山文化底蕴积淀厚重，经历了悠远的历史变迁。游山途中，看见众多善男信女焚香诵经，顶礼膜拜，千佛顶上香烟缭绕，云海升腾，紫气东来，佛光显现，更印证了千佛的神秘与幽远。

千佛山四季景色秀美，野趣迷人。春季漫山碧透，繁花似锦，夏天浓荫遮日，松柏掩映，深秋黄叶摇曳，清风萧瑟，冬来冰雪如玉，银缀山涧。冬日极目四望，视野内山外有山，山峦重叠，沟壑纵横，莽莽苍苍，松木苍劲，枝藤相依。青山碧水做伴，水浣轻纱；千佛古树相连，古朴奇特。千佛山的溪水，清幽、澄净，看山涧飞瀑，流金汇玉；千佛山的佛音，悠长、空灵，听高山流水，空谷来音。我切身感到千佛山之水荡涤心肺，千佛山禅声余音绕梁，不由令人神清气爽，心旷神怡。

观千佛的山势，雄浑与柔美相融，险峻同神奇共存。细细观察，有奇峰突起，有圆润绵延，有挺拔峻秀，有平缓妩媚，让人慨叹天造地设的神异和大自然的鬼斧神工。其实，我更愿看到千佛山的云层，时而波翻浪涌，时而烟消云散，层出不穷，变化万千。更想有机会，登上千佛顶，看红日升腾，云卷云舒，彩霞满天，普照群山。

在千佛山北麓建有集四大石窟于一体的万佛洞。其集我国"莫高"、"龙门"、"麦积"、"云岗"著名四大石窟之精华，塑佛主、菩萨、弟子、天王、力士近3万尊，万佛洞长约500余米的山洞，漫步其中，可以在洞中观赏 23000 余尊各式各样的佛像。

哦，沧海桑田，岁月变迁。历经了历史的风风雨雨，千变万化，我心目中的千佛山，风姿依然未改。

行走在灵秀的北九水

俗话说，智者乐水，水之润泽，水之柔媚，令人神清意舒，心赏目悦。崂山的北九水，因水而灵秀，因水而温蕴。晓夏到九水看水，雨后初晴，山清水湍，山水唇齿相依，绿草山花相偎，山傍水更有了灵气，水倚山便有了活力。

崂山北九水的山光水色，虽然已有点儿耳熟能详，但当我和同事，迎着火红的朝霞，乘汽车穿行在进山的崎岖山道上时，路上的山野景色和旖旎风光，仍将我深深地吸引住了。我们沿着内一水向内九水进发，一路是望不尽的山清水秀，不绝耳的鸟语啼鸣，那清灵灵的九水十八湾，溪流淙淙，水流潺潺，更像是一位含情脉脉的怀春少女，如此恬静、妩媚，如此妖娆、风骚。看那一尊尊亘古不变的的山山石石，已经被雨水冲洗得圆滑光洁，那千姿百态的形态，更激发着人们无限的遐思。

东海崂山，素有"海上第一名山"的美誉，而画龙点睛的北九水，更是为其锦上添花，美中添秀。行走在灵秀迷人的水世界，这里的水景，处处让人陶醉迷恋，处处诱你思绪驰骋。因为刚下过雨，山涧的溪流湍流不息，它们步履匆匆，像是在忙着赶路；在溪流滞留的一片绿波荡漾中，绿荫的掩映下，碧水盈盈，幽深静谧，累了的小溪在那里停泊小憩，休整养息之后，淙淙的细流不急不燥，又欢快地向前流淌，像是在缓缓散着步。呵，有了这奔流不停的溪水，青山便被滋润养息，变得更加柔情万种，灵性十足。游人行走在翠掩山谷、溪水做伴的山间曲径，自然而然地使人产生了"泉响林愈静、鸟鸣山更幽"的悠悠意境。

顺着逶迤的山势，我们沿山涧小路继续前行。两旁的溪流时缓时急，时湍时旋，眺望两侧的万仞山峰，危石陡立，形态各异，谷中的奇石时时跃入眼帘，秀丽多姿，变幻万千，巧夺天工。那隐身在松竹之间的古老庵寺，历经风风雨雨，给人一种苍凉悲切的沧桑之感。许多山岩上，镌刻着一些历代文人墨客的歌颂崂山的诗句，游人们纷纷在此拍照并誊抄留念。

我们经过了峰回路转、风光各异的各个景点，沿着那错落有致的山路拾阶而上，终于越过八水之后，来到了飞流直下的潮音瀑前。抬头仰望，几乎近在眼前的陡峭岩壁上方，蔚蓝色的晴空仿佛在那一方天际突然洞开，那山顶上的清冽山泉汇流而泻，远远望去，似一串晶莹闪亮的珍珠，又像一目细雨霏霏的垂帘，直上直下地注入下面的深潭，飞瀑直落，雾气弥漫，浪花四溅，潮水般的阵阵轰鸣，引来一泓潭水涟漪，波光粼粼，那幽深碧绿的潭水在不停地晃动中，更像是一颗镶嵌在群山之中的绿宝石，耀眼璀璨，熠熠生辉。由此，人们置身其中，不由觉得犹入仙境，亦幻亦仙，如痴如梦，心酥唱叹了。

虽然游兴未尽，但我们不得不从意境悠悠的仙境里回到现实中来。返回的路上，我们依旧沿着清澈的溪流行走，还时不时抬望眼，仍旧环顾四周的奇山怪石，形态依旧栩栩如生，真乃妙手天成，鬼斧神工；依然边走边观水，水流依旧静静地流淌，毫不造作，平缓的地带无声无息，落差的地方铿锵作响，溅起雪白的飞花。山上青翠的树蓬浮光撒金、飞鸟旋翔，山花烂漫，小草殷殷；碧水之旁，垂柳依依，槐花摇曳，樱果硕硕，恍如画中。

我们选了一家很有特色的农家小院，大家一起吃着山珍野味，喝着崂山啤酒，兴致勃勃地观赏摄像镜头的回放，细品北九水这优美的秀水景致，都深深地陶醉其中，陶醉在山涧野趣的曼妙里，陶醉在笑谈话语的欢乐间。窗外，就是几棵非常粗壮的樱桃树，绿叶繁茂，青果累累，唾手可得，只是还没有成熟。不远处，细细的清流依旧奔流向前，忙着去润泽下游的平畴沃野，溪流清清，秀水莹莹，那潺潺的溪水更加惹人喜爱了。

归途中，我们约定，等樱桃红了的时候，一定再来！

居酒屋

居酒屋，其实是日本传统的小酒吧。入夜，当东京银座的霓虹灯像贼亮的猫眼一样频频闪烁时，你不要进那些灯火通明的大酒肆，里面故然有美女和歌舞作陪，但码子令人咋舌，那只是为东京有钱人欢度良宵而准备的。你只要顺着昏暗一些的小路走，总能找到门口挂着一面小蓝旗，上面赫然竖写着"居酒屋"三个字的饮酒地处。

那是一个圣诞前夕的寒夜。东京飘起了雪花。在银座地铁站下了车，高岛君便轻车熟路，领着我在热闹的银座大街穿来穿去。我发现灯红酒绿的路旁，随处是寻找猎物的"夜莺"，她们一个个打扮得花枝招展，站在纷乱的飘雪中似乎不知道寒冷。从一个洒出暗红色灯光的洋式酒吧里，传来了美国人路易斯·阿姆斯特朗的爵士音乐，悠扬的小号声回响在寂静的夜空。七拐八拐，高岛君像变着戏法儿，最终把我带到了一个典型的传统式居酒屋前。看上去，这家古色古香的小酒吧很幽雅，外面挂着一排点着火的小红灯笼，上面已撒了一层白霜般的雪绒，它们在寒风中轻轻地摇曳。我俩迈进小店，在玄关处脱下鞋，穿过窄窄的走廊，走进一间不大的屋间，盘腿坐在舒适的榻榻米上。不多会儿，"欢迎光临！"随着一声悦耳的声音，一位身着和服的少女，穿着木屐翩然而入。高岛君称她舞子，人长得很标致，一看就知道两人是熟人。高岛君说要吃小鱼宴，他先点了鲭花鱼、红鳟鱼、三文鱼和多情鱼，一个个瓷花小盘子摆在木桌上，量不多但很精致，很诱人。舞子端上了热好的梅清酒，酒壶袅袅冒着热气。我俩轻轻碰盅，每人呷一口烫酒，周身顿时似乎暖和了许多，品尝各种小鱼，它们的味道也是美极了。两人静静地对饮着，品味着，闲聊着，时而，欣赏一下墙上挂着的富士山木雕画，时而，瞅一瞅墙角架上的花瓶里，恣意插着的艺术插花；耳畔，缓缓地流淌着"樱花呵，快去看樱花……"的日本著名歌谣，歌声委婉缠绵，娓娓动听。

每次到日本，我都有机会到这样别具一格的居酒屋小酌。那里，是专供日本男人喝酒小聚的最佳场所。劳累了一天的上班族们，每当夜幕降临、华灯初上的时候，便会三五成群地来到此聚餐。这里面有各种日式小菜，有不同品牌的啤酒、清酒或烧酒，有时也有威士忌之类的酒。这些居酒屋，还有颇具地方特色的餐食或米饭。在这样的居酒屋，点菜也是很有意思的，墙壁上挂着一串串的菜名，长长的一大排，经常会把我弄得晕头转向，不知点什么好。反正，大多是日本客商做东，就提议干脆排着来，点到什么吃什么，好在日本小吃基本都对我的口味，吃着也不会有什么浪费。当然，我每次去居酒屋必点的有"烤鳗鱼"，这在日本属于滋补料理，它能健体强身，而且味道特别鲜美。这种鳗鱼富含维生素E、维生素A，蛋白含量远远超过猪肉和牛肉，但热量却很低。那天，我俩又点了这道菜，品着慢慢变温了的清酒，悠然自得地享受着这神仙般的舒适与滋润。偶尔，我透过玻璃窗向外面张望，可以看见昏黄的灯光下，像白色精灵的雪花仍在纷纷扬扬，漫天飞舞。对面小店门前的圣诞树上，一串串五颜六色的小灯泡一闪一亮眨着眼睛，年味变浓了。霍然，我心底突然涌起一股思乡之情，竟轻声吟起唐朝王维的诗句："独在异乡为异客，每逢佳节倍思亲"。我虽身处热闹繁华的银座地带，但毕竟是在举目无亲的异乡，就像茫茫人海里的"游子"，自己体味着孤孑一人的个中滋味。高岛君在一旁，默默地瞅着略显忧郁而孤寂的我，一副丈二和尚摸不到头脑的傻样。

我知道，在居酒屋饮酒的日本人，大多是工薪阶层，因这里价钱便宜，吃得实惠，所以经常光顾。在这种地方，我也常能吃到日本特有的生鱼片，但只是简单的小虾或贝类等，切成小薄片，蘸着调料生吃，还是颇具特色的。"寿司"在居酒屋也是家常便饭，将白饭里掺入一定量的醋，把米饭握成一个小饭团，上面放上各种生鱼片，吃的时候蘸酱油，味道还是不错的。日本居酒屋的室内面积一般不大，里面环境清洁幽雅，既有日式的盘腿座席，又有中西式的座椅，任顾客挑选。去居酒屋的客人主要是饮酒聊天，里面的气氛融洽、热烈，人们在悠闲的氛围中心身得到放松、情绪得以缓解。这是一个深受日本平民百姓喜爱，又能尽情饮酒消遣的好地方。

那天夜里，我和高岛君一直喝到很晚。两人没有谈生意，就是趁着酒兴聊中日文化之差异，述说着各自对人生的感悟与世事的艰难。聊着聊着，就又落到了酒文化的话题上。酒韵悠悠，神游意爽，他提起日本传统的艺伎，说对于男人，最欢娱的时分，就是有艺伎陪伴的夜晚，你要逍遥今宵，她会心心相印；你要临渊回眸，她会把酒共言欢。听他的话语，我自然知道艺伎在日本男人心目中的位置。这种气氛，也使我想起了诗仙李白，他当年斗酒百篇一挥而就，还有苏东坡青天把酒，问道明月几时有？宋代词人李清照，醉吟黄花瘦；唐朝美人杨贵妃，醉酒更娇柔。可真是，喝着喝着，就真的酒不醉人人自醉了呢。此时，醉意朦胧，又让我不由忆起"劝君更进一杯酒，西出阳关无故人"的诗句来。也是，在商言商，诚信为先，做生意先要交朋友。有时候，酒盅里能品出人品，酒桌上能做成大生意呀。这些，也是我经商多年亲身悟出来的。

是夜的深宵，天上仍是灰蒙蒙一片，我迎着寒风，走在雪花纷飞的异国雪夜。有些恍惚的脑海里，却清晰记起名著《雪国》里开头的那句话："穿过县境长长的隧道，便是雪国，夜空下一片白茫茫。"这是描述外面的精彩世界，而在风雪夜里，躲在居酒屋中，想像着歌舞升平、翩翩起舞的艺伎舞姿，咀嚼着人生苦涩，一杯又一杯地喝着清酒的男人，才算是这茫茫"雪国"的真正魂灵和主人吧。

漫步在幽静的八大关

初夏的一天，海风习习，我和友人漫步在幽静安逸的八大关别墅区。这个闹中取静的休闲胜地位于汇泉东部，西临汇泉湾，南接太平湾，是我国著名的风景疗养区，面积达 70 余公顷，10 条幽静清凉的大路纵横其间，错落有致，其主要大路因以我国八大著名关隘命名，故统称为"八大关"。听说，青岛解放前，这里曾是官僚资本家骄逸享受的高档别墅区。解放后，人民政府对八大关进行了全面修缮，使其为我国重要的疗养区之一，许多党和国家领导人及重要的国际友人，都曾在这里下榻，留下了许多名人逸事。

其实，在我的印象里，八大关别墅区的重要特点正是因为有众多的各国风格建筑而著称，所以有着"万国建筑博览会"之美称。在这里，集中了俄式，英式，法式，德式，美式，丹麦式，希腊式，西班牙式，瑞士式和日本式等 20 多个国家的建筑风格。八大关别墅区北面被香港西路，南被荣成路所环抱，东起花石楼，西至汇泉一带，一直是青岛的黄金宝地。

八大关别墅区的最西部，是造型独特、线条明快的美国式建筑"东海饭店"，我和友人先在其后面的海参养殖池，逗留了好一阵儿，看着养殖工人不停地将即将爬上水池的海参用铁丝勾拨弄下去，以免它们爬上岸边被晒死。有人在海参池旁面向大海垂钓，海面上波光粼粼，渔帆点点，有几只色彩斑斓的帆船正在海上顶风滑翔，远处的山景在雾气中时隐时现，扑朔迷离，身旁的潜水俱乐部的潜水运动员们已经整装待发，准备下水训练。

而后，我俩乘车先到了香港西路的武胜关车站，从那里插入开始八大关别墅区的游览观赏。最先，我和友人先走上了紫荆关路，紫荆关路两侧是成排的雪松，四季常青，这条路上松柏摇曳，郁郁葱葱，正好遮挡住午后的骄阳，免去了蒸烤之苦。走着走着，我俩来到了嘉峪关路，路上的五角枫正油绿茂密，友人颇有兴致地从枝叶的低处轻轻摘下一片青绿色的五角枫叶，并细致地精心夹在了自己的小本子里。友人说，从小上学时就喜欢枫叶，经常采集许多夹在自己心爱的笔记本里，至今还保存完好呢，时常会拿出来欣赏一番。我说，每到秋季，秋色霜染枫红，五角枫为这一带平添美色。来到一个岔路口，看见路边是一排排绿油油的海棠，花开殆尽，绿色代替了花容，这便是宁武关路，我与友人只能用想象来记忆美丽海棠花的娇姿了。

走不多远，我俩又回到武胜关路上，这条路的法国梧桐非常茂密，枝梢参天，绿荫遮映，漫步在树下的林荫道上十分惬意，又像是信步走在法国香谢里舍大街的浪漫感觉。路上正赶上拍蒋雯丽和李幼斌主演的电视剧《让爱深呼吸》，我俩站在那里观望了好一会儿，摄影镜头里，李幼斌西装革履，从远处沉思着漫步走近，神态严肃、冷峻，"停！"一个定格，导演窦琪满意地叫停，并调侃道，"不错，演得真好！"李幼斌抬起头，"哈哈，别忽悠我了！"李幼斌也诙谐地回应一句。"谢谢，咱们北京见！"两个人的手握在一起。看来李幼斌在青岛完成了最后一个镜头。我看着，感慨着电视剧表演的同时，也为岛城有八大关这样优美的外景地而深感自豪。拐了一个弯，满目的碧桃映入眼帘，现在也是绿色取代了花开的季节，春季开花时，粉红如带，姹紫嫣红，分外妖娆，这里是韶关路。我俩马不停蹄，穿插在几乎是万籁俱寂的幽静小路上。前面的标牌上写着正阳关路，正阳关路上遍种紫薇，正好是夏天盛开，刚栽不久的像是芭蕉树，间隔还穿插着一种其他的树木。

不知不觉，我俩走到了山海关路上，路两边的法国梧桐依然是搭成了绿色的凉棚，在下面闲庭信步非常惬意舒心。山海关路5号是日寇第二次占领青岛的期间，在这里建的一座日本式别墅。该建筑外墙用绿色的釉面砖装饰，显得格外别致，与花石楼一样，解放后，山海关路 5 号成为了中外宾客的下榻的宾馆。1957 年，时任中共中央总书记的邓小平同志在青岛参加中央政治局会议时就在此下榻。我俩又沿山海关路再向西走不远就到了山海关路 9 号，这里接待的宾客大都是外国的国家元首和政府领导人，因此有"青岛钓鱼台"之称。山海关路 9 号是一幢美式建筑，解放前是美国第七舰队司令柯克上将的官邸，室内的家具全部是美国制造，有的现在还在使用。与青岛钓鱼台一街之隔的是元帅楼，这座有名的"元帅楼"也在山海关路 17 号，这也是一座日本式建筑，但仍具有"红瓦黄墙"的青岛传统风采。据说，这座楼原为日式落地窗，近年才改建为现代铝合金门窗。我俩看到楼前有一个漂亮的小花园，园虽不太大，却有一座玲珑的假山，小湖围绕着，竹影在清风中婆婆摇曳，绿树成荫通幽静寂。因这幢小楼曾住过中华人民共和国十大元帅中的 5 位，所以这里便被称为"元帅楼"。另外，此处的宋家花园、朱德别墅和义聚合别墅等，也都是十分有特色的建筑。

走到尽头就看到了银杏树排列的居庸关路，观赏着此时绿色满目的银杏树，不由又想起了秋季在这里赏黄叶的情景，一年一度秋风度，岁岁月月总有情，实在是令人感叹岁月蹉跎，光阴似箭。孔雀蓝绿色的丹麦式公主楼，掩映在高高的银杏树中。这座很有些传奇色彩的公主楼坐落在八大关内居庸关路 16 号，始建于 20 世纪 30 年代，是一座很典型的丹麦式建筑。传说，1929 年丹麦王子来青岛时，欲请丹麦公主来此避暑消夏，便令丹麦驻青岛领事在此购地建造的。但是，丹麦的公主并没有真来过，"公主楼"的名字却不胫而走，长久地流传了下来。仰头望去，发现这座建筑的外部造型是由一座尖塔与不规则斜顶屋面组成，南部为宽敞的方形平台，蓝绿色的墙面，正是典型的丹麦建筑风格，堪称是八大关里的一座美丽建筑。

离开"公主楼"，走不多远，就来到了临淮关路，这条路上的树，树上排着一层层的白花伞，轻浮飘逸，但我和友人都叫不出它的名字。最后来到函谷关路，路上又是青岛最常见的法国梧桐，密密匝匝，夏季走在树下绝对舒坦宜人。实际上，从春初到秋末，八大关的各种花是花开不断的，因而又被誉为"花街"，冬天的雪松常青不衰。我认为，八大关别墅区的特点，就是把公园与庭院巧妙地融合在一起，漫步其中，到处是郁郁葱葱的树木，四季盛开的鲜花，十条马路的行道树品种各异，如正阳关路遍植紫薇树，居庸关路种着五角枫，韶关路则是成排的碧桃……繁花似锦，颇有丰韵。

也许，是这里起伏的地势，清新的空气，造就了葱茏的花木，幽雅的环境。有近百幢造型迥异的西式别墅，以及别致精巧的庭院绿地、花木繁茂的街道，更是使这里成为中外闻名的度假疗养胜地和风景游览区。友人说，八大关的这几条马路纵横交错，形成一个方圆数里的风景点，环境的清静，街道的整洁，绿荫的装点，使美丽的花坛、如茵的草坪与一幢幢不同色彩、造型各异的楼房别墅交织融合在一起，构成一幅美妙艳丽的风景图画。

起雾了，空气中弥漫着点许海腥味，眼前刚才还是鸟语花香，绿色一片，转瞬间，游人像是在云雾中画中游，雾里看花，似花非花，雾里看人，亦幻亦仙，稍远处的楼房，虚无缥缈，像是漂浮在云里雾里的空中阁楼，更像是茫茫大海上的海市蜃楼，令人无限憧憬与遐思不尽……可以说，鉴赏这里各式各样的别墅建筑艺术，体味这里建筑上的辉煌，自然会感受到这里自然景观和人文景观的和谐结合，世界各地著名建筑的荟萃之精妙绝伦，认识到这里较高的历史文化价值和观光游览价值而令人流连忘返。

我最喜欢的花石楼位于八大关别墅风景区的东面，它建于1930—1931年，是一座融合了西方多种建筑艺术风格的欧洲古堡式建筑，既有希腊和罗马式风格，又有哥特式建筑特色。走近可以看到，楼门台阶下为花岗岩石尊，据说是用于晚间的燃火照明，也可用于栽种花卉。它的正面为圆形和多角形组合而成的建筑造型，十分别致，我找了一个角度，拍下了这座浑厚敦实的建筑的雄姿。走进楼内，方知这座楼的主体共五层，顶层为观海台，观海景得天独厚，一侧有一个铁顶尖。由于楼内由大理石贴面，楼外又砌有鹅卵石，所以多年来人们一直称之为"花石楼"。楼下的石阶分为两层，上层六级，下层九级，我俩从石径通往铁栏大门，走进偌大的庭院内，里面植满了各种花木，还摆设了许多漂亮的摄影道具景物，供游人拍照之需。耳畔聆听着这里悠扬的音乐，我发现来此拍照的大多是春风满面的新婚伴侣，他们相携而缓缓行进，让摄影者捕捉着他们最美好的时光与永远的定格，新郎、新娘年轻俊俏的脸上始终荡漾着甜蜜的微笑和满足……

花石楼的旁边是第二海水浴场，浴场由宁武关路入口处分为东西两部分，东区更衣室前有一个凉棚，是中共中央政治局会议的旧址。靠近这个沙质颇佳的第二海水浴场的，是解放后新建的汇泉小礼堂，因采用的是青岛特产的花岗岩建造，所以色彩雅致，造型庄重、美观，与周围的一幢幢别具匠心的小别墅相映成趣，形成了一个颇具规模古色古香的别墅群落，也使著名的八大关赢得了"万国建筑博览会"的美誉。在观赏八大观别墅群的路上，我看到一些小洋楼好像一直闲置着，一打听，原来购买者大多是美国和日本的企业家，这些富豪平时都不住在青岛，绝大多数在青岛也没有自己的企业，买小楼只是为了带朋友和家人来青岛小住，享受"东方夏威夷"的浪漫夏日。至今，八大关的这些小洋楼仍保持着历史的沧桑感和浪漫的异国风情。

还有值得一提的是八大关宾馆，相当于青岛市的"国宾馆"，它就坐落在依山傍海、风景绮丽的八大关别墅区内，时下的宾馆前厅的大院里，松柏造型各异，阳光下红叶熠熠闪亮，景色怡人。我在这里参加过会议和出席过宴会，曾听这里的工作人员说过，老一辈无产阶级革命家毛泽东、周恩来和邓小平等都曾到宾馆下榻工作或疗养。近年来，又接待了党和国家领导人江泽民、胡锦涛、李鹏、朱镕基和李瑞环等，还多次接待外国的国家元首。浏览一圈儿，发现该宾馆由主楼、迎宾楼、贵宾楼和18幢日、俄、德、美等式别墅楼组成，形成了一系列设施先进的楼群。听说，这里拥有总统套房、豪华套房、标准间等300余间（套）。据说，还有宴会厅、多功能厅、酒吧、四季厅20余处。会议中心是一处集多功能音乐厅、餐饮、会务于一体的服务场所，配有先进的同声传译和声像设备。宾馆内还设有多元化的康乐设施，室内游泳池、保龄球、网球场、桑拿浴、天然海水浴场和娱乐城等，辟有商场、花店和商务中心等，基本做到了尽善尽美。

走着，遐思着，畅想着，天色渐渐昏暗下来。入夜，华灯初上，璀璨耀眼。徜徉在白浪拍岸的海边，聆听着海浪阵阵冲击礁石的撞击声，我俩相偎而行，仿佛枕着八大关海边的海涛声悄然入梦，幻梦中，灯光、海风与山影交融，洋房、楼阁与尖塔相汇。青岛初夏的夜景，使我俩着实感到了温馨的暖意和清新的气息，我和友人完全陶醉于这个流光溢彩槐香飘逸的世界里。在这样的季节里，身边的大海潮涌潮落，涛声轻轻拍岸，凉爽的海风，将我俩吹得情舒意爽，心旷神怡，恍如进入梦醒时分。沉醉中，暮色里，迎着舒坦的海风，舒展着身姿，我俩面对大海，加快脚步，尽情呼吸着岛城的灵秀之气，眉宇间绽放的全是舒展的笑意，甜甜的俊容。哦，就这样，让爱情肆无忌惮地深深做一次，刻骨铭心的爱的深呼吸……

在京都咀嚼年的滋味

那年，大年三十的年夜饭，是在日本京都的异国他乡吃的，别具风味，记忆犹新。

与我国一衣带水的日本，辞旧迎新，主要是过元旦新年。这不，刚过了元旦，我们一行到日本大阪参加服饰博览会，回国前，客商栗原社长特邀请我，去他在京都的家小聚。我与栗原社长认识 10 多年了，也不见外，欣然赴约。

那天正好是中国的大年三十，京都飘起了飞雪。从大阪驱车前往，大雪中的日本京都府，笼罩在雾雪的朦胧之中。这个到处都是寺庙的千年古城，此刻被一片白色盖住了庙顶和大地，为肃穆的庙宇平添了一分神秘。栗原社长特意开车带我浏览着京都市容市貌。雪中漫游，更增添了探寻这个传统古城的兴致。京都系日本历时最久的故都，其地位相当于中国的古都西安。古色古香的京都在飞雪的点缀下银装素裹，分外妖娆。我们驱车来到很有名气的南禅寺，因为是风雪天，看不到平日里的香烟缭绕，朝拜者寥寥，四周显得十分平静。

走着，偶尔可以看见有几个小和尚，在纷飞的雪中扫雪。此时，南禅寺被一层白雪覆盖着，让人看不到它们的真面目和夏日时的一片浓绿。但我可以想象出来，春暖花开时节，散落在绿荫树丛之间的景致一定很美。当我们快要离开南禅寺的时候，雪似乎已经停了，天气转暖，地下的积雪开始慢慢融化，有些地方很快结成了薄薄的一层冰，阳光反射，小道变成一条金黄色的长带子，晶莹闪亮。小和尚们在寺门笑口送客，不由我们又生出几分虔诚，头脑反思着，咀嚼着这一缕禅味。

雪霁初晴，道路上的白雪在阳光映照下闪闪发亮，车子开在上面有些发滑。栗原社长开得很慢，但一会儿工夫就到了他的住宅。栗原社长家是一个独院，庭院里造型独特的松枝上缀满白雪，小路上的雪已经清扫干净，一旁耸立着假山的池子里，游弋着几条漂亮的观赏锦鲤。"欢迎光临！"社长的夫人笑容可掬地迎了出来。我们在玄关处换上拖鞋，走进客厅。这是一座新宅，墙上挂着西洋壁画。客厅的一角，摆着一架白色的三角钢琴。入座后，栗原社长看我直瞅钢琴，便说这是大女儿弹的，现在她已去美国留学，妹妹还上高中，空闲时时常弹上几曲，享受一下古典音乐的氛围。

"请入席！"夫人催促道。我和栗原社长在餐室盘腿坐在榻榻米上。"请慢用！"社长的小女儿洋子端上了色彩鲜艳的生鱼片，随后又上了清淡爽口的炸虾和我最愿吃的烤鳗鱼等。洋子长得清秀端庄，身材高挑，透着一股高中生的清纯靓丽。栗原社长显然知道那天是中国大年三十的年夜饭，他端起烫热的清酒，让我在异国他乡不要想家，并祝福我的家人幸福和睦！望着老朋友那慈祥的目光，我心底突然涌起一股思乡之情，竟向栗原社长轻声吟起唐朝王维"独在异乡为异客，每逢佳节倍思亲"的诗句。社长也很激动，默默地握紧我的手。是呵，大年三十，毕竟是在举目无亲的异乡，就像茫茫人海里的游子，体味着孤子一人的滋味，咀嚼着苦涩艰难的人生。

那天的年夜饭，我与栗原社长一直喝到很晚。两人没有谈生意，聊到了中日两国人民的友谊，谈到了两国文化的源远流长和过年吃年夜饭的差异。聊着喝着，暖意浓浓，两人就真的有点儿酒不醉人人自醉了呢。此时，醉意蒙眬，又使我不由忆起"劝君更进一杯酒，西出阳关无故人"的诗句来。说的也是，在商言商，诚信为先，做生意，就要先交朋友呀。有时候，酒盅里能品出人品来，酒桌上也能做成大生意的呀！

　　返回住地大阪的路上，已是下半夜。车快到大阪时，我从车窗望外看，夜幕里，在街灯的映照下，街旁的松枝上，积满了晶亮的白雪，像是一棵棵漂亮的圣诞树，晶莹璀璨。我想，在日本京都的这顿年夜饭，真的很难忘！